Ewald Herii

Die Lehre vom Binocularen Sehen

SALZWASSER VERLAG

Ewald Hering

Die Lehre vom Binocularen Sehen

1. Auflage | ISBN: 978-3-75251-578-7

Erscheinungsort: Frankfurt am Main, Deutschland

Erscheinungsjahr: 2020

Salzwasser Verlag GmbH, Deutschland.

Nachdruck des Originals von 1868.

DIE LEHRE

VOM

BINOCULAREN SEHEN

VON

EWALD HERING

PROFESSOR DER PHYSIOLOGIE UND MEDICINISCHEN PHYSIK
AN DER JOSEPHSAKADEMIE IN WIEN.

MIT HOLZSCHNITTEN.

LEIPZIG

VERLAG VON WILHELM ENGELMANN

1868.

Im Gegensatze zu neueren Bearbeitungen desselben Gegenstandes hat der Verfasser sich bestrebt, keinerlei philosophischen Voraussetzungen irgend- welchen Einfluss auf die Beurtheilung der Thatsachen zu gestatten, sondern lediglich an der Hand der Erfahrung und des Versuches zu allgemeineren Gesetzen zu gelangen. Er hofft hierdurch sowohl zum künftigen Aufbau einer Physiologie des Bewusstseins einen haltbaren Baustein geliefert, als auch be- sonders der Lehre von den Bewegungsanomalieen der Augen eine sichere physiologische Basis gegeben zu haben.

Das Werk wird in 3 Lieferungen à ca. 1—1½ Thlr. erscheinen, von denen die 2. und 3. im Laufe des nächsten Jahres im Besitz der Abnehmer sein werden.

Leipzig, October 1867.

Wilh. Engelmann.

SEINEM VEREHRTEN FREUNDE

ADOLPH COCCIUS

ORD. PROFESSOR DER AUGENHEILKUNDE IN LEIPZIG

GEWIDMET

VOM

VERFASSER.

Inhalt.

Viertes Capitel.

Von der Anpassung des Doppelauges.

Erster Abschnitt.

Von den Bewegungen des Doppelauges.

————

§ 1. *Einleitendes.*

Drei Beziehungen sind es, auf welche es bei den Bewegungen der Augen hauptsächlich ankommt: die Richtung der Gesichtslinien auf den jeweiligen Gegenstand der Aufmerksamkeit; die Lage, welche hierbei die Netzhäute einnehmen; die Regelung des Lichtzutrittes und der Strahlenbrechung durch innere Bewegungen des Auges.

Durch die Einstellung der Gesichtslinien auf einen Punct wird das Netzhautbild desselben in beiden Augen auf die Stelle des schärfsten Sehens, d. h. auf den Gesichtspunct der Netzhaut gebracht. Bei derselben Stellung der Gesichtslinie ist aber für das übrige Auge und insbesondere für die Netzhaut eine sehr verschiedene Lage denkbar. Man denke sich das Auge um die festgehaltene Gesichtslinie als Axe gedreht, so wird es alle bei dieser Stellung der Gesichtslinie möglichen Lagen durchlaufen. Es ist also nöthig, ausser der Stellung und Bewegung der Gesichtslinien auch noch die Lage und Bewegung der Netzhaut, oder wie man es auch genannt hat, die Orientirung derselben zu kennen. Zur Anpassung des Auges endlich für die jeweilige Entfernung der Gesichtsobjecte und die aus dem Gesichtsraume ins Auge dringende Lichtmenge dienen die Aenderungen der Linse und der Iris oder Blendung.

So weit sich die Untersuchung der Einstellung, Orientirung und Anpassung schon am Einzelauge führen lässt, gehört sie nicht eigentlich in den Plan dieses Buches; vielmehr bilden im Wesentlichen nur die gegenseitigen Beziehungen beider Augen bei ihren Bewegungen den Gegenstand der folgenden Betrachtung. Es wird jedoch nicht immer möglich sein, diesen Plan streng festzuhalten, sondern die Erörterung einiger Fragen nöthig werden, welche allerdings auch erledigt werden könnten, ohne irgendwie darauf Rücksicht zu nehmen, dass wir normalerweise nicht blos ein, sondern beide Augen zugleich gebrauchen. Anderseits aber wird sich deutlich zeigen, dass die Stellungen und Bewegungen des Einzelauges nach vielen Seiten hin gar

nicht verständlich sein können, wenn man nicht fortwährend seine Beziehungen zum anderen Auge berücksichtigt, und dass die beiden Augen im Allgemeinen nicht als zwei gesonderte und nur durch die gleiche Bestimmung
verbundene Organe, sondern so zu sagen als zwei Hälften e i n e s Organes
anzusehen sind, deren Verbindung unter einander man sich freilich nicht in
der früher üblichen, grob anatomischen Weise vorstellen darf.

Erstes Capitel.

Von der Einstellung des Doppelauges.

§ 2. *Von der gleichmässigen Innervation beider Augen.*

Die beiden Augen sind bei ihren Bewegungen derart mit einander verknüpft, dass das eine nicht unabhängig vom andern bewegt wird, vielmehr
auf einen und denselben Willensantrieb die Musculatur beider Augen gleichzeitig reagirt. Daher sind wir im Allgemeinen nicht im Stande ein Auge
ohne das andere zu heben oder zu senken, sondern beide Augen heben und
senken sich gleichzeitig und gleich stark. Ebensowenig können wir zum
Zwecke der Rechts- oder Linkswendung die Muskeln eines Auges allein innerviren. Zwar ist es uns möglich, beide Augen gleichzeitig um verschiedene
Winkel und mit verschiedenen Geschwindigkeiten nach links oder rechts,
einwärts oder auswärts zu bewegen und sogar, während ein Auge feststeht,
das andere auswärts oder einwärts zu drehen: aber dies vermögen wir nicht
etwa desshalb, weil wir im Stande wären, gleichzeitig jedem Auge eine besondere Innervation zuzuwenden, sondern weil bei den beschriebenen Bewegungen jedes Auge von zwei verschiedenen Innervationen getroffen wird, deren
eine auf eine Wendung b e i d e r Augen nach rechts oder links, deren andere
auf eine Einwärts- oder Auswärtsdrehung b e i d e r Augen gerichtet ist. Indem diese beiden Innervationen des Doppelauges sich im einen Auge gegenseitig unterstützen, im andern aber entgegenwirken, muss die wirklich
eintretende Bewegung in beiden Augen nothwendig eine verschiedene sein.

Blicken z. B. beide Augen (Fig. 1) zunächst gerade aus in weite Ferne,
und es zieht ein nach rechts und in grösserer Nähe erscheinendes Object *a*
unsere Aufmerksamkeit auf sich, so haben wir erstens Veranlassung das
Doppelauge auf die dem Objecte entsprechende Nähe einzustellen und dem
gemäss erfolgt eine Innervation beider Augen zur Convergenz, durch welche
Innervation an und für sich, da sie beide Augen zu gleich starker Wendung
nach innen antreibt, die anfangs parallelen Gesichtslinien λl und ϱr auf den
in etwa gleicher Nähe wie *a* gelegenen Punct α eingestellt werden würden,
wie die unterbrochenen Linien $\lambda l'$ und $\varrho r'$ darstellen. Ausserdem haben wir

aber auch, da das Object *a*, welches wir deutlich sehen wollen, nach rechts erscheint, Veranlassung, das Doppelauge nach rechts zu wenden, und dem gemäss erfolgt eine Innervation beider Augen zur Wendung nach rechts, durch welche Innervation an und für sich, da sie ebenfalls auf beide Augen gleich stark wirkt, beide Augen um gleiche Winkel nach rechts gewendet werden, und ihre Gesichtslinien zuletzt in die durch die punctirten Linien $\lambda l''$ und $\varrho r''$ versinnlichte Stellung kommen würden. Beide Innervationen erfolgen nun aber gleichzeitig, und es bekommt somit die linke Gesichtslinie erstens einen Antrieb zur Einwärtswendung um den Winkel $l\lambda l'$ und zweitens einen Antrieb zur Rechtswendung um den Winkel $l\lambda l''$; infolge dieses doppelten Antriebes wird die linke Gesichtslinie um $\angle l\lambda l' + \angle l\lambda l'' = \angle l\lambda l'''$ nach rechts gedreht und also auf den Punct *a* eingestellt. Die rechte Gesichtslinie bekommt erstens einen Antrieb zur Einwärtswendung um $\angle r\varrho r'$; und zweitens einen Antrieb zur Rechtswendung um $\angle r\varrho r''$; beide Antriebe wirken in entgegengesetzter Richtung. Demnach bewegt sich die Gesichtslinie in der Richtung des stärkeren Antriebes nach rechts, und zwar um $\angle r\varrho r'' - \angle r\varrho r' = \angle r\varrho r'''$, wird also ebenfalls auf Punct *a* eingestellt. So resultirt, trotzdem, dass beide Innervationen auf beide Augen gleich stark erfolgen, doch

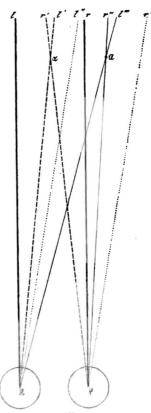

Fig. 1.

eine verschiedene Bewegung beider Augen, weil beide Innervationen im einen Auge sich einander unterstützen, im andern sich gegenseitig hemmen. Die Beweise für die Richtigkeit dieser Darstellung werden in den folgenden Paragraphen gegeben.

Beide Augen werden also, was ihre Bewegungen im Dienste des Gesichtssinnes betrifft, wie ein einfaches Organ gehandhabt. Dem bewegenden Willen gegenüber ist es gleichgiltig, dass dieses Organ in Wirklichkeit aus zwei gesonderten Gliedern besteht, weil er nicht nöthig hat, jedes der beiden Glieder für sich zu bewegen und zu lenken, vielmehr ein und derselbe Willensimpuls beide Augen gleichzeitig beherrscht, wie man ein Zwiegespann mit einfachen Zügeln leiten kann.

Dieses durch einfache Willensimpulse in Bewegung gesetzte Doppelauge kann nun auf jeden beliebigen Punct *p* des Gesichtsraumes so eingestellt
werden, dass seine beiden Gesichtslinien sich in diesem Puncte durchschneiden, und letzterer sich demgemäss auf den G e s i c h t s p u n c t e n d e r N e t z-
h ä u t e abbildet. Dadurch wird jener Punct *p* zum B l i c k p u n c t e d e s
D o p p e l a u g e s , denn auf ihn ist der Blick gerichtet, auf ihm ruht er.
Diese Einstellung wird dadurch erleichtert, dass beide Gesichtslinien von
vornherein in einer Ebene, der B l i c k e b e n e d e s D o p p e l a u g e s liegen
und daher, weil beide Augen sich im Allgemeinen immer gleichmässig heben
und senken, auch in einer Ebene bleiben. Nur bei stark gehobenem oder
gesenktem und zugleich seitwärts gewandtem Blicke bleiben aus einem später
zu erörternden rein mechanischen Grunde beide Gesichtslinien dann nicht
in einer Ebene, wenn der Kopf gewaltsam festgehalten wird. Beim gewöhnlichen Sehen ist das nicht der Fall, weil der Kopf und weiterhin der ganze
Körper durch passende Mitbewegungen die Bewegungen des Doppelauges
unterstützt und so möglich macht, dass die Gesichtslinien sich immer durchschneiden können.
     Die Richtung, in welcher der Blickpunct in Beziehung zu unserem
Kopfe gelegen ist, also die Blickrichtung des Doppelauges, wollen wir uns
durch eine gerade Linie versinnlichen, welche den Blickpunct mit einem in
der Mitte zwischen beiden Augen gelegenen Puncte verbindet, und diese
Linie heisse d i e B l i c k l i n i e d e s D o p p e l a u g e s , oder die b i n o c u l a r e
B l i c k l i n i e . Dieselbe ändert ihre Lage, sobald unser Blick nach rechts
oder links oben oder unten wandert; aber der Blick kann auch entlang der
unbewegten Blicklinie in grössere Nähe oder grössere Ferne gehen.
     Wir können uns demnach beide Augen durch ein einziges imaginäres
Auge repräsentirt denken, welches in der Mitte zwischen beiden wirklichen
Augen gelegen ist. Wie ein solches Auge innervirt werden müsste um nach
links, rechts, oben oder unten gewandt zu werden, so werden beide wirkliche
Augen immer gleichzeitig innervirt, und wie ein solches Auge innervirt
werden müsste, um sich für die grössere Nähe oder Ferne anzupassen, so
werden beide Augen innervirt, nur dass die letztere Innervation nicht blos
eine innere Accommodation beider Augen, sondern auch eine äussere Einstellung beider Gesichtslinien für die Nähe oder Ferne zur Folge hat.
     Der Blickpunct liege in *a* (Fig. 2), und μm sei die Blicklinie des für
die Nähe des Punctes *a* accommodirten imaginären Auges, dessen Accommodation der Convergenzwinkel $\lambda a \varrho$ der Gesichtslinie der wirklichen Augen
entspricht. Ein in *b*, also nach rechts und ferner als *a* gelegenes Object lenke
jetzt die Aufmerksamkeit auf sich. Um es deutlich zu sehen, wäre für das imaginäre Auge erstens eine Accommodation für grössere Ferne und zweitens eine
Drehung nach rechts um den Winkel $m \mu b$ nöthig. Durch die Accommodation
allein würde das imaginäre Auge etwa für den Punct *b'* angepasst werden.
Dieser Accommodation des imaginären Auges entspricht in der Wirklichkeit

die Accommodation b e i d e r Augen und zugleich die Einstellung beider Gesichtslinien auf den Punct b'. Der Drehung der Blicklinie des imaginären
Auges um den Winkel $m\mu b$
entspricht an den wirklichen
Augen eine Drehung beider
Gesichtslinien um einen gleich-
grossen Winkel; die bereits
auf b' eingestellt gedachten Gesichtslinien würden sich also
beziehungsweise um die Winkel
$b'\lambda b$ und $b'\varrho b$, welche gleich
$m\mu b$ sind, nach rechts drehen
müssen. Wie nun im imaginären Auge die Accommodation
und die Rechtswendung nicht
nach einander, sondern mit einander vor sich gehen könnten,
so erfolgen auch am wirklichen
Doppelauge die analogen Ver-
änderungen gleichzeitig. Das
linke Auge bekommt dabei erstens einen Antrieb nach links,
entsprechend der auf Minderung
des Convergenzwinkels gerichteten Innervation des Doppelauges, und zweitens einen stärkeren Antrieb nach rechts, entsprechend der zum Zwecke der
Rechtswendung des Doppel-
auges erfolgenden Innervation,
seine Gesichtslinie geht deshalb

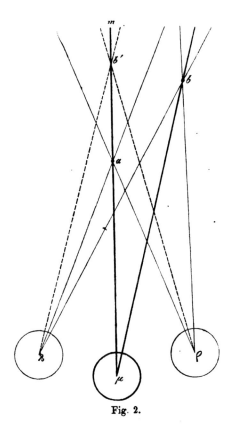

Fig. 2.

im Sinne des stärkeren Antrie-
bes um den Winkel $b'\lambda b - a\lambda b' = a\lambda b$ nach rechts. Die analogen Antriebe
erhält auch das rechte Auge, bei welchem sie sich aber gegenseitig unterstützen, so dass dasselbe um den Winkel $a\varrho b' + b'\varrho b = a\varrho b$ nach rechts
gewandt wird.

In einem späteren Abschnitte werden die hier kurz skizzirten Thatsachen
weiter zu erörtern und besonders zu untersuchen sein, welche Bedeutung
dieselben für die räumliche Wahrnehmung haben. Dabei werden abgesehen
von den in den folgenden Paragraphen gegebenen Beweisen noch zahlreiche
andere bestätigende Thatsachen ans Licht treten.

Ferner wird später zu erörtern sein, dass die Localisation der Netzhautbilder beider Augen, soweit sie überhaupt von der Stellung und Bewegung

der Augen abhängig ist, sich keineswegs nach den Sonderstellungen beider Augen, sondern nach der Stellung und Bewegung der Blicklinie des Doppelauges richtet, und dass wir nicht nur die beiden Augen so innerviren, wie wir das einfache imaginäre innerviren müssten, sondern dass wir auch die Netzhautbilder in Betreff der Richtung so localisiren, als ob beide wirkliche Netzhautbilder auf der Netzhaut des imaginären Auges lägen. Dabei wird sich dann die zeither noch nicht richtig erkannte durchgängige Harmonie zwischen den sensorischen und motorischen Functionen der Augen zeigen, ohne deren Verständniss auch eine befriedigende Symptomatologie der Motilitätsstörungen nicht denkbar ist.

Die schlichte Beobachtung hat schon seit langer Zeit zu dem allgemeinen Satze geführt, dass die Musculatur eines Auges nicht willkürlich ohne gleichzeitige Innervation der Musculatur des andern innervirt werden könne. Die Verbindung verschiedener Augenmuskeln zu gemeinsamer Leistung pflegte man als ein treffliches Beispiel der sogenannten Mitbewegungen anzuführen; »Das Wesentliche der Mitbewegungen«, sagte JOH. MÜLLER[1], »liegt darin, dass die willkürliche Intention auf einen Nerven die unwillkürliche auf einen andern hervorruft. Die Erscheinungen der Mitbewegung sind nicht angeübt, sie sind angeboren. Die Mitbewegung ist bei dem Ungeübten am grössten, und der Zweck der Uebung und Erziehung der Muskelbewegungen ist zum Theil, das Nervenprincip auf einzelne Gruppen von Fasern isoliren zu lernen. Das Resultat der Uebung ist daher in Hinsicht der Mitbewegungen Aufhebung der Tendenz zur Mitbewegung. Bei den Associationen der willkürlichen Bewegungen ist es ganz anders. Hier werden durch Uebung Muskeln zur schnellen Folge oder Gleichzeitigkeit der Bewegung ausgebildet. Das Resultat der Uebung bei der Association der Bewegungen ist daher gerade das Umgekehrte, als bei den Mitbewegungen. Durch Uebung verlieren die Muskeln die angeborne Tendenz zur Mitbewegung; durch Uebung wird die willkürliche Mitbewegung erleichtert«. MÜLLER scheidet in diesen Worten treffend die beiden Arten der Mitbewegung, die unwillkürliche, angeborne Mitbewegung und die willkürliche angeübte Association der Bewegungen. Die an den Augen vorkommenden Mitbewegungen nahm MÜLLER mit Entschiedenheit für angeborne, und diese Ansicht hatte allgemeine Geltung bis in die jüngste Zeit, wo eine Anzahl Ophthalmologen, an deren Spitze gegenwärtig HELMHOLTZ steht, jedem Auge eine von den Bewegungen des anderen Auges ursprünglich vollkommen unabhängige Motilität zuschrieb. Diese neue, und wie sich zeigen wird, irrige Ansicht entwickelte sich aus der von WHEATSTONE begonnenen Opposition gegen die Lehre von der Identität der Netzhäute und war eine nothwendige Consequenz der alten im Wesentlichen schon von CARTESIUS aufgestellten, neuerdings von PORTERFIELD, SCHOPENHAUER, HELMHOLTZ, WUNDT, NAGEL u. A. vertheidigten Hypothese, nach welcher wir die Aussendinge trotz dem doppelten Netzhautbilde darum einfach sehen sollen, weil wir die beiden Bilder derselben auf ihren Richtungslinien (oder Visirlinien, oder Netzhautnormalen) bis zum Durchschnittspuncte der letzteren hinausprojiciren. Das oben erörterte wichtige Gesetz von der gleichmässigen Innervation beider Augen trotz ungleichmässiger Bewegung oder unsymmetrischer Convergenz derselben habe ich schon in meinen Beiträgen zur Physiologie § 123 S. 316 angedeutet.

---

1) Handbuch der Physiologie 1840 II. Bd. S. 103.

Es ist dasselbe von fundamentaler Bedeutung für das Verständniss der Augenbewegungen.

§ 3. *Gründe für und wider die Annahme einer immer gleichen Innervation beider Augen.*

Die Beobachtung, dass für gewöhnlich beide Augen sich gemeinsam bewegen, könnte an sich kein zureichender Grund für die Annahme sein, dass es sich dabei um irgend welchen Zwang zu gleichzeitiger Bewegung handle, weil jene Thatsache sich hinreichend daraus erklären liesse, dass wir, um möglichst deutlich zu sehen, immer beide Augen gleichzeitig auf denselben Punct einstellen müssen, und daher die Gesichtsobjecte gleichzeitig mit beiden Augen erfassen, wie wir gewisse Dinge mit beiden Händen zugleich ergreifen und festhalten. Zur Annahme einer zwangsmässigen Verbindung beider Augen zu gemeinsamer Bewegung ist man vielmehr durch die Erfahrung gekommen, dass diese Verbindung auch noch unter Umständen fortbesteht, wo das Sehen durch dieselbe nicht gefördert wird, ja sogar auch dann, wenn sie demselben entschieden hinderlich ist. Diese Umstände sind hauptsächlich folgende:

1. Wenn wir ein Auge verdecken, so folgt das verdeckte Auge den Bewegungen des andern, wovon man sich leicht an einer zweiten Person überzeugen kann, wenn man von der Seite her das nur lose verdeckte Auge beobachtet. Der Wille vermag nicht diese für das Sehen ganz zwecklosen Mitbewegungen des gedeckten Auges zu unterdrücken.

2. Wenn ein Auge vollständig erblindet ist, begleitet es gleichwohl die Bewegungen des noch sehenden. Wenn beide Augen vollständig erblindet sind, bewegen sie sich dennoch immer gleichzeitig.

3. Schielende, welche nachweisbar nur das Netzhautbild des einen Auges auffassen, bewegen gleichwohl beide Augen gemeinschaftlich.

4. Die unwillkürlichen Bewegungen beim Nystagmus erfolgen in beiden Augen gleichzeitig und in analoger Weise.

5. Bei Parese gewisser Augenmuskeln sind die Kranken, obwohl sie durch die Doppelbilder sehr belästigt werden, auch dann nicht im Stande beide Augen auf gewisse Aussenpuncte einzustellen, wenn sie bei einäugigem Sehen jedes Auge für sich auf jene Puncte einzustellen vermögen. Könnten sie jedes Auge unabhängig vom andern bewegen, so müsste ihnen die gleichzeitige Einstellung beider Augen auf alle die Puncte möglich sein, auf die sie jedes Auge für sich einzustellen vermögen.

Diese hinreichend festgestellten Thatsachen beweisen, dass die Mitbewegungen auch dann vorhanden sind, wenn sie das Sehen nicht fördern oder gar stören. Hieraus folgt, dass ein gewisser Zwang zu diesen Mitbewegungen besteht.

Anderseits giebt es aber auch Thatsachen, welche auf den ersten Blick

mit der Annahme eines solchen Zwanges nicht vereinbar scheinen und daher
zur Bekämpfung dieser Annahme benützt worden sind. Wenn es nämlich richtig ist, dass beide Augen immer gemeinsam innervirt werden, so würde es von vornherein im höchsten Grade wahrscheinlich
sein, dass die bezüglichen Muskeln beider Augen auch immer gleichstark
innervirt werden, dass es wenigstens nicht in unserer Willkür liegt, das
Maass der Innervation für jedes Auge besonders zu bestimmen. Denn sonst
wäre nicht wohl einzusehen, warum wir nicht auch die Innervation des einen   ·
Auges beinahe auf Null herabdrücken könnten, während das Maass der Innervation des anderen Auges eine beliebige Grösse hätte; überhaupt wären dann
factisch die Bewegungen des einen Auges so gut wie unabhängig von denen
des andern. Nun müsste aber, so könnte man meinen, der Zwang zu immer
gleicher Innervation beider Augen es uns unmöglich machen, beide Augen
gleichzeitig um verschiedene Winkel und mit verschiedenen Geschwindigkeiten zu drehen, oder gar nur ein Auge zu bewegen, während das andere
feststeht. Sofern es sich dabei nur um Bewegungen nach rechts und links,
d. h. um sogenannte Lateralbewegungen handelt, lassen sich zwar die erwähnten Thatsachen mit der Annahme einer immer gleichen Innervation
beider Augen in Einklang bringen, wie in § 1 dargelegt worden ist, aber es
ist doch noch der Beweis zu liefern, dass die dort gegebene Darstellung die
einzig richtige ist, und diess um so mehr, als ferner feststeht und gegen meine
Auffassung eingewendet werden kann, dass wir auch im Stande sind, ein Auge
ein wenig zu heben und zu senken, während das andere unverrückt feststeht.
Letzteres lässt sich mit der Annahme einer immer gleichmässigen Innervation
beider Augen nicht in derselben Weise vereinbaren, wie die Ungleichheit
der Bewegungen beider Augen nach rechts oder links, weil wir dort nicht
wie hier eine Concurrenz zweier verschiedener Innervationen des Doppelauges annehmen können.

§ 4. *Beweise für die gleichmässige Innervation bei ungleichmässiger Lateralbewegung.*

In § 1 wurde gezeigt, wie die gleichzeitige aber ungleichmässige Lateralbewegung beider Augen oder die Lateralbewegung nur eines Auges bei
Stillstand des andern sich mit der Annahme einer immer gleichmässigen
Innervation beider Augen leicht vereinigen lässt. Eine merklich ungleichmässige Lateralbewegung tritt nur dann ein, wenn der Punct, zu welchem
der Blick übergeführt wird, nicht blos seitlich von dem anfangs fixirten
Puncte, sondern auch näher oder ferner als derselbe erscheint, so dass es
sich allemal sowohl um eine Seitwärtswendung als um eine Näherung oder
Fernerung des Blickpunctes handelt. Wollten wir nun eine solche ungleichmässige Lateralbewegung beider Augen aus dem Vermögen erklären, beiden
Augen gleichzeitig ein verschiedenes Maass der Innervation zuzuwenden,

so kämen wir in Widerspruch mit den oben aufgezählten Erfahrungen, welche die Annahme eines Zwanges zur immer gemeinschaftlichen Innervation beider Augen unabweislich fordern. Zu diesem indirecten Beweise für die Richtigkeit meiner Annahme gesellen sich aber eine Reihe directer Beweise, die ich an einem besonderen Beispiele erläutern will.

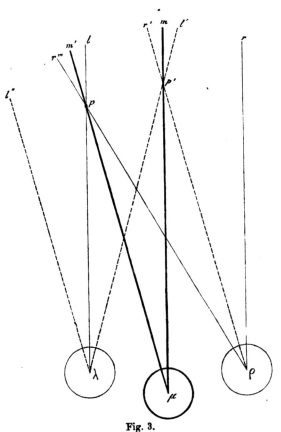

Das Doppelauge sei anfangs auf einen sehr fernen horizontal geradaus gelegenen Punct eingestellt, sodass die Gesichtslinien (λl und ϱr Fig. 3) parallel liegen. Jetzt soll der Blick auf einen näheren, nach links von der Medianebene und zwar auf der Gesichtslinie des linken Auges gelegenen Punct p eingestellt werden. Nach meiner Annahme wird hiezu erstens eine Innervation beider Augen zum Zwecke der

Fig. 3.

Vergrösserung ihres Convergenzwinkels nöthig, durch welche Innervation, wenn sie allein wirksam wäre, die Gesichtslinien in die Stellungen $\varrho r'$ und $\lambda l'$ kämen und auf den in etwa gleicher Nähe wie p gelegenen Punct p' eingestellt werden würden. Zu gleicher Zeit wird aber auch eine Linkswendung des Doppelauges nöthig sein, um die binoculare Blicklinie μm aus ihrer Mittellage in die Lage $\mu m'$ zu bringen, also eine Innervation, welche, wenn sie allein einträte, beide Gesichtslinien um einen Winkel nach links wenden würde, welcher gleich $\angle m\mu m'$ ist, so dass sie in die Lagen $\varrho r'$ und $\lambda l''$ kämen. Beide Innervationen wirken aber gleichzeitig, so dass das linke Auge gleichzeitig zwei einander direct entgegenwirkende, gleich starke Im-

pulse erhält und in Folge dessen weder dem einen noch dem andern nach-
giebt, sondern in seiner Lage verharrt, während beim rechten die beiden
gleich starken Impulse zur Bewegung in derselben Richtung wirken, so dass
dieses Auge doppelt so weit nach links getrieben wird, als jede der beiden
Innervationen für sich es treiben würde, und seine Gesichtslinie dem entsprechend in die Stellung $\varrho r'''$ kommt. Somit sind nun beide Gesichtslinien
auf den Punct p eingestellt. Dabei wird, die passende Lage der Blickebene
vorausgesetzt, am rechten Auge nur der Adductor (rectus internus), am linken
Auge aber sowohl der Adductor als der Abductor (rectus externus) in Thätigkeit sein. Das linke Auge wird also, da zwei antagonistisch wirkende Muskeln an ihm thätig sind, sich anders verhalten, als vorher, wo zwar seine
Gesichtslinie dieselbe Stellung inne hatte, aber die Innervation der beiden
erwähnten Antagonisten nicht statt hatte: es wird sich im Zustande erhöhter
Spannung befinden, und der intraoculare Druck zugenommen haben, obgleich
die Stellung der Gesichtslinie völlig dieselbe geblieben ist.

Dass nun wirklich bei der eben beschriebenen Bewegung des Blickes
am linken Auge zwei antagonistisch wirkende Muskelkräfte in Thätigkeit
sind, verräth sich durch ein leises Hin- und Herzucken des Auges, welches
ein zweiter Beobachter leicht wahrnehmen kann. Dieses Zucken wird nach
und nach schwächer, wenn man sich in analogen Versuchen häufig übt. Die
beiden am linken Auge concurrirenden Innervationen heben sich begreif-
licherweise nicht während des ganzen Verlaufes der Blickbewegung gegenseitig so mathematisch genau auf, dass nicht ein abwechselndes, kurzes
Ueberwiegen des einen Muskels über den andern eintreten könnte. Dass
aber das Zucken überhaupt eintritt ist ein Beweis dafür, dass die stattfindende
Innervation sich nicht auf das rechte Auge beschränkt, sondern auch das
linke trifft, obwohl dieses Auge bereits auf den Punct p eingestellt und seine
Bewegung daher ganz zweckwidrig ist.

Da bei der beschriebenen unsymmetrischen Einstellung des Doppelauges
auf Punct p andere Muskelkräfte am linken Auge in Wirksamkeit sind, als
wenn bei gleicher Stellung der linken Gesichtslinie das Doppelauge auf einen
sehr fernen Punct eingestellt ist, so ist es auch denkbar, dass das linke Auge
trotz der in beiden Fällen gleichen Lage seiner Gesichtslinie eine etwas verschiedene Gesammtlage zeigen, und insbesondere seine Netzhaut in beiden
Fällen etwas verschieden liegen wird. Wenn nämlich die Zugkräfte des
Adductor einerseits und des Abductor anderseits einander nicht genau diametral entgegenwirken, so wird in später zu beschreibender Weise aus diesen
beiden Zugkräften ein kleines Drehungsmoment resultiren müssen, durch
welches die Gesichtslinie aus ihrer Stellung etwas abgelenkt werden müsste,
wenn nicht eine abermalige Compensation durch anderweite Muskelwirkungen
einträte. Kurz die Gesichtslinie wird im einen Falle durch andere Muskelkräfte in ihrer Stellung erhalten, als im andern Falle. Eine solche Verschiedenheit der am Auge angreifenden Zugkräfte könnte aber auch eine

verschiedene Lage der Netzhaut, d. h. der Orientirung des Auges zur Folge haben. Dass nun eine Verschiedenheit der Orientirung in beiden Fällen wirklich besteht, lässt sich experimentell nachweisen, wenngleich die erwähnte gleichzeitige Anspannung des äusseren und inneren Geraden keineswegs die einzige Ursache dieser Verschiedenheit ist. Wir werden später sehen, dass das Gesetz der Orientirung für das auf die weite Ferne eingestellte Doppelauge ein anderes ist, als bei Einstellung desselben auf nahe Dinge.

Während also in dem eben besprochenen Falle die rechte Gesichtslinie sich nach links bewegt, die linke aber abgesehen von kleinen Zuckungen des Auges ihren Ort nicht ändert, tritt eine kleine Drehung des linken Auges um seine Gesichtslinie ein; Beweis dafür, dass das linke Auge, obgleich seine Gesichtslinie schliesslich ihre Lage nicht geändert hat, doch durch andere Muskelwirkungen und demnach auch durch eine andere Innervation als vorher in seiner Lage gehalten wird.

Nach meiner Annahme muss beim Nahesehen, sobald der Blickpunct nicht in der Medianebene liegt, sich allemal ein Auge unter dem Einflusse einer antagonistischen Innervation befinden, und zwar das Auge derjenigen Seite, nach welcher der Blickpunct von der Medianebene abweicht. Es wird nämlich erstens der Adductor dieses Auges innervirt sein, und zwar entsprechend der Nähe des Blickpunctes, und zweitens der Abductor, und zwar entsprechend der seitlichen Abweichung des Blickpunctes von der Medianebene. Bringen wir also ein der Antlitzfläche paralleles Blatt Papier nahe vor's Gesicht, und lassen den Blick auf demselben hin und her schweifen, so werden fortwährend beide Adductoren innervirt sein, und so oft der Blick die Medianebene nach rechts oder links verlässt, auch noch der Abductor des rechten, bezüglich linken Auges. Bemüht man sich unter diesen Verhältnissen, den Blick möglichst weit z. B. nach links zu wenden, so wird der Abductor des linken Auges nicht im Stande sein das Auge so weit nach links zu drehen, wie er es beim Fernsehen vermag, wo der Adductor desselben Auges nicht innervirt, also auch weniger gespannt ist, und dem Abductor weniger Widerstand entgegensetzt. Zu dieser Folgerung aus unserer Annahme stimmt die Erfahrung: Das Excursionsvermögen des linken Auges nach links, des rechten nach rechts ist beim Nahesehen kleiner als beim Fernsehen. Das Blickfeld schränkt sich um so mehr ein, je näher es dem Auge liegt. Diese Thatsache wäre ebenfalls unerklärlich, wenn jedes Auge selbstständig innervirt würde.

Um diese Einschränkung des Blickfeldes beim Nahesehen zu erweisen, erzeugt man sich z. B. im linken Auge das dauerhafte Nachbild einer kleinen Oblate oder eines fixirten schmalen verticalen farbigen Papierstreifens an der Stelle des directen Sehens. Hierauf stellt man sich an ein Fenster mit freier Aussicht und sichert seine Kopfhaltung, indem man sich an einem quergestellten, gut befestigten Brettchen mit den Zähnen festhält. Dann wendet man das linke Auge nach links, achtet auf das Nachbild und merkt sich, bis zu welchem nach links hin gelegenen fernen Objecte *o* man das Nachbild verschieben kann. Auf der Fensterscheibe, welche dem Auge sehr nahe sein muss, markirt man sodann den Punct *p*, in welchem beim Blick auf das fragliche Object *o* die Gesichtslinie das Fenster durchschneidet. Accommodirt man sodann sein Auge für die nahe Fensterscheibe, auf welcher man als Fixationsobjecte einzelne Puncte oder Linien angebracht hat, so ist man nicht mehr im Stande, das Nachbild bis auf den Punct *p* nach links zu schieben, wohl aber wird diess sogleich wieder möglich, wenn man wieder für die Ferne accommodirt. Letzteres muss man der Controle wegen durchaus thun, denn die Excursionsfähigkeit des Auges mindert sich sehr rasch infolge der Ermüdung, und man bekommt daher falsche Resultate, wenn man nicht mehrmals hintereinander die Accommodation für die Nähe und Ferne wechselt. Den Versuch ohne Nachbild zu machen ist nicht zu rathen, denn nur das Nachbild giebt uns sicheren Aufschluss über die jeweilige Lage der Gesichtslinie; ohne Nachbild überschätzt man meistens das Excursionsvermögen und hält ein schon etwas indirect gesehenes Object noch für direct gesehen, weil es in dem Augenblicke der ausschliessliche Gegenstand unserer Aufmerksamkeit ist.

Richten wir ein Auge, z. B. das linke auf einen sehr fernen gerade vor uns gelegenen Punct, bringen dann in die linke Gesichtslinie, wenige Zoll vom Auge entfernt, eine Nadelspitze *p*, und bemühen uns, die Nadelspitze deutlich zu sehen, so brauchte hierzu die Gesichtslinie des linken Auges ihre Lage nicht zu ändern, sondern nur der Refractionszustand des Auges geändert zu werden. Gleichwohl verhält sich hierbei das Doppelauge ganz ebenso wie in dem in Fig. 3 versinnlichten Falle. Erstens nämlich stellt sich das verdeckte rechte Auge mit auf die Nadelspitze ein und zweitens macht das linke Auge dieselben Zuckungen, die wir oben kennen lernten. Nach unserer Hypothese ist dies sogleich verständlich. Im einen wie im anderen Falle handelt es sich um die Ueberführung des Blickes von einem sehr fernen geradeaus gelegenen Puncte auf einen näher und etwas nach links gelegenen; zu diesem Zwecke wird das Doppelauge beidenfalls in derselben Weise innervirt. Dass im einen Falle das rechte Auge sich am Sehacte gar nicht betheiligt, ist für die Innervation gleichgiltig, weil diese sich eben nicht auf das eine oder andere Auge isolirt.

Ich hatte schon erwähnt, dass die Richtung, in der uns ein fixirtes Object erscheint, sich im Allgemeinen nach der jeweiligen Lage der Blicklinie des Doppelauges richtet. Bei dem beschriebenen Versuche ändert nun die Blicklinie des Doppelauges ihre Lage, indem sie entsprechend der auf Linkswendung des Doppelauges gerichteten Innervation nach links gedreht wird. Die Folge ist, dass uns nun auch die Nadelspitze entsprechend nach links von der Medianebene erscheint, obwohl die Gesichtslinie des allein sehenden linken Auges ihre Lage gar nicht geändert hat. Es erscheint also, so lange beide Gesichtslinien parallel geradeaus liegen, sowohl das fixirte ferne Object, als

die dasselbe mit ihren Zerstreuungskreisen deckende Nadelspitze gerade vor
uns in der Medianebene; sobald wir aber das linke Auge für die Nadelspitze
accommodirt haben, scheinen beide Objecte nach links zu liegen, entsprechend der veränderten Lage der Blicklinie des Doppelauges. Während
der Accommodation selbst erleiden dem entsprechend beide Objecte eine
S c h e i n b e w e g u n g n a c h l i n k s. Dieser Versuch gelingt, besonders wenn
man ihn in der unten beschriebenen Weise anstellt, allen denen sogleich,
welche normalerweise nicht an einen einseitigen Gebrauch des einen oder
anderen Auges gewöhnt sind, während er bisweilen keinen so schlagenden
Erfolg hat, wenn er mit einem Auge angestellt wird, welches sehr häufig
in einseitiger Weise benützt worden ist. Eine wesentliche Bedingung des
Versuches ist, dass man die Nadel irgendwie befestige, damit sie nicht durch
Schwankungen das Resultat trübe, und dass man durch eine Röhre blicke,
um nicht weniger Erfahrungen über die wirkliche Lage der Objecte in seiner
Täuschung gestört zu werden.

Ganz anders müsste offenbar der Versuch ausfallen, wenn jedem Auge
eine gesonderte Motilität zukäme, denn dann würde auch das Netzhautbild
jedes Auges je nach der Stellung des letzteren localisirt werden müssen,
wie auch Viele irrthümlich behaupteten. Es würde dann weder erklärlich
sein, dass das verdeckte Auge sich bei dem Versuche mitbewegt, noch dass
seine Stellung die Localisation des im anderen Auge gelegenen Bildes
beeinflusst.

Diese Beweise für das Vorhandensein einer immer gleichmässigen Innervation beider Augen trotz ungleichmässiger Bewegung oder unsymmetrischer Convergenz derselben, mögen für jetzt genügen. Es ist ersichtlich,
dass die hier beschriebenen Beobachtungen und Versuche sich vielfältig
variiren lassen.

Den zuletzt beschriebenen Versuch stellt man am besten in folgender Weise
an. Zwei 6—8 Zoll lange, 1 Zoll breite innen geschwärzte parallele Röhren werden so vor die geradaus gestellten Augen gebracht, dass je eine Gesichtslinie in
die Axe einer Röhre zu liegen kommt. An dem vom Auge abgewendeten Ende
sind die Röhren durch je einen Deckel verschlossen, der an einem Charniere befestigt, nach oben aufgeklappt werden kann. Der Deckel muss so dicht schliessen,
dass das Licht nicht durchscheinen kann. In einer Entfernung vom Auge, welche
die seines Nahepunctes etwas übertrifft, ist ein Stift von unten her in jede Röhre
so weit eingetrieben, dass seine Spitze in die Axe der Röhre zu liegen kommt.
Der Stift muss so stark sein, dass er, wenn man durch die Röhre auf ein fernes
Object sieht, trotz der grossen Zerstreuungskreise seines Netzhautbildes noch als
ein Schatten sichtbar ist. Blickt man durch diese Doppelröhre in die Ferne, so
verschmelzen die beiden sichtbaren Röhrenöffnungen zu einer einzigen, und die
beiden Stifte erscheinen ebenfalls als nur einer, falls die Röhren den richtigen
Abstand von einander haben. Man fixire nun ein fernes Object so, dass es gerade
hinter dem undeutlich sichtbaren Stifte erscheint, und lasse dann von einem Gehülfen den Deckel einer der beiden Röhren hinunterklappen. Man wird nun nur
noch mit einem Auge sehen. Hierauf wende man seine Aufmerksamkeit von dem
fernen Objecte auf den nahen Stift und bemühe sich ihn deutlich zu sehen; wäh-

rend man diess thut, rückt sowohl die Röhrenöffnung als der Stift scheinbar zur
Seite und beide erscheinen schliesslich seitwärts nach rechts oder links, während
sie anfangs d. h. so lange man in die Ferne blickte in der Medianebene zu liegen schienen.

Wie erwähnt ist der Versuch bisweilen nicht so schlagend, wenn er mit einem
Auge angestellt wird, welches sehr häufig einseitig, z. B. zum Mikroskopiren, benützt wird. Immerhin aber tritt der beschriebene Erfolg auch an einem solchen
Auge ein, wenngleich minder deutlich. Benutzt man dann das andere Auge, so
ist der Erfolg um so überraschender. Der Grund dieser Erscheinungen, die schon
in das Bereich des Abnormen gehören, wird später zu erörtern sein.

Bei Anstellung des soeben beschriebenen Versuches machte ich die Bemerkung, dass, sobald ich stark accommodirte, das fixirte Object nicht nur eine Scheinbewegung in horizontaler Richtung nach aussen machte, sondern dass es sich zugleich etwas nach unten bewegte, und endlich dass ein fixirtes Fadenkreuz sich
ausserdem ein wenig um seinen Mittelpunct drehte, derart dass der obere Theil
desselben sich nach der Seite des geschlossenen Auges neigte. Nach den Gesetzen,
welchen die räumliche Auslegung der Netzhautbilder folgt, muss diese Beobachtung auf die Vermuthung führen, dass das offene Auge infolge der Accommodation
für die Nähe nicht blos einen unwillkürlichen Zug nach innen, sondern zugleich
einen wenn auch schwächeren nach oben erleidet. Ersterer wird wie gesagt durch
eine willkührliche Innervation des externus neutralisirt; um auch den letzteren zu
corrigiren, müssen auch diejenigen Muskeln etwas innervirt werden, welche das
Auge zu senken streben. Letztere zur Festhaltung des Blickes auf der Höhe des
Fixationspunctes nöthige Innervation hat nun die Scheinbewegung nach unten
zur Folge.

Was weiter die Scheindrehung des Gesichtsfeldes betrifft, so legt sie die Vermuthung nahe, dass das beobachtende Auge bei der Accommodation für die Nähe
zugleich eine kleine Rollung um die Gesichtslinie erfahren habe, und zwar im
entgegengesetzten Sinne, wie die Drehung des Gesichtsfeldes. Auf diese durch die
Accommodation bedingte Rollung der Augen bei ungeänderter Stellung der Gesichtslinie wird später ausführlich zurückzukommen sein.

§ 5. Ueber die künstliche Ablenkung eines Auges nach oben oder unten.

Ich habe oben noch eine weitere Thatsache erwähnt, welche gegen die
Hypothese der immer gleichen Innervation beider Augen zu sprechen schien.
Wenn wir vor das eine Auge ein sehr schwaches Prisma mit der Basis nach
oben oder unten halten, so erscheint der zuvor fixirte Punct in übereinander
liegenden Doppelbildern, die jedoch nach einiger Zeit zusammenfliessen.
Es beruht diese nachträgliche Verschmelzung der Doppelbilder darauf, dass
das eine Auge unter dem Prisma ein wenig nach oben oder unten gedreht
wird, so dass beide Gesichtslinien nicht mehr in einer Ebene liegen. Man
stellt den Versuch am zweckmässigsten so an, dass man das schwache Prisma
zuerst mit der Basis nach aussen hält und es dann, nachdem wieder Einfachsehen eingetreten ist, langsam um die Gesichtslinie als Axe dreht, bis die
Basis gerade nach oben oder unten zu liegen kommt (DONDERS). Je öfter man
den Versuch anstellt, desto stärkere Prismen kann man auf diese Weise überwinden. Ich selbst habe dadurch, dass ich die in ein Brillengestell gefassten

Prismen dauernd benützte und allmählich zu immer stärkeren Prismen überging, schliesslich solche von 8° überwunden; jedoch nur mit grosser Anstrengung und auf sehr kurze Zeit.

Dieselbe Beobachtung, dass man die eine Gesichtslinie ein wenig nach oben oder unten drehen kann, während die andere in ihrer Lage bleibt, macht man auch oft bei Gelegenheit stereoskopischer Versuche. Man kann zwei stereoskopische Bilder bekanntlich ohne Mithilfe irgend welcher Apparate verschmelzen, wenn man die Gesichtslinien parallel stellt, so dass sie auf entsprechende Puncte beider Bilder treffen. Ist man kurzsichtig und bringt beide Bilder in die Entfernung des Fernpunctes der Augen, so sieht man auch das Verschmelzungsbild in vollster Schärfe. Wenn man nun bei solchen Versuchen das Papier mit den beiden Bildern, während man das Verschmelzungsbild betrachtet und den Kopf unverrückt hält, um seinen Mittelpunct so dreht, dass das eine Bild höher zu liegen kommt als das andere, oder wenn man bei unveränderter Lage des Bildes den Kopf um eine von vorn nach hinten gehende Axe ein wenig dreht, so bleibt gleichwohl die Verschmelzung beider Bilder bis zu einem gewissen Grade der Drehung möglich, weil die eine Gesichtslinie etwas nach unten, die andere etwas nach oben geht; oder wenn man das Papier mit den Bildern in zwei Hälften schneidet, und während man das Verschmelzungsbild fixirt und den Kopf festhält oder halten lässt, das eine Bild langsam nach oben oder unten schiebt, so können ebenfalls bis zu einer gewissen Grenze der Verschiebung die Bilder noch verschmolzen werden. Auch hiebei sieht man, dass längere Uebung ein Verschmelzen der Bilder bei immer grösserer Höhendifferenz gestattet.

Dass es sich bei allen diesen Versuchen nicht um ein Einfachsehen mit nicht correspondirenden Netzhautstellen handelt, sondern dass wirklich die verschiedene Höhenstellung der Gesichtslinien das Einfachsehen vermittelt, geht abgesehen von anderen Umständen schon daraus hervor, dass wenn man das Prisma oder die stereoskopischen Bilder nach einiger Zeit plötzlich entfernt, die dahinter gelegenen Objecte zunächst doppelt erscheinen, weil die Gesichtslinien nur allmählich wieder in eine Ebene kommen, wie man deutlich an der gegenseitigen Näherung der übereinanderliegenden Doppelbilder erkennt. Je länger der Versuch gedauert hat, desto langsamer erfolgt die Wiedereinstellung der Gesichtslinien in die normale Lage. Nach sehr kurzer Dauer des Versuches, und wenn die Ablenkung gering war, erfolgt sie meist so schnell, dass sie sich leicht der Beobachtung entziehen kann.

Die angeführten Thatsachen lassen sich nicht in analoger Weise, wie die im vorigen Paragraphe besprochenen, mit der Annahme gleicher Innervation beider Augen in Uebereinstimmung bringen; sie können aber auch nichts dafür beweisen, dass dieser Zwang nicht bestehe, sondern nur darthun, dass derselbe ein nicht ganz unüberwindlicher ist. Betrachten wir andere Mitbewegungen, so finden wir durchgängig, dass sie sich ganz analog verhalten; überall besteht ein mehr oder weniger grosser Trieb zur gemeinsamen Action mehrerer Muskeln. Dieser Trieb ist unter Umständen so stark, dass er uns geradezu als ein unüberwindlicher Zwang erscheint. Nach langen, mühsamen und vergeblichen Versuchen gelingt es uns dann doch bisweilen, diejenige Innervation zu finden, durch welche sich die Thätigkeit des einen Muskels ein wenig von der des anderen unabhängig machen lässt. Ich hatte viel Uebung nöthig, ehe es mir gelang jedes Auge unabhängig vom anderen zu schliessen; und heute noch bin ich trotz jahrelanger Uebung nicht im Stande, das eine Auge zu schliessen, ohne dass das Lid des anderen leise zuckt, was mir selbst erst gar nicht bemerkbar war, bis ich einst den Versuch vor dem Spiegel anstellte. Diesem einen Beispiele liessen sich zahlreiche anreihen. Wer möchte hienach behaupten, dass z. B. jedem Augenlide eine von dem andern in Betreff der Innervation vollkommen unabhängige Motilität zukomme? Ebenso können die eben angeführten Versuche nichts für eine gegenseitige Unabhängigkeit beider Augen in motorischer Beziehung beweisen; vielmehr zeigen sie selbst sehr deutlich, dass der Drang zu gleichzeitiger Hebung und Senkung der Augen ein sehr grosser und nur mit Anstrengung einigermassen zu überwinden ist, dass man also wirklich von einem Z w a n g e reden kann. Wollte man eine Mitbewegung dann nicht als solche gelten lassen, wenn es durch Zufall oder Uebung gelingt, die eine Bewegung mehr oder weniger von der andern zu lösen, so würde man ein ganzes Gebiet wohl bekannter Thatsachen geradezu wegleugnen müssen.

Dass wir also im Stande sind, unter gewissen Umständen das eine Auge unabhängig vom anderen um einige Grade zu heben oder zu senken, ist gegen die Richtigkeit der Annahme, dass für gewöhnlich beide Augen gleichmässig innervirt werden, insofern ohne Beweiskraft, als eine absolute Unüberwindlichkeit dieses Zwanges zur gleichen Innervation von vornherein nicht anzunehmen war; denn da bei weitem die meisten uns bekannten Mitbewegungen sich durch Uebung mehr oder weniger lösen lassen, so wird Niemand behaupten wollen, dass die Mitbewegung der Augen hievon eine Ausnahme machen müsste.

Dass der Zwang zur gleichmässigen Innervation einigermassen überwunden werden kann, hat, wie wir später sehen werden, manchen Vortheil für das binoculare Sehen, besonders unter abnormen Verhältnissen. Der Organismus zeigt uns auch hier wieder einen Mechanismus, der, obwohl in seinen Grundzügen unabänderlich gegeben, doch eine gewisse Accommodationsfähigkeit für abgeänderte Verhältnisse hat.

Man hat die immer wie von selbst erfolgende Einstellung der Gesichtslinien auf das Object, welches eben unsere Aufmerksamkeit beschäftigt, vielfach als eine Reflexbewegung gedeutet; und so könnte man meinen, dass die Abweichung der einen Gesichtslinie bei den besprochenen Versuchen dadurch zu Stande komme, dass das im einen Auge excentrisch abgebildete Object dieses Auge auf reflectorischem Wege zur Ablenkung bringe, womit der Zwang zu immergleicher w i l l k ü r l i c h e r Innervation der Augen nichts

zu thun haben würde. Dabei ist zuvörderst zu bedenken, dass die Netzhautbilder überhaupt nur dann zu Augenbewegungen Veranlassung geben, wenn
sie be a c h t e t werden und Objecte der Aufmerksamkeit sind; daher wir
bei gedankenlosem Sehen, trotz zahlloser Doppelbilder, die Augen gar nicht
auf die vor uns liegenden Objecte richtig einstellen; während die eigentlichen Reflexbewegungen gerade dadurch charakterisirt sind, dass sie bei
Ausschluss des Bewusstseins und der Aufmerksamkeit am leichtesten und
kräftigsten auftreten.   Jedenfalls könnte also erst die Aufmerksamkeit, somit ein Ereigniss des Bewusstseins, das Netzhautbild zu einem Reflexreize
machen, und es läge hier eine ganz besondere Art der Reflexbewegung vor.
Ausserdem aber spricht der Umstand, dass die Ablenkung des einen Auges
durch Uebung erleichtert werden kann, auch nicht für die Auffassung derselben als einer Reflexbewegung.

So kann ich z. B. ein Prisma von 6^0, wenn ich es sofort mit der Basis nach
oben oder unten vor das eine Auge halte, durchaus nicht überwinden; wenn ich
es aber erst mit der Basis nach innen oder aussen halte, und allmählich die Basis
in die horizontale Lage drehe, so gelingt mir die Ueberwindung des Prismas.
Ebenso ist die Langsamkeit von Interesse, mit welcher ein nach oben oder unten
abgelenktes Auge nach Aufhebung der ablenkenden Ursache sich wieder richtig
einstellt.   Hat man z. B. das Prisma lange Zeit vor dem einen Auge gehabt, so
sieht man nach Entfernung desselben bisweilen noch einige Minuten lang übereinander liegende Doppelbilder und hat dabei ein Gefühl von Spannung in dem
abgelenkten Auge.   Nur nach schwacher und kurz dauernder Ablenkung geht das
abgelenkte Auge sehr schnell in die normale Lage zurück.

HELMHOLTZ macht in seiner Abhandlung über die Augenbewegung folgende
Bemerkung: »Ich habe beobachtet, dass wenn ich des Abends beim Lesen schläfrig werde, und sich Doppelbilder der Zeilen zu bilden anfangen, diese Doppelbilder oft übereinanderstehen, zuweilen eine Raddrehung gegeneinander zeigen.
In diesem Zustande also, wo der Wille seine Energie verliert, und man die
ungehinderteste Wirksamkeit aller durch den anatomischen Mechanismus vorgeschriebenen Bewegungsantriebe erwarten sollte, da hört gerade die gewöhnliche
Anordnung der Augenbewegungen auf.«
Diese Folgerung aus der an sich richtigen Beobachtung ist unzulässig. Wenn
man beim Lesen schläfrig wird, stellen sich allerdings häufig die Augen auf einen
Punct ein, der weiter ist als das Papier, d. h. sie beginnen aus einer sie anstrengenden Lage in eine bequemere zurückzugehen.   Dabei entstehen Doppelbilder der Buchstaben und Zeilen, welche jedoch, wie später gezeigt wird, nur
dann neben einander erscheinen können, wenn zufällig die Blickebene das Papier
in einer den Zeilen parallelen Linie durchschneidet; andernfalls aber, wenn man
den Kopf ein wenig schief hält, z. B. auf einen Arm stützt, müssen die Doppelbilder zugleich auch in verschiedener Höhe erscheinen. HELMHOLTZ hat also wahrscheinlich bei seiner Beobachtung die Kopfhaltung ausser Acht gelassen und ist
desshalb zu dem Schlusse gekommen, die Augen eines Schläfrigen seien bei ihrer
Bewegung nicht mehr dem Gesetze der Association unterworfen, sondern bewegten
sich eines unabhängig vom anderen.
In seiner physiologischen Optik Seite 476 hat HELMHOLTZ seine Ansicht diesem von mir schon früher erhobenen Einwande gegenüber aufrecht zu erhalten
gesucht und seine Angabe über die besprochenen Doppelbilder dahin erweitert,

dass er sie nicht blos beobachte, wenn er Abends beim Lesen schläfrig werde, sondern auch, wenn er nach einem langen Diner aus Rücksicht gegen die Gesellschaft seine Augen offen zu halten strebe. Wenn er sich dann ermuntere, gingen die in verschiedener Höhe gelegenen und gegeneinander verdrehten Doppelbilder rasch zusammen, und wenn er sie wieder willkürlich auseinander zu treiben suche, kämen nur die gewöhnlichen nebeneinander stehenden Doppelbilder zu Stande. Wenn dem so ist, und wenn nicht etwa, was das Wahrscheinlichere ist, bei der Ermunterung auch der etwas zur Seite gesunkene Kopf sich wieder gerade gestellt hat, so würde es weiter nichts beweisen, als dass HELMHOLTZ kein in beiden Augen vollständig gleich entwickeltes Muskelsystem hat, sondern dass hier ein Fall einer geringen Motilitätsstörung vorliegt, welche, wie man das öfters beobachten kann, nur hervortritt, sobald die Fixation aufgegeben wird, und die Augen so zu sagen sich selbst überlassen sind. Leider hat HELMHOLTZ nicht angegeben, wie denn eigentlich die von ihm beobachteten und angeblich sich ganz abnorm verhaltenden Doppelbilder zu einander gelegen haben, was um so wünschenswerther gewesen wäre, als es sich um Beobachtungen handelt, die im Zustande der Schläfrigkeit gemacht sind. Somit ist man nicht im Stande, die fragliche Motilitätsstörung genauer zu diagnosticiren. Personen, welche ein in beiden Augen völlig gleich entwickeltes Muskelsystem haben, schielen im Zustande der Schläfrigkeit nur lateral, nicht aber nach oben oder unten, wie bekannt sein dürfte. Ein Schielen nach oben oder unten aber müsste man annehmen, um die von HELMHOLTZ angegebene Abnormität der Lage der Doppelbilder zu erklären. Sehr kleine Höhendifferenzen der Doppelbilder können auch bei aufrechtem Kopfe dann hervortreten, wenn man das eine Auge halb schliesst, weil durch die Contraction des Orbicularis der Bulbus etwas verschoben wird. Dagegen, dass die Augen im Schlafe unter einer besonderen Innervation stehen, habe ich nichts einzuwenden; aber ich sehe nicht ein, warum beim Schläfrigwerden ein Auge mehr gehoben werden soll als das andere; warum so zu sagen ein Auge schläfriger werden soll als das andere. Ehe nicht genauere Angaben über diesen Punct vorliegen, als HELMHOLTZ sie gegeben hat, finde ich keine Veranlassung, meine Zweifel aufzugeben.

§ 6. *Beweis, dass der Zwang zu gleichmässiger Innervation beider Augen angeboren ist.*

Es bleibt jetzt übrig zu untersuchen, ob der im Früheren bewiesene Zwang zu gemeinsamer Innervation beider Augen auf einer angebornen Einrichtung beruht oder nur durch lange Gewohnheit eingewurzelt ist. Bei Beantwortung dieser Frage muss man sich hüten, gewissen allgemeinen Sätzen, für die man ein Vorurtheil hat, Einfluss auf das Urtheil zu gestatten. So sagt z. B. BURKHARD in seiner verdienstlichen Arbeit über »die Empfindlichkeit des Augenpaares für Doppelbilder«[1]: »Was ich mir durch Uebung und sorgfältige Beobachtung abgewöhnen kann, das kann ich auch als durch Angewöhnung erworben betrachten.« Dieser Satz ist, wie ich schon anderwärts[2] gezeigt habe, ebenso falsch, als wenn man sagen wollte: Was ich mir durch Uebung und sorgfältige Beobachtung nicht abgewöhnen kann, darf

---

1) Poggendorff's Annalen der Physik Bd. CXII. 1861. S. 596.'
2) Archiv f. Anat. u. Physiol. 1865. S. 164.

ich auch als angeboren betrachten. Dass der erwähnte Zwang zu gemeinsamer Innervation beider Augen ein, wie gezeigt wurde, im wesentlichen
unüberwindlicher ist, beweist allerdings an sich nichts dafür, dass er angeboren ist; denn so gut dem Menschen üble Gewohnheiten in Betreff der
Art seine Muskeln zu benützen so zur andern Natur werden können, dass er
trotz dem besten Willen nicht im Stande ist, sie wieder zu unterdrücken; so
gut könnte auch die im Allgemeinen höchst zweckmässige gemeinsame
Innervation der Augen auf einer Gewohnheit beruhn, die sich schliesslich
auch dann nicht mehr aufgeben liesse, wo dies im Interesse des Sehens nöthig
wäre; und dieses feste Einwurzeln jener Gewohnheit wäre um so denkbarer,
als es keine Muskeln im ganzen Körper giebt, gewisse unwillkürlich thätige
ausgenommen, welche so häufig gebraucht werden, wie die Augenmuskeln.

Andererseits beweist aber auch die Thatsache, dass der Zwang zu gemeinsamer Innervation beider Augen innerhalb sehr enger Grenzen überwunden werden kann, nichts dafür, dass derselbe ein erworbener sei, und
Helmholtz ist im Irrthum, wenn er [1]) hierin einen Beweis für die gegenseitige motorische Unabhängigkeit beider Augen findet; denn von den meisten uns bekannten und nachweisbar angeborenen Mitbewegungen lässt sich zeigen, dass sie mehr oder weniger durch
den Willen und durch Uebung überwunden werden können.
Offenbar hat Helmholtz nicht der Beobachtungen gedacht, die man an
neugebornen Kindern anstellen kann. Der Neugeborne macht vorherrschend
symmetrische Bewegungen, hebt meistens beide Arme und Beine zugleich
u. s. w.; nur allmählich lernt er den einseitigen Gebrauch der beiderseitig
vorhandenen symmetrischen Muskeln. Niemand wird aus unserm Vermögen,
von zwei entsprechenden Muskeln beider Körperhälften nur den einen zu
benutzen, den Schluss ziehen wollen, dass die gleichzeitige Innervation symmetrisch gelegener Muskeln, wie sie hundertfach auch beim Erwachsenen
ohne seine Absicht eintritt, lediglich auf Gewöhnung und nicht vielmehr
auf einer angebornen Organisation unseres Nervensystems beruht. Dann
müsste man analoger Weise alle angebornen Anlagen zu gewissen combinir-
ten Bewegungen leugnen, alles auf blosse Uebung zurückführen, und käme
nothwendig zur Consequenz, dass das Hühnchen schon im Ei, und das Kalb
schon im Mutterleibe laufen gelernt habe. Denn wenn auch bei dem Menschen die angebornen Mitbewegungen weniger zahlreich und auffällig sind,
als bei vielen Thieren, so sind sie doch immer hundertfältig vorhanden. Man
kann junge Vierfüssler so abrichten, dass sie, wie die Giraffe, immer beide
Beine einer Seite gleichzeitig vorsetzen; und wenn sie es gelernt haben,
gehen sie zeitlebens so. Darf man hierin einen Beweis dafür sehen, dass der
naturgemässe Gang der Thiere derselben Gattung ihnen nicht von der Geburt an mitgegeben sei, vermöge angeborner Verknüpfung gewisser Nerven

---

1) Physiologische Optik S. 472.

zu gemeinschaftlicher Thätigkeit, sei es, dass dieselben ein gemeinsames
Centrum haben, oder dass sie auf denselben Innervationsreiz gemeinsam in
Erregung gerathen?

Es ist also, und ich brauche allbekannte Beispiele nicht zu häufen, eine
unbestreitbare Erfahrung, dass nachweisbar angeborne Associationen gewisser Nerven und Muskeln zu gemeinsamer Thätigkeit mehr oder weniger
durch den Willen gelöst werden können, und die Thatsache, dass wir ein
Auge ohne das andere ein wenig heben oder senken können, ist nur ein
weiteres Beispiel hiefür und zugleich dafür, dass eine Mitbewegung leichter,
eine andere schwer durch den Willen gelöst werden kann.

Somit liegt nichts vor, was die Annahme angeborner Mitbewegung der
Augen auch nur als unwahrscheinlich erweisen könnte; dagegen kann man
anderweitige Beobachtungen anstellen, welche zwingend beweisen, dass es
sich hier wirklich um eine angeborne Einrichtung handelt.

Neugeborne Kinder bewegen, wie schon angedeutet wurde, symmetrisch
gelegene Theile meist gleichzeitig. Sehr ausgesprochen ist diess am Gesichte;
aber auch an den Extremitäten tritt es deutlich hervor, indem sie beide Beine
oder beide Arme gleichzeitig anziehen oder ausstrecken, beide Hände gleichzeitig beugen etc., sofern nicht die Lage oder andere Hindernisse die Bewegung der einen Seite beschränken. Dagegen treten beim Neugebornen die
gleichseitigen, also unsymmetrischen Bewegungen der doppelt vorhandenen
Glieder sehr zurück. Man bemerkt keine besondere Neigung beide Hände
gleichzeitig nach derselben Seite zu wenden, oder, wenn die eine Hand pro-
nirt wird, die andere zu supiniren. Nur die Augen machen hievon eine höchst
auffällige Ausnahme; sie führen ganz vorherrschend gleichseitige Bewegungen aus, gehen gemeinsam um gleiche Winkel nach rechts und links.
Während also im ganzen übrigen Körper die gegenseitigen
(symmetrischen) Bewegungen der einander symmetrisch entsprechenden Theile vorherrschen, zeigen die Augen gleichseitige, also unsymmetrische Bewegungen. Dies drängt jeden,
der es beobachtet, sofort zur Ueberzeugung, dass so zu sagen der allgemeine
Plan einer symmetrischen Organisation, welcher aus der Bewegung der übrigen Körpertheile deutlich hervorleuchtet, am Auge einer ganz besonderen
Anordnung des motorischen Systemes gewichen ist. Während ferner beim
Neugebornen die Extremitäten bei ihren im allgemeinen symmetrischen Bewegungen doch öfter in Betreff der Richtung oder der Grösse der Bewegung
unter sich differiren und dadurch neben der angebornen Neigung zur Mitbewegung, doch schon eine gewisse gegenseitige Unabhängigkeit verrathen,
zeigen die Augen eine derartige Genauigkeit in der gleichzeitigen Hebung und Senkung, dass immer beide Gesichtslinien in einer Ebene bleiben. Man darf nicht glauben, dass letzteres schwer zu beurtheilen sei, denn schon kleine Abweichungen eines
Auges nach oben sind für den geübten Beobachter unverkennbar. Die blosse

Beobachtung giebt hier ohne jede Messung zwar nicht mathematische, so doch für unseren Zweck vollkommen hinreichende Genauigkeit. Endlich kommen an Neugebornen, jedoch relativ seltener als die gleichseitigen, gegenseitige Bewegungen, d. h. Einwärtswendungen beider Augen vor, welche durchaus mit derselben Exactheit ausgeführt werden, wie die gleichseitigen. Diese Beobachtungen habe ich auch an mehreren Neugebornen unmittelbar nach der Geburt gemacht, so dass zweifellos feststeht, dass hier eine angeborne Einrichtung vorliegt.

Nicht jedes neugeborne Kind eignet sich zu dieser Beobachtung; viele haben so enge Lidspalten und kneifen die Augen fortwährend so zusammen, dass die Untersuchung sehr erschwert wird. Es giebt aber nicht selten Kinder, welche sofort nach der Geburt mit weit geöffneten Lidern daliegen und die besprochene Erscheinung aufs Schönste darbieten.

Man könnte auf die Vermuthung kommen, dass die besprochene Gemeinsamkeit der Bewegung beider Augen dadurch zu Stande komme, dass jedes Auge für sich einen vom anderen Auge unabhängigen Reflexmechanismus besitze, und dass die harmonischen Bewegungen dadurch zu erklären seien, dass ein und dasselbe leuchtende Object der Aussenwelt in beiden Augen sein Bild entwerfe, beide Netzhäute also an ungefähr correspondirenden Stellen reize und dem entsprechend auch correspondirende Reflexbewegungen beider Augen auslöse. Diese Annahme hat schon darum nicht viel für sich, weil Neugeborne in ihren Augenbewegungen gar keine Neigung zur Fixation besonders hervorstehender oder leuchtender Objecte zeigen; sie lässt sich aber dadurch direct widerlegen, dass, wenn man das eine Auge durch die schräg vorgehaltene Hand derart verdeckt, dass ihm der grösste Theil der Aussendinge unsichtbar wird, man aber doch beide Augen, das eine über, das andere unter der Hand weg, gleichzeitig beobachten kann, sich doch dieselbe Gemeinsamkeit der Bewegungen zeigt, wie vorher, was nicht möglich wäre, wenn es sich um einseitige Reflexe in jedem Auge für sich handelte.

Dagegen lässt letztere Beobachtung die Deutung zu, dass auch eine nur in einem Auge stattfindende Erregung der Netzhaut gleichzeitige Reflexbewegung beider Augen auslösen könne; was aber dann auch nichts weiter heissen würde, als dass der motorische Apparat beider Augen zu gemeinsamer Thätigkeit angebornerweise verknüpft ist, was eben zu beweisen war. Wie gesagt aber machen die Augenbewegungen des Neugebornen unmittelbar nach der Geburt durchaus nicht den Eindruck, als ob es sich dabei um eine durch Reflexe vermittelte Fixation hervorstechender Objecte handele; vielmehr kommt man während der Beobachtung zur Ansicht, dass der aus irgend welchen Ursachen angeregte allgemeine Drang zur Bewegung, wie er sich an den anderen Gliedern des Neugebornen äussert, auch die Augen zur Bewegung antreibe, wobei infolge angeborner Verknüpfung des motorischen Apparates beider Augen dieselben gleichzeitig auf eine und dieselbe

Innervation reagiren. Wie dem auch sei, es kommt hier nur darauf an, dass
die Beobachtung beweist, dass die Coordination der Bewegungen
beider Augen auf einer angebornen Einrichtung, nicht aber
auf Einübung beruht.

Hieraus erklärt sich nun auch die Erfahrung, dass schon bei Kindern,
deren Organismus doch sonst noch sehr bildungsfähig ist und eine grosse Accommodationsfähigkeit zeigt, doch die Association gewisser Bewegungen der
Augen eine so innige ist, dass in pathologischen Fällen eher der gemeinsame
Sehact aufgegeben wird, und Schielen eintritt, als dass eine über gewisse
Grenzen hinausgehende Lösung dieser Association möglich wäre. Es wäre
wenigstens auffallend, wenn schon bei Kindern eine blosse Gewöhnung zu
einem so starken Zwange führen sollte, dass sie selbst dann nicht besiegt
würde, wenn sie den Interessen des Sehactes schnurstraks zuwiderläuft.

Die stets gleichzeitige und gleichmässige Innervation beider Augen, sei
es zum Zwecke einer rein gleichseitigen, oder einer rein gegenseitigen, oder
endlich einer aus beiden Arten des motorischen Impulses resultirenden ge-
mischten Bewegung, muss offenbar den Gebrauch der Augen ausserordentlich erleichtern. Denn infolge derselben hat das Kind, um beide Augen
zweckmässig einzustellen, nicht nöthig, zur Innervation des einen Auges erst
die entsprechende des anderen zu suchen und sich auf die gleichzeitige Erzeugung dieser beiden Innervationen in zahllosen Combinationen mühsam
einzuüben; sondern das doppelte Auge ist gegenüber dem auf das deutliche
Sehen gerichteten Willen so zu sagen nur ein Organ, das nicht für jede
seiner beiden Hälften einer besonderen Beaufsichtigung, Anregung und
Zügelung bedarf, vielmehr durch einfache Impulse beherrscht wird.

Um die Vortheile dieser Einrichtung recht einzusehen, vergegenwärtige
man sich die lange Mühe und Anstrengung, welche es dem Lernenden kostet,
ehe er am Klavier die Tonleiter mit beiden Händen gleichzeitig mit Präcision
zu spielen vermag; wie mühsam sich überhaupt alle rein gleichseitigen Bewegungen der Extremitäten erlernen lassen. Hier gilt es, zu jeder Innervation der einen Hand immer die entsprechende für die andere Hand zu finden, und diese zahllosen Combinationen unter seine Herrschaft zu bringen.
Und nun bedenke man anderseits, wie leicht diesen gleichseitigen Bewegungen der Extremitäten gegenüber die gegenseitigen sind, weil sie in der
Organisation des motorischen Systemes schon angebornerweise vorgezeichnet sind, obwohl keineswegs so entschieden, wie in den Augen. Am Kinde
sieht man deutlich, wie langsam es die Lösung des angeborenen Zusammenhanges der symmetrischen Bewegungen erlernt, und wie noch viel später
erst die gleichzeitige unsymmetrische Bewegung beider Arme und Hände
erlernt wird. Man stelle einem Erwachsenen die Aufgabe, beide in gleicher
Höhe gehaltenen Hände in raschem Wechsel gleichzeitig nach rechts und
links zu bewegen, und man wird sehen, welche Schwierigkeit ihm diese so
einfache Bewegung macht, wie er die Oberarme und den ganzen Körper zu

Hilfe nimmt und trotzdem sehr bald ganz unwillkürlich in die symmetrische Bewegung verfällt, so dass beide Hände gleichzeitig nach innen oder aussen gehen, anstatt zusammen nach rechts oder links. Mit der linken Hand vermag man ziemlich gut zu schreiben, wenn man von rechts nach links schreibt, besonders dann, wenn gleichzeitig die andere Hand in der gewöhnlichen Weise von links nach rechts dieselben Worte schreibt; hiebei sind die Bewegungen beider Hände symmetrisch; aber man versuche es, mit beiden Händen oder auch mit der linken allein von links nach rechts zu schreiben, und man wird sehen, dass diess bedeutend schwieriger ist.

Das Kind lernt auch, entsprechend den beschriebenen angeborenen Einrichtungen viel eher die Aussendinge mit den Augen zu fassen, sie festzuhalten und die bewegten zu verfolgen, als es mit den Händen etwas zu fassen und zu halten vermag. Es fixirt ein vor seinen Augen hin und her bewegtes Object, einmal auf dasselbe aufmerksam geworden, schon fest und sicher, wenn es noch lange nicht im Stande ist, die Bewegungen seiner Hände nur einigermassen zu beherrschen. Wir sehen also die Augenbewegungen viel frühzeitiger als die Bewegungen der Tastorgane im sclavischen Dienste des Gesichtssinns und als treue Begleiter der auf die Sehobjecte gerichteten Aufmerksamkeit.

§ 7. *Von den Motiven der Augenbewegung.*

Die Bewegungen unserer Augen werden für gewöhnlich von räumlichen Wahrnehmungen oder Vorstellungen geleitet: indirecte und desshalb undeutlich erscheinende Objecte, welche unsere Aufmerksamkeit und damit den Trieb, sie deutlicher zu sehen, in uns erwecken, sind die häufigsten Veranlassungen zur Augenbewegung. Dabei geht also eine räumliche Wahrnehmung der Bewegung des Auges voran und bestimmt die Richtung derselben. Seltener schon ist es die blosse Vermuthung eines irgendwo vorhandenen Objectes, welche die Augenbewegung veranlasst: hier geht eine Vorstellung des Ortes, wo man das Object vermuthet, der Bewegung voran und bedingt ihre Richtung. Das Streben zur möglichst deutlichen Wahrnehmung eines Objectes, verbunden mit der Wahrnehmung oder Vorstellung seiner relativen Lage zu dem eben betrachteten Objecte, bestimmt unsere Augenbewegung. Von denjenigen Bewegungen, welche nicht im Interesse des Sehens, sondern infolge anderweitiger Veranlassungen z. B. von Affecten eintreten, ist hier vorläufig abgesehen.

Der Wille äussert sich im Gebiete des Gesichtssinnes als sogenannte Aufmerksamkeit, d. i. hier das Streben zur scharfen Wahrnehmung der Gesichtsobjecte. Dieses Streben hat, was die Empfindung betrifft, zur Folge, dass aus der grossen Menge von Lichteindrücken, welche sich gleichzeitig in das Bewusstsein drängen, diejenigen, welche in naher Beziehung zum Objecte der Aufmerksamkeit stehen, leichter, deutlicher und dauernder in das Bewusstsein treten als die übrigen; was aber die Bewegung betrifft, so hat es zur Folge, dass die Augen so zu sagen von selbst diejenige Einstellung und Anpassung annehmen, bei welcher das Object der Aufmerksamkeit die grösstmögliche Deutlichkeit erhält. Wir sind uns nämlich unserer Augenbewegung nicht derart bewusst, wie wir uns z. B. der Bewegung unserer Extremitäten bewusst sind, und erst wenn wir auf den Zusammenhang zwischen der Augenstellung und der Lage des betrachteten Objectes an anderen Personen aufmerksam geworden sind, bekommen wir auf diesem indirecten Wege eine Vorstellung von der jeweiligen Lage der Augen; daher ist beim Sehen unser Wille auch nicht darauf gerichtet, die Augen in diese oder jene Lage zu bringen, und nicht die Vorstellung der Augenlage kann die Richtung der Bewegung bestimmen.

Die im Dienste des Gesichtssinnes ausgeführten Bewegungen der Augen sind also nicht willkürlich in dem Sinne, wie es z. B. die Hebung und Senkung eines Armes unter Umständen ist; denn hier kann der Wille wirklich darauf gerichtet sein, dem Arme eine zuvor vorgestellte Lage zu geben, was beim Auge nicht der Fall ist; aber sie sind auch nicht unwillkürlich in dem Sinne, als ob sie ohne Zuthun des Willens einträten, vielmehr ist der Wille auch hier die causa movens, aber das Ziel des Willens ist nicht die Augenstellung an sich, sondern die deutliche Wahrnehmung eines Gesichtsobjectes; die Bewegung ist nicht als solche gewollt, aber sie ist durch den Willen herbeigeführt, also willkürlich.

Die meisten Menschen können nicht mit den Augen convergiren, wenn sie nur entfernte Objecte vor sich haben, und die Augen nicht parallel stellen, wenn nur nahe Gegenstände sichtbar sind. Oft gelingt ihnen aber beides, wenn sie sich im ersteren Falle ein nahes, im letzteren ein entferntes Object recht deutlich vorstellen. Wir sind eben nur gewohnt, die Augen im Dienste der räumlichen Wahrnehmung zu bewegen, und bedürfen daher einer solchen oder wenigstens einer räumlichen Vorstellung, um die Augen in Bewegung zu setzen und ihre Bewegung zu leiten.

Der innige Zusammenhang zwischen räumlichen Wahrnehmungen oder Vorstellungen und Augenbewegungen zeigt sich besonders deutlich, wenn man, ohne das Auge zu verrücken, seine Aufmerksamkeit auf ein mehr peripherisch gelegenes Netzhautbild richtet. Ungeübte vermögen diess fast gar nicht, sondern ihre Augen wandeln stets gemeinsam mit ihrer Aufmerksamkeit und stellen sich sofort auf das Object ein, dem die Aufmerksamkeit zugewendet wird. Es erfordert daher Uebung, um die Richtung seiner Aufmerksamkeit von der seines Auges einigermassen unabhängig zu machen, und mir selbst gelingt es nur dadurch vollständig, dass ich das direct und das indirect gesehene Object beachte, also die Aufmerksamkeit auf beide zugleich wende; denn sobald sich die letztere überwiegend dem indirect gesehenen Objecte zuwendet, beginnen auch die Augen eine entsprechende

Bewegung. Ebenso sind Nachbilder und mouches volantes in dieser Beziehung sehr instructiv. Sobald die Aufmerksamkeit einem Nachbilde oder einer mouche volante zugewendet wird, welche nicht in der Richtung des directen Sehens sondern seitwärts erscheinen, sobald gleitet auch das Auge nach der Richtung hin, in der das scheinbare Object liegt, ohne es jedoch zu erhaschen, weil letzteres in demselben Maasse auszuweichen scheint, als das Auge es verfolgt. Sogar dann noch äussert sich der Zusammenhang zwischen Raumvorstellungen und Augenbewegungen, wenn das Streben zur deutlichen Wahrnehmung eines irgendwo sichtbaren oder vermutheten Objectes gar nicht vorhanden, sondern lediglich die allgemeine Vorstellung einer gewissen räumlichen Relation sehr deutlich im Bewusstsein ist. Individuen, denen eine lebhafte Mimik eigen ist, heben die Augen wie die Hand, wenn sie von räumlich hohen oder auch nur sinnbildlich erhabenen Dingen reden, und begleiten überhaupt alle Raumvorstellungen mit entsprechend gerichteten Bewegungen der Augen und anderer Glieder.

Im Allgemeinen handelt es sich also bei den Augenbewegungen immer darum, die Augen von dem eben fixirten Objecte auf ein anderes schon mehr oder weniger deutlich wahrgenommenes überzuführen, wobei das Raumverhältniss des Zielpunctes der Bewegung zu dem eben betrachteten Objecte die Art der Innervation und demnach die Richtung der Bewegung des binocularen Blickpunctes bestimmt. Die mehr oder weniger deutliche Auffassung der Lage des Zielpunctes der Bewegung relativ zum jeweiligen Blickpuncte ist, abgesehen vom Streben zur Verlegung des Blickpunctes überhaupt, das Bestimmende der Innervation. Hiebei kommt es demnach lediglich auf die gegenseitige wirkliche oder scheinbare Lage zweier Aussendinge an; nur wenn die Bewegung auf ein nicht schon direct gesehenes, sondern nur irgendwo vermuthetes oder vorgestelltes Object gerichtet ist, kann unter Umständen allein die relative Lage des letzteren zu unserem Körper das Bestimmende der Bewegung sein. Diess zeigt sich zum Beispiele, wenn infolge eines Geräusches die Vorstellung eines in gewisser Richtung befindlichen Dinges und der Drang, es mit den Augen aufzusuchen, entsteht. Solche Fälle sind relativ selten, und bedürfen daher zunächst keiner weiteren Berücksichtigung.

Bei der Leitung der Augenbewegung kommt es ferner viel weniger auf die Bestimmung des absoluten Abstandes zwischen dem Zielpunct der Bewegung und dem jeweiligen Blickpuncte, als vielmehr darauf an, dass die Richtung, in der das eine relativ zum anderen liegt, annähernd richtig aufgefasst wird; denn wenn nur der Blickpunct in der entsprechenden Richtung fortgeschoben wird, so gelangt er ohnehin an sein Ziel. Darum schadet es auch der Sicherheit unserer Bewegungen nichts, dass das Urtheil über die absolute Grösse des Abstandes eines indirect gesehenen Objectes vom jeweiligen Fixationsobjecte ein sehr unsicheres ist, und dass eine richtige Schätzung erst möglich wird, wenn der Blickpunct die zwischen beiden ge-

legene Strecke bereits durchlaufen hat; wird doch die Richtung, in der
das indirect gesehene Ding zum jeweiligen fixirten Puncte liegt, innerhalb
kleiner Fehlergrenzen schon vor der Bewegung stets richtig aufgefasst.
Wir bemerken überhaupt bei genauer Untersuchung, wie später an zahlreichen Beispielen erörtert werden wird, dass die Auffassung der absoluten
Abstände der Dinge, von einander sowohl als von unserem Körper, eine sehr
unvollkommene ist, wenn nicht die Einzelheiten des Gesichtsraumes uns
schon aus früherer Erfahrung bekannt sind; und dass diese Unvollkommen-
heit besonders beim ersten Blicke in einen uns zuvor unbekannten Gesichtsraum hervortritt; während sie mehr und mehr verschwindet, wenn unser
Blick nach verschiedenen Richtungen den Gesichtsraum durchwandelt hat.
Hieraus geht hervor, dass die genaue Orientirung über die wirkliche Lage
der Dinge im Raume vielmehr eine Folge der Augenbewegung ist, als dass
die Sicherheit, mit der wir den Blick von Object zu Object lenken, eine Folge
der vorherigen genauen Orientirung über ihre absolute Lage wäre.
An zahlreichen Beispielen wird ferner in einem späteren Abschnitte gezeigt werden, dass selbst die Auffassung der Lage des fixirten Objectes
relativ zu unserem Körper, sowohl in Bezug auf seine Entfernung als in
Betreff der Richtung in der es von uns aus gelegen ist, eine höchst unsichere
ist, wenn wir den Blick in einen Raum werfen, dessen Gegenstände uns
nicht aus früherer Erfahrung ein Urtheil über die Lage derselben möglich
macht; dass wir dagegen die Lage der einzelnen successiv fixirten Objecte
zu einander, zwar nicht in Betreff ihrer absoluten gegenseitigen Entfernung, wohl aber in Betreff der Richtungen in denen eins zum anderen
liegt, und der Verhältnisse, welche die einzelnen Distancen zu einander
haben, sehr genau auffassen, auch wenn die Mithilfe anderweitiger Erfahrungen über die Gesichtsobjecte möglichst ausgeschlossen ist.
Dieses Alles lehrt, dass wir bei der Lenkung unserer
Augenbewegung und bei der Erzeugung der hiezu nöthigen
Innervation vorzugsweise auf die Auffassung der Richtung
angewiesen sind, in welcher je ein Object zum anderen liegt,
ob das Ziel der Bewegung nach rechts oder links von dem eben fixirten Objecte, höher oder tiefer, näher oder ferner gelegen ist, und was sonst noch
für Relationen durch Combinirung dieser verschiedenen Richtungen möglich sind; während dagegen eine vorherige richtige Schätzung der absoluten
Entfernung der Objecte von einander, sowie der Richtung in der sie relativ
zu unserem Kopfe liegen, zur zweckmässigen Leitung der Augen nicht
erforderlich ist.

Wenn auch die Absicht, ein irgendwo sichtbares oder vorgestelltes Object
deutlich zu sehen, das häufigste Motiv der Augenbewegungen ist, so können dieselben doch auch aus ganz anderer Veranlassung willkürlich in Bewegung gesetzt
werden. Ich selbst habe z. B. das convergirende Schielen schon als Kind keineswegs dadurch erlernt, dass ich mir ein sehr nahes Object vorgestellt hätte; son-

dern auf ganz andere Weise. Eine Knabe unterhielt andere Knaben durch sein willkürliches Schielen; ich bemühte mich, es ihm gleich zu thun, und nach vielen vergeblichen Versuchen glückte mir es plötzlich, wie ich aus dem Beifall ersah, den ich einerntete. Das eigenthümliche Gefühl, welches ich dabei in den Augen hatte, und welches Jeder beim übermässigen Convergiren der Gesichtslinien erhält, diente mir seitdem als Anhaltepunct, so oft ich einwärts schielen wollte; ich hatte nur nöthig, an dieses Gefühl mit dem Streben nach seiner Reproduction zu denken, und sofort trat das Schielen ein, ohne dass ich jemals daran gedacht hätte, mir dabei ein sehr nahes Object vorzustellen. Als ich später bei optischen Versuchen das Bedürfniss hatte, meine Augen trotz eines nahen Objectes parallel zu stellen, wollte es mir nicht gelingen, diess durch Vorstellung eines fernen Objectes zu erreichen; dagegen bemerkte ich eines Abends, als ich über dem Lesen müde wurde, dass ich wiederholt ungleichseitige Doppelbilder bekam, sobald meine Aufmerksamkeit auf das Gelesene erschlaffte; ich sah dann, dass ich willkürlich diese Doppelbilder erzeugen konnte, sobald ich mich des Strebens begab, die Buchstaben deutlich zu sehen, und seitdem habe ich immer die Minderung der Convergenz der Gesichtslinien dadurch hergestellt, dass ich die Augen so zu sagen sich selbst überliess und das Streben nach deutlichem Sehen aufgab. Dadurch brachte ich es nun freilich noch immer nicht bis zur eigentlichen Parallelstellung. Zwar gelang es mir leicht, wenn ich doppelte Bilder durch Parallelstellung stereoskopisch zu verschmelzen suchte, den letzten Rest von Convergenz zu überwinden, weil dabei die einander genäherten Doppelbilder die Augen so zu sagen von selbst in den Parallelismus überführen, wie sie das auch beim gewöhnlichen Sehen immer thun, so dass hier eigentlich keine abnormen Vorgänge vorliegen. Wohl aber war es mir zunächst noch unmöglich Parallelismus der Gesichtslinien zu erzielen, wenn ich in Wirklichkeit nur einfache nahe Objecte vor mir hatte; allmählich aber lernte ich die ungleichseitigen Doppelbilder derselben willkürlich weiter und weiter auseinander zu drängen, was mich jedoch anfangs viel Anstrengung kostete. Nie aber und noch heute nicht nehme ich die Vorstellung eines sehr fernen Objectes zu Hilfe, um den Parallelismus zu erzeugen, sondern es schwebt mir lediglich die Vorstellung des weiteren Auseinanderdrängens der vorhandenen Doppelbilder vor, wenn ich die durch blosses Sichselbstüberlassen der Augen schon geminderte Convergenz der Gesichtslinien vollends bis zum Parallelismus oder darüber hinaus mindern will.

Ebenso habe ich das von der Lage der Gesichtsobjecte unabhängige Accommodiren beim einäugigen Sehen nicht mit Hilfe der Vorstellung näherer oder fernerer Objecte gelernt. Ich versuchte einmal, angeregt durch Th. Weber's Angabe über negative Accommodation, ob es mir nicht möglich sei, ein über den eigentlichen Fernpunct meines etwas myopischen Auges hinaus gelegenes und daher mit Zerstreuungskreisen sichtbares Object durch eine kräftige Willensanstrengung doch noch scharf sichtbar zu machen. Diess gelang nicht nur nicht, sondern es trat das Gegentheil von dem ein, was ich beabsichtigte, mein Auge accommodirte sich für grössere Nähe. Dabei hatte ich ein Gefühl im Auge, verwandt demjenigen, welches die starke Convergenz der Augen veranlasst. Die Erinnerung an dieses Gefühl, verbunden mit dem Streben nach Reproduction desselben, machte es mir seitdem möglich, bei einäugiger Fixation ferner Objecte meine Augen für die Nähe zu accommodiren oder meine Pupille willkürlich zu verengern. Umgekehrt lernte ich auch bei einäugiger Betrachtung naher Objecte für die Ferne accommodiren, indem ich das deutliche Sehen so zu sagen aufgab und das Auge sich selbst überliess. In ähnlicher Weise habe ich schliesslich auch gelernt, beim Sehen mit beiden Augen die Accommodation für die Nähe zu verstärken oder zu

vermindern, ohne die Convergenz der Gesichtslinien zu ändern. Auch hiebei habe
ich zur Aufbringung der nothwendigen Innervation niemals räumliche Vorstellungen nöthig gehabt.

Diese Erfahrungen sind insofern instructiv, als sie lehren, auf wie verschiedene Weise eine und dieselbe Einstellung oder Anpassung der Augen willkürlich
herbeigeführt werden kann, und dass es nicht ausschliesslich räumliche Wahrnehmungen und Vorstellungen sind, durch welche Augenbewegungen hervor-
gerufen und ihrer Art nach bestimmt werden können, wenngleich diess beim
gewöhnlichen Sehen allerdings der Fall ist. Sie sind aber auch noch in einer
anderen Beziehung von Bedeutung, welche jedoch erst in einem späteren Abschnitte erörtert werden kann, und gewisse Disharmonien zwischen der Augenstellung und der Localisation der Netzhautbilder betrifft.

§ 8. *Von der Innervation des Doppelauges.*

Ich verstehe unter Blickraum des Doppelauges den Raum, innerhalb
dessen bei unveränderter Kopfhaltung der Durchschnittspunct beider Gesichtslinien d. i. der binoculare Blickpunct bewegt werden kann. Dieser
Blickraum ist mit dem Kopfe als fest verbunden zu denken und ändert
nur dann seine Lage, wenn der Kopf die seinige ändert. Jeder Punct des
Blickraumes hat daher eine unveränderliche Lage relativ zum Kopfe oder zu
den Drehpuncten der Augen. Besässe jedes Auge nur die vier geraden Augenmuskeln, so würde sich für jede bestimmte Stellung der Gesichtslinien im
Blickraume auch sofort angeben lassen, welche Muskeln und in welchem
Grade dieselben contrahirt sein müssen, um die Gesichtslinien und damit
den Blickpunct in dieser Lage fest zu halten. Da jedoch jedes Auge sechs
Muskeln hat, so kann man sich die Fixirung der Gesichtslinien in einer bestimmten Lage auf verschiedene Weise seitens der Muskeln hergestellt denken; der Blick würde dann auf einem und demselben Puncte des Blickraumes
das eine Mal durch diese, das andere Mal durch andere Muskeln festgehalten
werden können, und der verschiedenen Muskelaction würde selbstverständlich eine verschiedene Innervation entsprechen.

In Wirklichkeit aber verhält es sich nicht so, vielmehr sind immer
dieselben Muskeln in derselben Weise verkürzt, wenn der
Blickpunct wieder dieselbe Lage im Blickraume hat, und
es ist immer wieder dieselbe Innervation, durch welche der
Blick in dieser Lage festgehalten wird. Um also den Blick auf
einem bestimmten Puncte des Blickraumes festzuhalten, innerviren wir nicht
bald diesen bald jenen Muskel, durch deren Wirkung diese Einstellung denkbar wäre; sondern immer dieselben Muskeln werden in immer derselben
Weise innervirt, sofern nicht etwa die Musculatur irgendwie gestört ist.
Die Innervation und die ihr entsprechende Muskelaction
ist eine eindeutige Function der Lage des Blickpunctes im
Blickraume.

Diese Einrichtung, für welche das Folgende die Beweise bringen wird, ist für die Beherrschung der Augenbewegung von grosser Bedeutung, denn damit ist für jede bestimmte Stellung und Bewegung des Blickpunctes auch die erforderliche Innervation unabänderlich festgestellt. Würde der Blick z. B. in der Lage *l* bald durch diese, bald durch jene Muskeln festgehalten, und sollte er dann aus *l* in einer gegebenen Richtung fortbewegt werden, so würde die hiezu nothwendige Innervation mit abhängig sein von der schon vorhandenen Anspannung und Lagerung der Muskeln, und der Wille würde diese so zu sagen mit zu berücksichtigen haben, um die beabsichtigte Bewegung ausführen zu können. Wenn aber derselben Lage des Blickes immer dieselbe Muskelaction entspricht, so entspricht auch derselben Bewegung des Blickes immer dieselbe Aenderung dieser Action, und wir brauchen die passende Innervation so zu sagen nicht für jeden besonderen Fall erst besonders auszuwählen, sondern nur ein- für allemal zu kennen.

Gesetzt ferner, wir wollten den Blick aus der gegebenen Lage *l* in bestimmter Richtung entlang einer Geraden fortbewegen, so ist es an sich denkbar, dass die Muskeln, welche wir zu diesem Zwecke zunächst in Anspruch nehmen würden, die geradlinige Fortbewegung des Blickes in der gegebenen Richtung nur eine Strecke weit besorgen könnten, dass wir dann andere Muskeln zu Hilfe nehmen müssten, die wir endlich vielleicht nochmals wechseln müssten. In Wirklichkeit aber ist dem nicht so, vielmehr genügen dieselben Muskeln, mit deren Hilfe eine Bewegung des Blickes in bestimmter Richtung begonnen worden ist, um die Bewegung in derselben Richtung bis an die Grenze des engeren Blickraumes[1]), ja darüber hinaus fortzusetzen.

Aber wenn auch dieselben Muskeln genügen, um den Blick eine beliebige Länge geradlinig im Blickraume beschreiben zu lassen, so wäre es immer noch denkbar, dass diese Muskeln nicht während der ganzen Bewegung mit demselben gegenseitigen Verhältnisse ihrer Kräfte an der Bewegung betheiligt sind, sondern dass anfangs der eine vorzugsweise thätig ist, während weiterhin der andere die grössere Kraft entwickeln müsste, um den Blick in der vorgeschriebenen Bahn zu erhalten. Aber auch diess ist nicht der Fall, vielmehr sind, wenn der Blick in einer beliebigen geraden Richtung durch den engeren Blickraum bewegt wird, im ganzen Verlauf der Bewegung nicht nur dieselben Muskeln sondern diese Muskeln auch in gleichbleibenden Verhältnissen des Kraftantheiles in Thätigkeit; das Verhältniss der Stärke, mit welcher die bezüglichen Muskeln zum Beginne

---

1) Ich verstehe unter engerem Blickraum des Doppelauges denjenigen Theil des ganzen, weiteren Blickraumes, welcher beim gewöhnlichen Sehen allein benutzt wird, weil wir alle anstrengenden Blicklagen durch Wendungen des Kopfes vermeiden.

der Bewegung innervirt wurden, kann daher während der
ganzen Bewegung ungeändert fortbestehen, und nur die absolute Stärke der Innervationen braucht sich zu steigern.

Aus jedem beliebigen Puncte des engeren Blickraumes kann der Blick
in derselben Richtung fortbewegt werden, welchen Bewegungen eben so viele
parallele Linien entsprechen würden. Es wäre nun denkbar, dass wenn der
Blick das eine Mal aus dem Puncte p des Blickraumes entlang der geraden
Linie l, das andere Mal aus dem Puncte p' entlang einer der ersten Linie parallelen Geraden l', also beide Male in derselben Richtung fortbewegt werden sollte, diess beide Male durch verschiedene Muskeln, oder wenn durch
dieselben Muskeln, doch mit verschiedener Betheiligung dieser Muskeln
ausgeführt würde. Auch dieses findet in Wirklichkeit nicht statt; vielmehr
ist die Musculatur des Doppelauges derart eingerichtet,
und es besteht eine derartige Selbststeuerung derselben,
dass nicht nur immer dieselben Muskeln den Blick aus jedem beliebigen Puncte des engeren Blickraumes in derselben Richtung herausbewegen können, sondern dass hiezu nicht einmal eine Aenderung im Verhältnisse der Kräfte
nothwendig ist, mit welchen die einzelnen Muskeln sich an
der Bewegung betheiligen. Dieselbe Innervation also, durch welche
der Blick aus dem Puncte p in einer gegebenen Richtung fortbewegt wird,
bewegt ihn auch aus jedem beliebigen anderen Puncte des engeren Blickraumes in derselben Richtung bis an die Grenzen dieses engeren Blickraumes
und bisweilen darüber hinaus; ein und dieselbe bestimmte Innervation des
Doppelauges entspricht allen parallelen Bahnen von bestimmter Richtung
im engeren Blickraume. Die Innervation ist also lediglich abhängig von der
Richtung, welche der Blick einschlagen soll, unabhängig davon, aus welchem Puncte des Blickraumes er diese beginnen soll; anders gesagt: die
Art der Innervation, welche nöthig ist, um den Blick in
bestimmter Bahn zu bewegen, ist lediglich eine Function
der Richtung dieser Bahn, nicht aber der sonstigen Lage
der Bahn im Blickraume; nur die Stärke dieser Innervation und ihr
entsprechend die Stärke der Muskelcontraction wird hiebei eine veränder-
liche sein müssen. Die Beweise für diese Sätze folgen später.

Im vorigen Paragraphen wurde gezeigt, dass Raumvorstellungen die Bewegung des Doppelauges beim Sehen leiten, und dass insbesondere die Richtung, in der der Zielpunct der Bewegung relativ zum jeweiligen Fixationspuncte erscheint, das bestimmende Moment der Bewegung ist. Dem entsprechend fanden wir, dass wir in der Auffassung dieser Richtung eine viel
grössere Sicherheit haben, als in der Auffassung der absoluten Entfernung
der fraglichen beiden Puncte von einander oder der Lage und Entfernung
beider relativ zu unserem Körper. Wenn nun, wie eben geschildert wurde,
die zu einer bestimmten Bewegung des Blickpunctes nöthige Innervation

ihrer Art nach lediglich von der Richtung abhängt, in welcher der Zielpunct der Bewegung zum jeweiligen Blickpuncte liegt, so muss auch die sichere Auffassung dieser Richtung Bedingung der richtigen Innervation sein, während die Kenntniss der sonstigen Lage der beiden Puncte im Blickraume zur Einleitung der erforderlichen Innervation nicht nothwendig ist. Denn sollte auch zum Beispiel die Länge des Weges von einem Puncte zum andern unter- oder überschätzt worden sein, so wird doch der Blick, wenn er nur die richtige Bahn eingeschlagen hat, so wie so sein Ziel finden müssen.

Durch die beschriebene Einrichtung ist es also möglich gemacht, dass diejenigen räumlichen Wahrnehmungen, welche wir mit der relativ grössten Sicherheit machen, nämlich die Wahrnehmungen der Richtung, in der ein Punct zum anderen liegt, ganz unmittelbar die Motive der Augenbewegung abgeben können. Wären zur zweckmässigen Augenbewegung die richtige Auffassung der absoluten Lage der Dinge, die genaue Schätzung ihrer Distanzen, die sichere Bestimmung ihrer Abstände von unserem Körper nothwendig, so würde durch die fortwährende Täuschung, die wir in dieser Hinsicht erleiden, und die später ausführlich zu erörtern sein wird, auch die Sicherheit unserer Augenbewegung wesentlich beschränkt werden; indem aber zur sicheren Leitung der Augenbewegung die Auffassung der Richtung, in welcher ein Punct zum andern liegt, hinreicht, werden die Augenbewegungen vielmehr ein wichtiges Hilfsmittel zur weiteren Orientirung über Gestalt und Lage der Dinge, was sie lange nicht in dem Maasse sein könnten, wenn sie nicht in so einfacher Weise sicher zu lenken wären.

Müssten wir ferner bei jeder neuen Innervation des Doppelauges die jeweilige schon vorhandene Stellung desselben mit einrechnen, und je nach derselben die neue Innervation wählen, um z. B. den Blick noch weiter nach links zu lenken, erforderte also relativ dieselbe Bewegung je nach der vorhandenen Stellung des Doppelauges verschiedene Innervationen, so würden wir nur durch lange Uebung die für jede einzelne Stellung des Doppelauges so zu sagen specifische Innervation erlernen können; bestimmt aber nur die Richtung, in der der Blickpunct durch den Raum gehen soll, die Art der Innervation, unabhängig von der sonstigen Lage derselben im Blickraume, so werden wir, wenn wir auch nur aus einem Puncte des Sehraumes dem Blicke nach jeder Richtung hin den richtigen Impuls zur Bewegung geben können, diess auch zugleich aus jedem anderen Puncte des Blickraumes vermögen.

Soviel gerade Linien man sich von dem eben fixirten Puncte in den Raum ausstrahlend denken kann, in so vielen Richtungen kann auch der Blick von diesem Puncte aus eine Bewegung beginnen, und jeder dieser Richtungen entspricht eine besondere Art, oder um es so zu sagen, Färbung der zur Vollziehung der Bewegung nöthigen Innervation. Dadurch aber, dass der Ausgangspunct der Bewegung die verschiedenste Lage im Blickraume haben kann, wird die Zahl dieser Innervationsarten nicht vermehrt.

Jedem ist beim Schreiben eine besondere Haltung der Hand eigenthüm-
lich; ändert er einmal dieselbe, so behält zwar die Schrift gewisse individuelle Eigenthümlichkeiten bei, aber sie ändert doch sehr ihr Aussehen. Es
tritt diess deutlich hervor, wenn man beim Schreiben der Feder eine ungewohnte Lage zum Papiere giebt, so dass sie unter einem anderen Winkel
auf demselben steht. Die Buchstaben werden dann sofort steiler oder schräger, und giebt man sich Mühe, denselben trotz der abweichenden Federhal-
tung genau die Neigung und Form zu geben, die sie sonst haben, so macht
dies viel Mühe und gelingt nicht vollständig. Wären wir nun aus irgend
einem Grunde gezwungen, beim Schreiben fortwährend die Haltung der Hand
und der Feder zu wechseln, weil z. B. das Papier und damit die Zeilen sich
unter der Hand verdrehten, so würde uns offenbar eine gleichmässige Hand-
schrift ausserordentlich schwer, wenngleich nicht unmöglich sein. In einer
analogen Lage aber befände man sich, wenn man für jede besondere Stellung
des Auges auch eine besondere Innervation zur Bewegung des Auges aus
dieser Stellung heraus anwenden müsste. Der Mechanismus des Auges ist
also in dieser Beziehung bequemer eingerichtet, als der der Hand. Die Züge,
welche die Hand auf das Papier schreibt, fallen trotz gleichbleibender Absicht und Innervation seitens des Schreibenden verschieden aus, je nachdem
die Feder so oder so zum Papier liegt; der Blick aber beschreibt bei derselben Absicht und Innervation auch immer dieselben Linien und Figuren
im Sehraume, gleichviel ob er diess bei dieser oder jener Lage der Blicklinie
im Blickraume thut.

§ 9. *Das Grundgesetz der Innervation und der Muskelwirkung.*

Jeder von den drei Hauptdimensionen des Raumes entsprechen, wie
unten ausführlich erörtert werden wird, zwei besondere Muskelgruppen des
Doppelauges, welche die Bewegung des Blickpunctes in den zwei entgegengesetzten Richtungen dieser Dimension besorgen. Wir haben also sechs
Muskelgruppen zu unterscheiden, deren jede dem Willen gegenüber so zu
sagen als ein einfacher Muskel aufzufassen ist. Wie wir auch sonst im Organismus mehrere Muskeln zu gemeinsamer Thätigkeit derart verknüpft sehen,
dass ein an sich einfacher Reiz eine gleichzeitige Action der ganzen Gruppe
auslöst, wobei überdiess das Maass der Thätigkeit jedes einzelnen Muskels
im Vergleich zu dem der übrigen von vornherein bestimmt ist, wie z. B. beim
Niesen ein einfacher Reiz eine ganze Gruppe von Muskeln in eine nach Maass
und Zeit im Voraus geregelte Thätigkeit versetzt: so antworten auch auf den
einfachen Willensreiz gewisse Augenmuskeln in einer gemeinsamen und nach
dem relativen Antheil der einzelnen Muskeln bereits geregelten Weise.
Setzen wir eine gerade Haltung des Kopfes voraus, so besorgen zwei
von den sechs Muskelgruppen die Bewegung nach der Dimension der Breite,
die eine, die ich die Gruppe der Rechtswender nennen will, führt den

Blickpunct des Doppelauges horizontal nach rechts, die andere, d. i. die der Linkswender horizontal nach links, gleichviel aus welchem Puncte des Blickraumes die Bewegung erfolgt. Eine zweite Doppelgruppe, nämlich die der Heber und Senker besorgt die Höhenbewegung, die eine lenkt den Blick des Doppelauges aus jeder beliebigen Lage nach oben, die andere nach unten. Zwei letzte Gruppen endlich vermitteln die Bewegung nach der Dimension der Tiefe, die eine entfernt, die andere nähert den Blickpunct dem Kopfe; erstere mögen die Gruppe der Auswender oder Abductoren, letztere die der Einwender oder Adductoren heissen. Diese Namen sind im Interesse der Kürze nothwendig.

Für alle andern Richtungen der Blickbewegung combiniren sich je zwei oder drei dieser Muskelgruppen zu gemeinsamer Thätigkeit. Je nach dem Verhältniss der Kräfte, mit welchen hierbei die einzelnen Gruppen betheiligt sind, fällt die Resultante der gemeinsamen Action in verschiedene Richtung. Sind z. B. die Rechtswender und die Heber gleichzeitig thätig, so bewegt sich der Blick nach rechts oben, und zwar ist seine Bahn um so steiler, je grösser die von den Hebern aufgewandte Zugkraft im Vergleich zu derjenigen ist, welche die Rechtswender ausüben. Verbindet sich mit der Thätigkeit dieser beiden Gruppen auch noch die der Adductoren, so nähert sich der Blickpunct zugleich dem Gesichte.

Die Gruppe der Rechtswender des Doppelauges besteht aus dem rechten Rectus externus und dem linken Rectus internus, die der Linkswender aus dem linken Rectus externus und dem rechten Rectus internus, die beiden Recti interni bilden im Wesentlichen [1]) die Gruppe der Adductoren, die beiden Recti externi die der Abductoren. Wir finden also jeden der genannten vier Muskeln an der Bildung zweier Gruppen betheiligt, z. B. den linken innern Geraden einmal mit dem äussern, das andere Mal mit dem innern Geraden des rechten Auges zu gemeinsamer Thätigkeit verbunden. Analoge Verhältnisse sehen wir vielfach im Organismus, sei es angeborner, sei es erworbener Weise. Das Husten sowohl als das Niesen sind der Ausdruck einer auf angebornen Einrichtungen beruhenden Verknüpfung zahlreicher Muskeln zu einer gemeinsamen Action. Die Muskeln, welche das Niesen besorgen, sind nicht durchaus dieselben, wie die welche das Husten vermitteln, vielmehr sind nur gewisse, und zwar die Athmungsmuskeln bei beiden Vorgängen betheiligt, andere z. B. gewisse Gaumenmuskeln sind nur beim Niesen, noch

---

1) Wir werden weiter unten sehen, dass diejenige Innervation, welche die Näherung des Blickpunctes bezweckt, nicht bloss die beiden Recti interni trifft, sondern dass sie sich zugleich auch auf die innerlichen Augenmuskeln, welche die Iris bewegen und die Accommodation für die Nähe bewirken, so wie auf noch andere äussere Augenmuskeln erstreckt, so dass also hier eine grössere Anzahl von Muskeln associirt sind. Zunächst will ich der Einfachheit wegen hiervon absehen und die zur Näherung des Blickpunctes nöthige Innervation als auf die beiden innern Geraden beschränkt ansehen.

andere z. B. gewisse Kehlkopfmuskeln nur beim Husten in Mitwirkung. Jene Athmungsmuskeln verhalten sich also ganz ähnlich wie die genannten Augenmuskeln, indem sie als Mitglieder bald dieser bald jener Muskelassociation fungiren. Aehnliche Beispiele liessen sich zahlreich anführen.

Die Gruppen der Heber und Senker bestehen je aus vier Muskeln: die beiden obern Geraden und die beiden untern Schiefen bilden zusammen die Gruppe der Heber, die beiden untern Geraden sammt den beiden obern Schiefen die Gruppe der Senker des Doppelauges.

Wir haben demnach beim Blicken so zu sagen nur sechs Motoren zu lenken. Die Absicht z. B., ein gerade oberhalb des eben fixirten Punctes gelegenes Object deutlich zu sehen, veranlasst eine Innervation desjenigen Motors, der den Blickpunct nach oben bewegt. Dass dieser Motor aus vier Gliedern, den vier Muskeln der Hebergruppe besteht, ist für den Blickenden eben so gleichgültig, wie es dem Leiter einer Maschine bei Einstellung derselben auf einen gewissen Gang gleichgültig sein kann, aus wie viel Rädern die Maschine besteht, wenn sie nur die Absicht des Leiters ausführt.

Die beschriebene Function der sechs Muskelgruppen bleibt, wie schon angedeutet wurde, immer dieselbe, gleichviel aus welchem Puncte des Blickraumes sie die Bewegung des Blickpunctes einleiten. Es steuern sich nämlich die Muskeln des Auges gegenseitig derart, dass eine und dieselbe Innervation derselben Muskeln, trotz der mit jeder Augenbewegung verbundenen Lageänderung der Muskelinsertionen am Bulbus, doch immer relativ dieselbe Blickverschiebung bewirkt. Um z. B. den Blickpunct aufsteigen zu lassen, genügt immer eine und dieselbe Innervation der genannten Hebergruppe, gleichviel ob beim Beginn der Bewegung der Blickpunct höher oder tiefer, rechts oder links im Blickraume gelegen war.

Denkt man sich als Blickfeld eine sehr entfernte, der Antlitzfläche parallele Ebene und durch die, dem Gesichte gerade gegenüber gelegene Mitte derselben eine verticale und eine horizontale Linie gelegt, so kann man den Verticalabstand eines beliebigen fixirten Punctes auf dieser Ebene von der Horizontallinie als Maass der Hebung oder Senkung, seinen Horizontalabstand von der verticalen Linie als Maass der Rechts- oder Linkswendung des Blickes benützen. Um nun den Blick von der horizontalen Mittellinie jenes Blickfeldes um ein bestimmtes Maass nach oben zu führen, genügt, abgesehen von der immer gleichen A r t der Innervation, auch immer das gleiche M a a s s derselben, gleichviel aus welchem Puncte der horizontalen Mittellinie die Hebung beginnt, und ebenso genügt, um den Blick von der horizontalen um ein Bestimmtes nach unten zu lenken, immer eine gleich starke Innervation der Senker. Nur für die peripherischen Theile des Blickfeldes gilt diess nicht mehr genau. Haben wir ferner den Blick um ein Gewisses über die horizontale Mittellinie gehoben und wollen ihn nun horizontal nach rechts gleiten lassen, so genügt es, die schon vorhandene Innervation der Heber unverändert fortbestehen zu lassen und dazu die Innervation der

Rechtswender einzuleiten: erstere hält den Blick immer auf derselben Höhe, letztere verschiebt ihn horizontal nach rechts, gleichviel um wie viel die horizontale Bahn des Blickes von der mittlen Horizontalen nach oben abweicht. Ebenso genügt es, wenn der Blick anfangs z. B. nach rechts gewandt war und nun gehoben werden soll, die schon bestehende Innervation der Rechtswender unverändert beizubehalten und dazu noch die Heber zu innerviren: der Blick wird vertical emporsteigen, gleichviel wie weit nach rechts seine Bahn von der verticalen Mittellinie abliegt, wenn sie nur nicht den Grenzen des binocularen Blickfeldes allzu nahe ist.

Ist mir also ein bestimmter, und um bei unserm Beispiel zu bleiben, im rechten obern Viertel des erwähnten Blickfeldes gelegener Punct p als Blickpunct gegeben, so entspricht der Höhenabweichung dieses Punctes von der mittlen Horizontalen eine bestimmte Stärke der Hebungsinnervation, seiner Seitenabweichung nach rechts von der mittlen Verticalen ein bestimmter Grad der Innervation der Rechtswender, und das gegenseitige Verhältniss der Intensitäten dieser beiden Innervationen entspricht dem Verhältnisse zwischen der Höhen- und Seitenabweichung des fixirten Punctes. Sind jene beiden Innervationen auf die bezüglichen Muskeln erfolgt, gleichviel ob miteinander oder nacheinander und gleichviel ob zuerst die Innervation zur Hebung und dann die zur Seitenwendung oder umgekehrt: in jedem Falle wird der Blick auf denselben Punct des Blickfeldes zu liegen kommen. Befände sich also der Blick anfangs in der Mitte des Blickfeldes und sollte nun nach dem gegebenen Puncte p, also schräg nach rechts und oben bewegt werden, so hätte man nur die beiden Innervationen gleichzeitig in dem genannten Verhältnisse der beiderseitigen Stärke wirken zu lassen, um das Ziel zu erreichen.

Indem ich also auf je zwei Muskelgruppen Innervationen in verschiedenem Verhältnisse der beiderseitigen Intensität wirken lasse, kann ich den Blick aus seiner Mittellage in jeder beliebigen Richtung auf dem Blickfelde verschieben. Gilt es aber, den Blick aus einer schon von der Mitte abgewichenen Lage in einer bestimmten geraden oder schiefen Richtung zu bewegen, so brauche ich nur die, der schon bestehenden Abweichung des Blickes entsprechende Innervation beizubehalten und dann noch diejenige Innervation hinzutreten zu lassen, welche nöthig wäre, um den Blick aus der Mittellage in derselben Richtung d. h. in einer Bahn zu bewegen, welche der geforderten parallel ist.

Ist der Blick gehoben und soll wieder gesenkt werden, so würde dazu selbstverständlich das blosse Aufgeben der anfangs bestandenen Hebungsinnervation genügen, sofern es sich nur um eine Senkung bis zur mittlen Horizontalen handelt; die weitere Senkung würde dann noch eine besondere Innervation der Senker erfordern. In Wirklichkeit scheint jedoch in solchen Fällen letztere Innervation sogleich zu erfolgen, während dabei die zuvor bestandene Innervation der Heber allmählich abklingt. Was von diesen beiden antagonistischen Muskelgruppen gilt, lässt sich auf alle anderen Fälle

3 *

übertragen, in denen der Blick aus einem Quadranten des Blickfeldes in einen anderen übergeführt wird.

Wir haben endlich noch zu bedenken, dass der Blickpunct auch nach der Dimension der Tiefe bewegt, vom Gesichte entfernt oder demselben genähert werden kann. Denken wir uns durch den in der Medianebene horizontal vor uns und nicht zu fern gelegenen Fixationspunct a eine der Antlitzfläche parallele Verticalebene gelegt, so theilt dieselbe den Gesichtsraum in eine vordere nähere und eine hintere fernere Hälfte; die Medianebene selbst theilt ihn in eine rechte und linke, die Blickebene in eine obere und untere Hälfte. Die Richtung nun, in der ein zweiter Punct b relativ zu a gelegen ist, lässt sich durch das Verhältniss seiner Abstände von den erwähnten drei Ebenen ausdrücken, und wir kennen daher jene Richtung, wenn wir wissen, um wie viel der Punct b über oder unter der Blickebene, nach rechts oder links von der Medianebene, vor oder hinter der dem Gesichte parallelen Verticalebene gelegen ist. Die Richtung, in welcher uns der Punct b relativ zum Fixationspuncte a zu liegen s c h e i n t, wird beim gewöhnlichen Sehen der w i r k - l i c h e n Richtung annähernd entsprechen. Haben wir diese Richtung aufgefasst, so haben wir damit zugleich das Verhältniss der A b s t ä n d e des Punctes b von den drei durch den Fixationspunct a gelegte Mittelebene erfasst und brauchen jetzt nur die drei entsprechenden Muskelgruppen in demselben Verhältniss der S t ä r k e zu inerviren, um den Blick von a nach b überzuführen. . Gesetzt also der Punct b schiene uns um ebensoviel höher wie näher wie weiter nach rechts zu liegen als der fixirte Punct a, so werden wir die Heber, die Rechtswender und die Adductoren und zwar alle drei Gruppen gleich stark inerviren müssen, um den Blick nach b gelangen zu lassen. Schiene uns aber die Höhenabweichung des Punctes b seine Abweichungen nach der Seite und nach der Nähe zu übertreffen, so werden wir die Heber entsprechend stärker zu inerviren haben als die beiden andern Muskelgruppen u. s. f. Hätten wir schon, um den Punct a zu fixiren, das Doppelauge gehoben oder gesenkt, nach rechts oder links gewendet gehabt, so würde das dasselbe sein, als ob wir den ganzen Kopf erhoben oder gesenkt, nach rechts oder links gewandt hätten. Wir können uns dann die zu einer bestimmten Blickbewegung nothwendige Innervation ganz in derselben Weise ableiten, wie vorhin, wenn wir uns nur erinnern, dass immer diejenige Innervation, welche schon zur Einstellung des Doppelauges auf den ersten Punct a nothwendig war, während der neuen Bewegung als fortbestehend zu denken ist, und dass das Nachlassen oder Aufgeben der schon bestehenden Innervation einer Muskelgruppe ebensoviel besagen will, als eine neu hinzutretende Innervation der antagonistischen Gruppe.

Die bereits im vorigen Paragraphen erörterte Einrichtung, nach welcher die Art der Innervation lediglich von der Richtung der beabsichtigten Blickbewegung abhängig erschien, zeigte uns schon im Vergleich zur unerschöpflichen Mannigfaltigkeit der Bewegung sehr einfache Innervationsverhältnisse;

durch die eben beschriebene Einrichtung vereinfachen sich dieselben noch viel mehr. Indem jede der beschriebenen sechs Muskelgruppen als Ganzes innervirt wird, ist uns die Beaufsichtigung und Leitung des Einzelmuskels erspart, und indem jeder der drei Doppelgruppen eine der drei Dimensionen des Raumes entspricht, nach welchen wir uns im Gesichtsraume zu orientiren pflegen, schmiegt sich die Innervation genau an die Wahrnehmung des Räumlichen an, und die motorischen Functionen des Doppelauges treten dadurch, wie wir später noch deutlicher sehen werden, in schöne Harmonie mit seinen sensorischen Functionen. Unsere Auffassung des Räumlichen ist zwar in manchen Beziehungen eine sehr unsichere, aber schon beim ersten Blick in einen uns noch unbekannten Gesichtsraum sind wir, bei aufrechtem Kopfe, ziemlich sicher darüber unterrichtet, was vertical über einander, was auf gleicher Höhe, also horizontal neben einander, was in gleicher Nähe oder Ferne gelegen ist, wenn wir auch über die absolute Lage zahlreiche Täuschungen erleiden, besonders dann, wenn wir den Raum noch nicht mit Hülfe der Augenbewegungen durchmustert haben. Nach den drei Hauptdimensionen orientiren wir uns also am leichtesten; und damit ist uns auch die zutreffende Auffassung der relativen Abweichungen eines Punctes nach diesen drei Dimensionen von einem andern Puncte, d. h. die Auffassung der Richtung möglich, in welcher der eine zum andern liegt. Mit der Auffassung dieser Richtung aber ist uns sofort auch gegeben, welche Muskelgruppen und in welchem Verhältniss der Stärke wir dieselben innerviren müssen.

Es versteht sich übrigens wohl von selbst, dass das hier erörterte Gesetz der Innervation und der Muskelwirkungen nicht mit mathematischer Genauigkeit durchgeführt ist. In der That kommen, besonders in den mehr peripherischen Theilen des Blickraumes, zahlreiche kleine Abweichungen vor, welchen eine besondere Besprechung gewidmet werden wird.

Da die Insertion der Augenmuskeln am Augapfel bei den Bewegungen des letzteren ihre Lage zur orbitalen Insertion ändert, und somit auch die Zugrichtung sowohl der sich contrahirenden als der, dieser Contraction Widerstand leistenden Muskeln sich ändern kann; so versteht sich, dass eine gewisse Selbststeuerung eingerichtet sein muss, wenn das Auge trotz verschiedener Lage doch auf eine und dieselbe Innervation mit relativ derselben d. h. gleichgerichteten Bewegung antworten soll. In der That werden wir die Anordnung der Augenmuskeln als eine solche finden, dass nichts den im Obigen gemachten Annahmen entgegensteht, und es aus rein mechanischen Gründen höchst unwahrscheinlich wird, dass die auf relativ dieselbe Blickbewegung zielende Innervation durch die jeweilige Blicklage und die derselben entsprechende, schon vorhandene Innervation beeinflusst werde.

Nach der Ansicht von HELMHOLTZ müsste man annehmen, dass nicht bloss die jeweilige Blicklage des Doppelauges, sondern sogar die Stellung jedes einzelnen Auges für sich dem Bewusstsein irgendwie gegenwärtig sei und bei der Innervation mit eingerechnet werde, wenn man die Gesetzmässigkeit erklären wollte, mit

welcher die Augen, besonders auch in Betreff der später zu besprechenden Orientirung der Netzhaut, sich bewegen. Denn HELMHOLTZ betrachtet jedes Auge als
ein vom andern ursprünglich vollständig unabhängiges Bewegungsorgan und muss
daher annehmen, dass z. B. bei unsymmetrischen Convergenzstellungen beide Interni und beide Externi in verschiedenem Maasse innervirt sind, sodass, um nur
den Blickpunct irgendwie zu verlegen, und ganz abgesehen von der Orientirung
der Netzhaut, jedes Auge eine besondere Innervation nöthig hätte. Diese Annahme
ist durch den oben geführten Beweis für den angebornen Connex beider Augen
schon widerlegt.

§ 10. *Beweise für das Innervationsgesetz.*

Die Giltigkeit des im vorigen Paragraphen dargelegten Gesetzes der
Innervation lässt sich zwar, wie ich zeigen werde, schon aus der Anordnung
der Augenmuskeln mit grosser Wahrscheinlichkeit ableiten, aber aus nahe
liegenden Gründen nicht streng beweisen; denn hiezu wäre eine mathematisch genaue Kenntniss der Wirkungsweise der einzelnen Muskeln und der
Widerstände nöthig, welche jeder einzelnen Bewegung entgegenstehen. Die
grosse Einfachheit des Gesetzes, die leichte Uebersicht, welche es uns über
das scheinbar so verwickelte Zusammenwirken der verschiedenen Muskeln
giebt, die klare Harmonie, welche es zwischen den sensorischen und motorischen Functionen des Gesichtsorganes herstellt: diess Alles könnte kein
zwingender Grund sein, es gelten zu lassen. Die Nöthigung, dasselbe als
richtig anzuerkennen liegt für mich vielmehr in folgenden Umständen.

Die Augenbewegungen dürfen zwar, wie in Paragraph 5 bereits erwähnt
wurde, nicht mit den reinen Reflexbewegungen zusammengeworfen werden,
aber sie mit den letzteren in eine gewisse Analogie zu bringen, halte ich für
durchaus geboten. Wer auf diesem Gebiete jemals Untersuchungen angestellt
hat, wird wissen, wie sehr die Augenbewegungen in zahllosen Fällen den
Eindruck des Unwillkürlichen machen, wie ein indirect gesehenes Netzhautbild das Auge so zu sagen wider unseren Willen nach seiner Seite zieht.
Man erinnere sich an die Kraft, mit welcher indirect gesehene mouches volantes und Nachbilder das Auge ohne oder wider unsere Absicht zur Bewegung antreiben, wie die Doppelbilder, welche man häufig beim ersten
Blick in ein Stereoskop hat, gerade dann am wenigsten zur Deckung gebracht werden, wenn man dieses am kräftigsten anstrebt und die Augen absichtlich bewegt, wie sie aber von selbst einander entgegenkommen und in
einander fliessen, sobald man die Augen sich selbst überlässt, u. a. m. Alle
diese Erscheinungen erklären sich leicht, wenn man eine sei es angeborene,
sei es auf langer Uebung beruhende directe Beziehung gelten lässt zwischen
der Netzhautstelle einerseits, auf welcher das indirect gesehene Bild liegt,
und der Innervation anderseits, welche nöthig ist, dieses Bild auf die Netzhautmitte zu schieben; wenn man also annimmt, dass der Ort des indirecten

Bildes auf der Netzhaut zugleich das bestimmende Moment für die nothwendige Innervation sei.

In der That ist eine solche Beziehung vielfach angenommen worden, ohne dass man jedoch die Consequenzen dieser Annahme gezogen hätte, welche eben nichts weiter sind, als das oben aufgestellte Innervationsgesetz. Sobald man dagegen annimmt, dass zu relativ derselben Bewegung des Blickes je nach der schon bestehenden Blicklage und Augenstellung bald diese bald jene Innervation nöthig sei, dass also dieselbe Verschiebung eines Bildes auf der Netzhaut bald durch diese, bald durch jene Innervation bewirkt werden müsse, sobald ist eben die zur Ueberführung eines indirecten Bildes auf die Netzhautmitte nöthige Innervation nicht mehr eine Function der Lage des Bildes, sondern zugleich eine Function der jeweiligen Augenstellung, und von einer Parallele zwischen Augenbewegung und Reflexbewegung kann nicht länger die Rede sein. Auch die Sprache lässt sich mit den Reflexbewegungen parallelisiren, insofern ein gedachtes oder gelesenes Wort sofort wie durch Reflex die zur Aussprache desselben nöthigen Bewegungen einleitet. Gesetzt nun, dass die hiezu nöthige Innervation abhängig sei von der jeweiligen Kopfhaltung, dass man bei vorwärts geneigtem Kopfe andere Muskeln oder dieselben Muskeln in anderer Weise innerviren müsste, um dasselbe Wort auszusprechen, als bei vorwärts geneigtem Kopfe, so würde diess ein analoges Verhältniss sein, wie es diejenigen annehmen, welche die Innervation der Augen abhängig machen von der jeweiligen Blicklage, oder was dasselbe besagt, von der jeweiligen Lage des Kopfes relativ zum Gesichtsobjecte.

Ferner ist das Gesetz von der gleichmässigen Innervation beider Augen, dessen Gültigkeit oben bewiesen wurde, nicht denkbar ohne das eben besprochene Gesetz der Muskelwirkung. Die Coordination der Augenbewegungen fordert eine und dieselbe Innervation für beide Augen. Wenn aber, um z. B. bei unsymmetrischer Augenstellung den Blick senkrecht emporzuheben, das rechte Auge eine andere Innervation nöthig hätte als das linke, weil die Gesichtslinie des rechten einen andern Winkel mit der Medianebene macht als die des linken; so müsste eben jedes Auge für sich innervirt werden. Wenn, um den Blick horizontal nach links zu wenden, die Innervation sich nach dem Winkel richten müsste, um welchen jedes Auge bereits nach innen oder aussen abgelenkt ist; wenn der Internus oder Externus nicht unter allen Umständen die Bewegung nach rechts oder links herstellen könnten; so würde bei gleichseitigen Bewegungen beider Augen eine gleichmässige Innervation derselben nur ausnahmsweise zum Ziele führen; in den weitaus meisten Fällen müsste jedes Auge anders innervirt werden.

Man bedenke, dass die Muskeln beider Augen symmetrisch angeordnet sind, so dass das eine Muskelsystem das Spiegelbild des andern ist, während doch rein symmetrische Bewegungen relativ selten, bei weitem die meisten unsymmetrisch sind. Symmetrische Bewegungen, bei welchen also beide

Gesichtslinien sich immer nur in der Medianebene durchschneiden, würden freilich ausnahmslos durch gleichmässige Innervation gleichnamiger Muskeln beider Augen bewirkt werden können. In Wirklichkeit aber handelt es sich schon beim einfachen Falle des Sehens mit parallelen Gesichtslinien nur um unsymmetrische Stellungen und Bewegungen, sofern nicht die Gesichtslinien der Medianebene parallel sind. Hiebei ist die Leitung des Doppelauges durch einfache Innervation nur denkbar, wenn die symmetrische Anordnung der Muskeln beider Augen dadurch so zu sagen unschädlich gemacht wird, dass die beiden Heber und die beiden Senker je wie ein Muskel wirken, der unter allen Umständen den Blick hebt oder senkt, während der Adductor und Abductor ihn unter allen Umständen nach rechts oder links führen. Dadurch werden die beiden Muskelsysteme, obwohl sie der Form nach symmetrische sind, doch der Function nach congruente, allseitig, nicht zweiseitig symmetrische, und es versteht sich nun von selbst, dass sowohl congruente als symmetrische Bewegungen beider Augen durch einfache Innervationen hergestellt werden können.

Wäre die zu relativ derselben Bewegung des Blickes nöthige Innervation eine Function der jeweiligen Augenstellung, so müsste auch die Lage des Blickpunctes unserm Bewusstsein jederzeit gegenwärtig sein, um sie bei der Innervation so zu sagen mit einrechnen zu können. Wäre sie uns aber immer gegenwärtig, so würde sich diess, wie mir scheint, durch eine genaue Localisation des jeweilig fixirten Objectes verrathen müssen. Letzteres ist nun nicht der Fall, vielmehr können, wie später gezeigt wird, die gröbsten Täuschungen über die Lage des Blickpunctes vorkommen, und überhaupt ist die Localisation des fixirten Objectes, wenn wir keine anderweiten Anhaltepuncte zur Beurtheilung seiner Lage haben eine höchst unsichere. In solchen Fällen nun, wo wir den Blickpunct falsch localisiren, stände zu erwarten, dass wir zum Zwecke einer bestimmten Blickbewegung diejenige Innervation wählen würden, welche nicht der wirklichen, sondern der vermeintlichen Blicklage angemessen wäre, falls nämlich bei anderer Blicklage auch eine andere Innervation zu relativ derselben Bewegung nöthig wäre. Diese falsche Innervation würde aber eine Bewegung des Auges zur Folge haben, welche sich unterscheiden müsste von derjenigen, die bei richtiger Innervation erfolgt sein würde. Dieser Unterschied würde sich nicht sowohl durch eine falsche Bewegung des Blickpunctes verrathen, denn dieser findet unter allen Umständen sein Ziel, weil letzteres uns sichtbar ist, und wir somit durch eine anderweite Innervation die Abweichung des Blickes von dem beabsichtigten Wege corrigiren könnten; wohl aber würde die falsche Innervation eine andere Orientirung der Netzhaut bedingen, die sich nachweisen lassen müsste, wenn sie irgend erheblich würde. Die Orientirung der Netzhäute ist aber, wie sich zeigen lässt, bei einer und derselben Bewegung des Blickpunctes immer dieselbe, gleichviel ob wir den letzteren richtig oder noch so falsch localisiren. Diess spricht für die Annahme, dass Täuschungen über die Lage des Blickpunctes die regelrechte Beherrschung seiner Bewegungen nicht stören, weil diese Bewegungen durch Innervationen herbeigeführt werden, die von der jeweiligen Blicklage unabhängig sind.

§ 11. *Abweichungen von dem in § 9 aufgestellten Gesetze der Muskelwirkungen.*

Schon beiläufig wurde daran erinnert, dass die Wirkung der beschriebenen sechs Muskelgruppen nicht immer genau diejenige ist, welche in dem gegebenen Schema angenommen wurde. Es wird später auf mannigfache kleine Abweichungen hinzuweisen sein, deren Kenntniss von Wichtigkeit ist. Hier möge es genügen, nur die hauptsächlichsten zu erwähnen und zugleich darzuthun, wie gerade in diesen Abweichungen neue Beweise für die bisher aufgestellten Gesetze der Innervation zu finden sind.

Zunächst ist hier zu erwähnen, dass die alleinige Thätigkeit der im Obigen als Heber bezeichneten Muskelgruppe die Gesichtslinie nicht vertical nach oben, sondern zugleich etwas nach aussen bewegt, während dieselbe bei alleiniger Thätigkeit der Gruppe der Senker nicht gerade nach unten, sondern zugleich etwas nach innen geht. Da wir nun, wenn wir den Blick in verticaler Richtung heben oder senken wollen, lediglich die Heber oder Senker innerviren, so folgt, dass unser Wille durch diese Muskeln nicht correct ausgeführt wird, sondern dass ohne, oder vielmehr gegen unseren Willen eine Abweichung der Gesichtslinien von der verticalen Bahn nach aussen oder innen eintritt.

In einem späteren Abschnitte werden die Gesichtstäuschungen zu besprechen sein, welche aus dieser unwillkürlichen Abweichung des Auges hervorgehen. Es wird dort allgemein gezeigt werden, dass wir das Netzhautbild des fixirten Punctes dahin localisiren, wohin wir den Blickpunct zu verlegen die Absicht hatten. Wird diese Absicht durch unsere Muskeln nicht correct ausgeführt, so ergiebt sich für uns eine Täuschung über den Ort des fixirten Objectes. Eine solche Täuschung tritt nun, wie ich zeigen werde, in Folge der erwähnten Abweichung auch ein, wenn man lediglich mit Hülfe der Augenbewegung bestimmen soll, was vertical über- oder untereinander gelegen ist.

Es ist bekannt, dass Senkung der Blickebene eine Vergrösserung, Hebung derselben eine Verkleinerung des Convergenzwinkels der Gesichtslinien begünstigt. HELMHOLTZ [1] will diess daraus erklären, dass wir uns gewöhnt hätten mit der Senkung des Blickes zugleich eine grössere Convergenz zu verbinden, weil wir mit gehobener Blickebene die entfernten, mit gesenkter die nahen Gegenstände zu betrachten pflegen. Diese Erklärung halte ich jedoch nicht für die richtige, denn es lehren anderweite Thatsachen, dass es sich hier um eine im Mechanismus der Musculatur begründete Erscheinung handelt, und dass die mit Senkung der Blickebene eintretende Convergenz nicht willkürlich angelernt ist, sondern unwillkürlich aus rein mechanischen Gründen eintritt. Wäre sie nämlich zum Zwecke des Nahesehens angelernt,

---

[1] Physiologische Optik S. 473.

so würden wir mit der Innervation der interni zugleich auch die Innervation
der Anpassungsmuskeln verbinden, und die durch Senkung der Blickebene
bedingte Convergenz würde mit einer entsprechenden Accommodation für die
Nähe verbunden sein. Eine solche tritt aber nicht ein, wie im vierten Capitel
gezeigt werden wird, vielmehr convergiren dabei die Augen ohne ihren An-
passungszustand zu ändern, während der letztere sich sonst stets ändert, sobald die Convergenz zum Zwecke des Nahesehens willkürlich erhöht wird.
Diess beweist also, dass die Convergenz bei Senkung der Blickebene nicht
durch eine gleichzeitig erfolgende gewohnheitsmässige Innervation der Interni, sondern rein mechanisch durch die Anordnung der Musculatur bedingt
ist, und zwar scheint der Grund in der eigenthümlichen Art der Insertion der
Obliqui, so wie des oberen und unteren Geraden am Augapfel zu liegen.
Ebenso lehren die Symptome der Paresen und Paralysen des äusseren Geraden,
dass derselbe bei gehobener Blickebene kleinere Widerstände seiner Thätigkeit findet, als bei gesenkter, und dass sein Wirkungsgebiet von dem Wirkungs-
gebiete des Internus nicht durch eine verticale, sondern durch eine etwas schief
von oben und aussen nach unten und innen gerichtete Grenze geschieden ist.

Auch der Externus und Internus bewegen den Blick nicht genau horizontal, wenn sie allein thätig sind, sondern es treten hier ebenfalls Abweichungen von der von uns beabsichtigten Horizontalbewegung ein, die jedoch
viel kleiner sind als die eben beschriebenen. Im Allgemeinen wendet der
Externus den Blick zugleich ein wenig nach unten, der Internus nach oben.
Auch hierauf wird später zurückzukommen sein.

Vielfach bleibt bei stärkerer Hebung oder Senkung des Blickes die eine
Gesichtslinie nach unten oder oben im Vergleiche zur anderen zurück. Wende
ich z. B. bei stark gehobener Blickebene und aufrecht gehaltenem Kopfe die
parallel gestellten Gesichtslinien nach rechts, so weicht meine rechte Gesichtslinie nach unten ab. Ist diese Abweichung klein, so wird sie durch eine
kleine einseitige Innervation der Heber des rechten Auges wieder corrigirt,
wie wir das in Paragraph 5 bei dem Prismenversuche gesehen haben. Da es
aber nur innerhalb sehr enger Grenzen möglich ist, eine Muskelgruppe des
Auges stärker zu inneriren als die correspondirende des anderen Auges, so
wird jene Correctur sehr bald unmöglich, wenn durch starke Rechtswendung
des Blickes die Abweichung der rechten Gesichtslinie nach unten zunimmt:
sofort treten übereinander gelegene Doppelbilder ein. Diess ist nicht etwa
darin begründet, dass es dem rechten Auge mechanisch unmöglich gemacht
wäre, sich so stark zu heben; denn schliesse ich das linke Auge ohne den
Kopf irgend zu verrücken, so gelingt sogleich die Einstellung der rechten
Gesichtslinie auf die gewünschte Höhe, was ich zum Ueberflusse noch dadurch controliren kann, dass ein im rechten Auge auf der Netzhautmitte er-
zeugtes Nachbild auf dem bezüglichen Objecte erscheint. Vielmehr ist der
Grund jener Erscheinung der, dass in dem stark nach aussen gewendeten
rechten Auge die Heber bei gleich starker Innervation wegen erhöhter Wider-

stände nicht so viel leisten können, als die Heber des nach innen gewendeten linken Auges. Wir haben also in der beschriebenen Thatsache einen weiteren Beweis für das Gesetz der gleichmässigen Innervation beider Augen. Denn liessen sich die Heber des rechten Auges erheblich stärker innerviren als gleichzeitig die des linken, so könnten die Doppelbilder nicht eintreten. Wie mein rechtes Auge bei Wendung des gehobenen Blickes nach rechts, so verhält sich mein linkes bei Wendung des Blickes nach links. Selbstverständlich kommen hier viele individuelle Eigenthümlichkeiten ins Spiel, je nachdem der Bewegung des Augapfels wegen seiner Gestalt oder der Form der Orbita oder aus sonstigen Gründen nach dieser oder jener Richtung hin grössere Widerstände entgegenstehen. Bei jeder Parese eines Augenmuskels treten analoge Erscheinungen in auffallender Weise hervor und beweisen die Richtigkeit der oben aufgestellten Innervationsgesetze.

Auch ein Zurückbleiben der einen Gesichtslinie nach innen oder aussen würde sich gewiss bei manchen Blicklagen zeigen, noch ehe die Gesichtslinie an die Grenze ihres Spielraumes gekommen ist, wenn nicht die dadurch bedingten nebeneinander liegenden Doppelbilder durch eine leichte Innervation der Adductoren- oder Abductorengruppe wieder vereinigt werden könnten.

Wir dürfen uns also nicht vorstellen, dass das eben aufgestellte Gesetz der Muskelwirkung mathematisch genau erfüllt ist, vielmehr ist es nur ein Schema, dem die Wirklichkeit sehr nahe kommt. Kleine Abweichungen lassen sich in der angedeuteten Weise leicht corrigiren, und führen nicht zu merklichen Gesichtstäuschungen; grössere können Doppeltsehen oder merkliche Täuschungen über den Ort des Gesehenen veranlassen.

§ 12. *Vom Blickraume des Doppelauges.*

Unter Blickraum des Doppelauges verstehe ich die Gesammtheit der Puncte, welche bei einer und derselben Kopflage binocular fixirt werden können. Der Blickraum ist also mit dem Kopfe fest verbunden zu denken; er ändert seine Lage im absoluten Raume nur wenn der Kopf sich bewegt.

Vom Blickraume ist wohl zu unterscheiden der Spielraum der Gesichtslinie, d. h. die Gesammtheit der Linien, mit welcher bei einer und derselben Kopflage die Gesichtslinie zum Zusammenfallen gebracht werden kann. Dieser, ebenfalls mit dem Kopfe fest verbunden zu denkende Raum stellt einen Kegel dar, dessen Spitze im Drehpuncte des bezüglichen Auges liegt. Man bestimmt ihn am zweckmässigsten auf folgende Weise:

Nachdem man die Gesichtslinien horizontal und parallel geradeaus gestellt hat, giebt man dem Kopfe diejenige Neigung zum Horizonte, bei welcher die Blickebene die so genannte primäre Lage hat, welche später charakterisirt werden wird. Im Allgemeinen wird der Kopf dabei nahezu die gewohnte aufrechte Stellung haben. Sodann wird der Kopf in einer

später (§ 16.) zu beschreibenden Weise fixirt. Parallel zu den Verbindungs-
linien der Knotenpuncte wird eine verticale Glastafel aufgestellt und auf derselben werden mit dickflüssiger Tusche oder Oelfarbe die beiden Puncte markirt, in welchen die (in der Primärstellung befindlichen) horizontalen Gesichtslinien die Glastafel durchschneiden. Hinter der Glastafel ist auf einem
farbigen Grunde eine zum Grunde ungefähr complementär gefärbte kleine
Scheibe oder Oblate angebracht, für Normalsichtige an einer möglichst weit
entfernten Wand, für Kurzsichtige im Fernpuncte ihrer Augen. Diese
Scheibe wird fest fixirt, so dass man ein dauerhaftes Nachbild von derselben
bekommt, und dann lässt man den Blick auf der fernen Wand in beliebiger
Richtung soweit wandern, bis er nicht mehr weiter kann und das Nachbild
auf der Wand stehen bleibt. In diesem Momente markirt man wieder auf
der Glastafel den Punct, in welchem sie von der Gesichtslinie durchschnitten
wird. Dann kehrt man wieder zur farbigen Scheibe zurück, frischt das
Nachbild wieder auf, und lässt nun die Gesichtslinie in einer anderen Richtung bis an die Grenze ihres Spielraumes wandern u. s. f. Auf diese Weise
bekommt man auf der Glastafel eine Reihe von Puncten, welche man zu
einer Curve verbindet, die den verticalen Durchschnitt der Kegelfläche darstellt, von welcher der Spielraum der Gesichtslinie begrenzt wird. Nachdem
man diese Curve für beide Augen erhalten hat, lässt sich aus ihr und aus
der Entfernung der Glastafel vom Drehpuncte der Augen der Winkel finden,
um welchen die Gesichtslinie in einer beliebigen Richtung aus der Primärstellung abweichen kann. Das Nachbild ist unentbehrlich, weil man sonst
keine Controle darüber hat, ob die Gesichtslinie wirklich auf den Punct,
welchen man zu fixiren glaubt, eingestellt ist; man täuscht sich in dieser
Beziehung bei starker Wendung des Auges sehr leicht.

Die Winkel, um welche ich meine Gesichtslinie aus der Primärstellung
in verticaler und horizontaler Richtung herausdrehen kann, sind folgende:

	linkes Auge	rechtes Auge
nach oben	20^0	20^0
nach unten	62^0	59^0
nach innen	44^0	46^0
nach aussen	43^0	43^0

Nach Donders beträgt die Excursionsweite der Gesichtslinie des normalen Auges im Mittel: nach innen 45^0, nach aussen 42^0, nach oben 34^0,
nach unten 47^0. Doch ist hierbei nicht die Primärstellung als Mittelstellung
genommen.

Die auf der Glastafel verzeichneten Curven sind in Fig. 4 verkleinert
wiedergegeben, die unterbrochene Curve gehört dem rechten, die ausgezo-
gene dem linken Auge an; die Linie ab stellt den in demselben Verhältnisse verkleinerten Abstand der Glastafel von den Drehpuncten dar, l und r
sind die Puncte, in welchen die linke und die rechte Gesichtslinie in der

Primärstellung die Glastafel durchschneiden. Nach innen und unten wird die Curve von dem Contour der Nase gebildet. Der Spielraum meiner Gesichtslinie hat daher auf dem (durch die Primärstellung derselben gehenden) horizontalen oder verticalen Durchschnitte folgende Oeffnungswinkel:

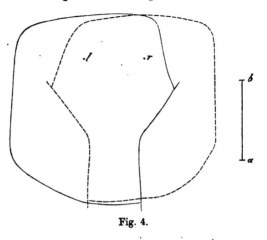

	linkes Auge	rechtes Auge
horizontal	87⁰	89⁰
vertical	82⁰	79⁰

Denke ich mir eine zur Primärstellung der Gesichtslinien verticale sehr entfernte Ebene und auf derselben für jedes Auge das Gebiet verzeichnet,

Fig. 4.

innerhalb dessen die Gesichtslinie auf jener Ebene sich bewegen kann, so haben diese beiden unocularen Blickfelder in der Verkleinerung die in Fig. 5 angegebene Gestalt.

Die Puncte r und l (Fig. 4) sind hier in einen Punct m zusammengefallen, welcher den sehr fernen Fixationspunct darstellt. Die Figur zeigt, dass das eine Auge auf Puncte eingestellt werden kann, die das andere Auge nicht fixiren kann: die beiden unocularen Blickfelder decken sich nicht. Diejenigen Theile auf welche sich nur das linke Auge einstellen kann, sind vertical schraffirt und mit l bezeichnet, die nur dem rechten Auge zugänglichen horizontal schraffirt und mit r bezeichnet. Der Theil des Feldes, welcher jeder von beiden Gesichtslinien zugänglich ist, mit welchem sich also die beiden unocularen Blickfelder decken, ist jedoch nicht,

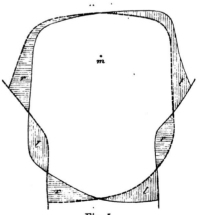

Fig. 5.

wie man denken könnte in allen Theilen beiden Gesichtslinien gleichzeitig zugänglich, vielmehr ist das in weiter Ferne gedachte verticale binoculare Blickfeld viel beschränkter. In Fig. 6 habe ich dieses binoculare Blickfeld des in die Ferne sehenden Doppelauges in demselben Verhältniss verkleinert, in dasjenige Feld eingezeichnet, welches beiden Gesichtslinien beim einäugigen Sehen zugänglich ist. Es liegt für meine Augen nicht ganz symmetrisch zur Medianebene, weil erstere sich in ihrer Motilität nicht ganz gleich verhalten.

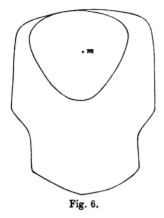

Fig. 6.

Diese Einschränkung des binocularen Blickfeldes im Vergleiche zu dem gemeinsamen Gebiete beider unocularen Sehfelder, erklärt sich folgenderweise: Wir sind nicht im Stande die Abductoren des Doppelauges so stark zu innerviren, wie wir die übrigen fünf Muskelgruppen innerviren können; diess verräth sich schon dadurch, dass man trotz langer darauf zielender Uebung das divergirende Schielen nicht annähernd in dem Maasse erlernen kann, wie das convergirende. Ich selbst habe es nach jahrelanger Uebung nur dahin gebracht, dass ich bei stark gehobener Blickebene die Gesichtslinie nahezu um 5° divergiren lassen kann. Es ist mir nicht bekannt, dass Jemand willkürlich stärker divergiren könne. Stelle ich mir die Aufgabe, bald einen fernen bald einen nahen Punct in raschem Wechsel binocular zu fixiren, so brauche ich erheblich kürzere Zeit, um den Blick von dem fernen auf den nahen Punct zu verlegen, als wenn ich vom nahen zum fernen Puncte übergehe. Es macht mir fast den Eindruck als gingen die Gesichtslinien im letztern Falle nur deshalb auseinander, weil die Innervation der Interni aufhört, nicht aber weil die Externi innervirt werden. Jedenfalls ist das Zurückgehen der Gesichtslinien in den Parallelismus vorzugsweise in dem Streben der Musculatur begründet, wieder das Gleichgewicht der elastischen Kräfte herzustellen, d. h. den Augapfel in die Ruhelage zurückzuführen, und nur zum geringeren Theile in der schwachen Activität der Externi, welche wir willkürlich erzeugen können. Senken wir die parallelgestellten Gesichtslinien, so beginnen sie, wie im vorigen Paragraphen gezeigt wurde, unwillkürlich und aus rein mechanischen Gründen zu convergiren. Solange diese Convergenz sehr gering ist, können wir sie durch die uns mögliche schwache Innervation der Abductorengruppe wieder corrigiren; bei zunehmender Senkung der Blickebene reicht aber diese Innervation bald nicht mehr hin, und dann ist eben der Parallelismus der Gesichtslinien nicht mehr möglich: daher die Beschränktheit des binocularen Blickfeldes beim Fernsehen nach unten.

Wende ich das fernsehende Doppelauge durch Innervation der Seitenwender nach rechts oder links, so erhalten zwar je ein Internus und ein Externus eine gleichstarke Innervation, aber bei stärkerer Seitenwendung bleibt trotzdem die Leistung des Externus hinter der des Internus zurück entweder mehr desshalb, weil er grössere Widerstände zu überwinden hat, oder mehr desshalb, weil er ein schwächerer Muskel ist als der Internus. Zeigte sich doch auch, dass die Excursionsweite meiner Augen nach aussen etwas kleiner ist, als nach innen. Das nach aussen gewandte Auge bleibt also hinter dem nach innen gewandten zurück, sobald die mir mögliche Innervation der Abductorengruppe nicht mehr zur Correction der Abweichung hinreicht: daher die relative Beschränktheit des binocularen Blickfeldes beim Fernsehen nach rechts und links.

Wie beim Fernsehen, so ist es auch beim Nahesehen: der binoculare Blickraum hat dabei viel engere Grenzen, als man nach der Excursionsfähigkeit der Augen erwarten sollte. Man braucht nur ein kleines Object nahe vor dem Gesichte umherzubewegen und es mit dem Blicke zu verfolgen, so wird man es schon doppelt sehen, wenn es noch erheblich von der Grenze desjenigen Gebietes absteht, welches den Spielräumen beider Gesichtslinien gemeinsam ist, in Lagen also, in welchen jedes einzelne Auge es noch bequem fixiren kann. Bringt man bei gehobener Blickebene ein in der Medianebene gelegenes Object den Augen so nahe, dass die binoculare Fixation desselben schon Mühe macht und das Gefühl starker Anstrengung im Auge hervorruft, und schliesst dann ein Auge, so wird man bemerken, dass es gar keine Anstrengung kostet, die Gesichtslinie des offenen Auges auf das Object einzustellen, und zwar gleichviel welches Auge das offene ist. Nähert man das Object noch mehr, so zerfällt es in ungleichseitige Doppelbilder, obwohl auch jetzt noch die Gesichtslinie jedes einzelnen Auges auf dasselbe eingestellt werden kann, sobald das andere Auge geschlossen wird. Wir können also durch die Innervation der Seitenwender das Einzelauge stärker nach innen wenden, als durch die auf Näherung des Blickpunctes zielende Innervation der Adductoren, sei es dass die letztere Innervation nicht mit derselben Stärke wie die erstere aufgebracht werden kann, sei es vielleicht auch, dass der Innenwendung im einen Falle grössere Widerstände entgegenstehen, als im anderen, was nicht undenkbar ist, weil bei einer und derselben Ablenkung der Gesichtslinie nach innen das Auge unter dem Einflusse anderer Muskelwirkungen steht, wenn in die Ferne, als wenn in die Nähe gesehen wird, wie in § 19. gezeigt werden soll.

Selbstverständlich haben die hier über den Blickraum gemachten Angaben nur einen individuellen Werth so weit sie die Gestalt desselben betreffen, aber sie sind allgemein gültig, so weit sie sich auf die Ursachen beziehen, aus welchen der binoculäre Blickraum im Vergleich zum unocularen eingeschränkt wird. Augen bei welchen das Ueberwiegen der Interni über die Externi geringer ist als bei mir, werden einen relativ grösseren binocularen Blickraum haben.

Zweites Capitel.

Von der Orientirung des Doppelauges.

§ 13. *Mechanische Vorbegriffe.*

Der Einfachheit wegen darf der Augapfel als eine Kugel betrachtet werden, welche um ihren unverrückbaren Mittelpunct drehbar ist. Um die Lage der Kugel zu bestimmen genügt es, die Lage zweier Puncte derselben, welche nicht in demselben Durchmesser liegen, oder was dasselbe bedeutet, die Lage zweier Durchmesser anzugeben. Am Auge benützt man hiezu am passendsten erstens die Gesichtslinie, welche man als durch den Drehpunct gehend annehmen kann, und zweitens denjenigen Durchmesser, welcher vertical steht, wenn bei aufrechtem Kopfe die Gesichtslinie horizontal geradeaus gerichtet ist. Wenn wir bei einer beliebigen Augenstellung die Lage dieser beiden Durchmesser relativ zur Orbita oder zu einem im Kopfe gelegenen Coordinatensysteme kennen, so ist uns damit die Lage des Augapfels in seiner Höhle eindeutig bestimmt. Die Kenntniss der Lage nur eines Durchmessers, z. B. der Gesichtslinie allein, genügt offenbar nicht, weil bei derselben Stellung der Gesichtslinie das übrige Auge in sehr verschiedenen Lagen gedacht werden kann, welche es nacheinander durchlaufen würde, wenn es um die unverrückte Gesichtslinie als Axe gedreht werden könnte.

Die Axen, um welche sich das Auge drehen kann, müssen unserer Annahme gemäss sämmtlich durch seinen Drehpunct gehen. Um eine und dieselbe Axe kann man sich aber eine Kugel in zwei entgegengesetzten Richtungen gedreht denken. Um nun zu gleicher Zeit sowohl die Axe als die Richtung einer Drehung oder auch eines blossen Drehbestrebens auszudrücken, unterscheidet man an jeder Axe die zwei, im Drehpuncte zusammenstossenden Hälften als Halbaxen. Sieht ein Beobachter, der sich in der Verlängerung der einen Axenhälfte befindet, die ihm zugewandte Kugeloberfläche sich so drehen, wie den Zeiger einer Uhr, so bezeichnet man die Axenhälfte, in der der Beobachter sich befindet, als die Halbaxe der erfolgten Drehung. Die andere Hälfte der Axe ist dann die Halbaxe der entgegengesetzten Drehung um dieselbe Axe.

Wenn während einer Drehung die Halbaxe der Drehung immer dieselbe bleibt, so erfolgt die Drehung um eine feste oder dauernde Axe. Wenn aber die Drehungsaxe in jedem Momente der Drehung eine andere ist, so nennt man diess eine Drehung um augenblickliche oder instantane Axen. Man nehme zwei Kegel, wie man sie zum stereometrischen Unterrichte zu benützen pflegt, stelle den einen fest auf und wälze den zweiten so um den ersten, dass sich beide immer mit den Spitzen und längs einer geraden

Linie (Seite) berühren, so hat man eine Drehung um augenblickliche Axen vor sich. Der bewegliche Kegel hat hiebei, ebenso wie das Auge bei seinen Drehungen, nur e i n e n festen Punct, d. i. seine Spitze. Während er um den festen Kegel gewälzt wird, fällt die jeweilige augenblickliche Drehungsaxe mit derjenigen geraden Linie zusammen, längs welcher die beiden Kegelflächen sich eben berühren, und diese Linie ist offenbar in jedem Augenblicke eine andere. Dabei schreitet also die Drehungsaxe so zu sagen im Raume fort und beschreibt die Fläche des feststehenden Kegels; sie schreitet aber auch an dem gedrehten Kegel fort und beschreibt dessen Oberfläche. Denkt man sich das Auge hohl und den einen Kegel so in demselben befestigt, dass seine Spitze mit dem Drehpuncte des Auges zusammenfällt, während seine Basis einen Theil der Oberfläche des Augapfels bildet, denkt sich ferner den zweiten Kegel fest mit der Orbita verbunden und seine Spitze ebenfalls mit dem Drehpuncte zusammenfallend: so kann man sich auch jetzt noch den ersteren Kegel um den zweiten gewälzt denken, wobei er das ganze Auge mitnehmen würde. In solcher Weise lassen sich die in Wirklichkeit vielfach vorkommenden Drehungen des Auges um augenblickliche Axen vorstellig machen.

Weiterhin unterscheidet man c o n t i n u i r l i c h e und d i s c o n t i n u i r - l i c h e Drehungen. Discontinuirlich heisst die Drehung dann, wenn die Drehungsaxe sprungweise ihre Lage ändert, continuirlich, wenn die Drehungsaxe stetig fortschreitet oder fest ist. Die soeben an zwei Kegeln versinnlichte Drehung ist eine continuirliche, weil dabei in jedem unendlich kleinen Zeittheile die Drehungsaxe auch nur um einen unendlich kleinen Winkel fortschreitet. Hätten wir aber statt der beiden Kegel zwei Pyramiden mit beliebig vielen Seitenflächen benützt und in analoger Weise die eine um die andere gewälzt, so würden nur die Kanten der beiden Pyramiden als Drehungsaxen fungirt haben; die beiden Pyramiden hätten sich abwechselnd mit zwei Flächen oder mit zwei Kanten oder auch einerseits mit einer Fläche, anderseits mit einer Kante berührt. In den Momenten der Drehung, wo eben zwei Flächen der Pyramiden zur Berührung kommen, springt offenbar die Drehungsaxe von einer Kante auf die andere über, weil die Flächenberührung nur eine momentane sein kann, falls die Drehung nicht unterbrochen werden soll. Hier entspricht also einem unendlich kleinen Zeittheilchen der Drehung eine Ortsänderung der Drehungsaxe um einen Winkel von e n d - l i c h e r Grösse.

Jede beliebige continuirliche oder discontinuirliche Drehung um einen festen Punct lässt sich auf diese Weise versinnlichen, indem man sich Kegel- oder Pyramidenflächen aneinander abgewickelt denkt, wobei natürlich die sonstige Form dieser Flächen eine unendlich verschiedene sein kann.

An der Oberfläche des Augapfels greifen gewisse Kräfte an, welche denselben zu drehen streben. Die Halbaxe, um welche eine Kraft das Auge zu drehen strebt, heisst H a l b a x e d e s D r e h b e s t r e b e n s. Um die Intensi-

tät eines Drehbestrebens anzuzeigen, denkt man sich auf der Halbaxe desselben eine dieser Intensität proportionale Strecke vom Drehpuncte aus ab-
getragen. Diese Strecke heisst das D r e h u n g s m o m e n t. Dasselbe giebt
uns also zu gleicher Zeit sowohl die Halbaxe als die Intensität des Drehbestrebens an. Dieser Intensität würde zugleich die Geschwindigkeit entsprechen, mit welcher die Kraft das Auge drehen würde, wenn die Drehung
völlig widerstandslos geschehen könnte.

Wenn mehrere Kräfte gleichzeitig das Auge zu drehen streben, also
mehrere Drehungsmomente gleichzeitig vorhanden sind, so kann man aus
ihnen ein r e s u l t i r e n d e s Drehungsmoment in ähnlicher Weise construiren,
wie man aus mehreren gleichzeitig auf einen Punct wirkenden Kräften eine
resultirende construirt. Das resultirende Drehungsmoment giebt uns dann
durch seine Lage die Halbaxe des resultirenden Drehbestrebens und durch
seine Länge die Intensität des letzteren an.

Man betrachtet zu diesem Zwecke zwei gleichzeitig vorhandene Drehungsmomente als zwei Seiten eines Parallelogramms und construirt dessen
Diagonale; diese ist das resultirende Drehungsmoment. Giebt es gleichzeitig
drei Drehungsmomente, so kann man zuerst aus zweien derselben das resultirende construiren und letzteres wieder mit dem dritten gegebenen Momente

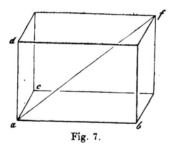

Fig. 7.

zur Construction des aus allen dreien resultirenden Momentes combiniren. Oder
man betrachtet die drei gegebenen Momente als drei in einer Ecke (dem Drehpuncte) zusammenstossende Kanten eines
Parallelepipeds und construirt diejenige
Diagonale desselben, deren eines Ende in
den Drehpunct fällt. So ist in Fig. 7 *ef*
das aus den drei Momenten *ab*, *ac* und
ad resultirende Drehungsmoment. Es versteht sich, dass man in analoger Weise
auch aus noch mehr gleichzeitigen Drehungsmomenten ein resultirendes
construiren kann.

Umgekehrt kann man jedes einfache Drehungsmoment als ein aus zwei
oder drei (oder mehr) gleichzeitigen Momenten resultirendes auffassen. Man
betrachtet dann dasselbe als Diagonale eines Parallelogrammes oder Parallelepipeds und construirt sich dazu die nöthigen Seiten oder Kanten. Diejenigen Seiten oder Kanten, welche im Drehungspuncte zusammenstossen, stellen
dann die Drehungsmomente dar, in welche das gegebene einfache Moment
zerlegt worden ist. Da ein und dieselbe Linie die Diagonale unendlich vieler
verschiedener Parallelogramme oder Parallelepipeden sein kann, so ist auch
die Zerlegung des gegebenen einfachen Momentes auf entsprechend vielfache
Weise möglich.

Diess sind also die Regeln, nach welchen man, wenn mehrere bekannte

Kräfte gleichzeitig auf das Auge wirken, sowohl die Halbaxe als die Grösse des resultirenden Drehbestrebens finden kann. Dabei handelte es sich nur um ein B e s t r e b e n zur Drehung, nicht um die wirklich erfolgende Drehung. Letztere ist nun zu betrachten. Nehmen wir als Beispiel eine Drehung, welche unter dem Einflusse zweier gleichzeitig wirkender Kräfte erfolgt.

Gesetzt es griffen zwei Kräfte gleichzeitig am Augapfel an, deren eine es immer um die im Raume verticale Axe, die andere um eine im Raume horizontal gelegene Axe zu drehen strebte, so würde sich das Auge weder um die eine noch um die andere drehen, sondern um diejenige Axe, in welcher in jedem Augenblicke das resultirende Moment der beiden gegebenen Drehungsmomente liegt. Fig. 8 sei der Aequatorialschnitt des Auges von hinten gesehen, welcher also senkrecht zur horizontal gelegenen Gesichtslinie durch den Drehpunct des Auges geführt wäre. mv sei die Halbaxe, um welche die eine Kraft zu drehen strebt und mv' ihr Drehungsmoment; wirkte diese Kraft allein, so würde sie die Gesichtslinie horizontal nach rechts drehen. mh sei die Halbaxe und mh' das Drehungsmoment der anderen Kraft; wäre diese Kraft allein wirksam, so würde sie die Gesichtslinie in verticaler Richtung nach unten drehen.

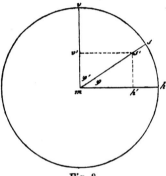

Fig. 8.

Das resultirende Moment der beiden gegebenen Momente ist ms', und ms daher die Halbaxe, um welche die wirkliche Drehung beginnen und auch fortgesetzt werden muss, solange als Lage und Grössenverhältniss der beiden gegebenen Drehungsmomente und somit auch die Lage des aus ihnen resultirenden Momentes sich nicht ändert.

Wenn also die Lage der Halbaxen um welche zwei Kräfte das Auge gleichzeitig zu drehen streben, sowie das Grössenverhältniss ihrer beiden Drehungsmomente unveränderlich ist, so erfolgt die wirkliche Drehung um eine feste Halbaxe, welche in der Ebene der beiden gegebenen Drehungsmomente und zwischen diesen gelegen ist, und zwar hängen die beiden Winkel (φ und φ'), welche diese Halbaxe mit den Drehungsmomenten der beiden Kräfte einschliesst, von dem Grössenverhältnisse zwischen den beiden Momenten ab:

$$\operatorname{tg}\varphi = \frac{h's'}{mh'} = \frac{mv'}{mh'}; \quad \operatorname{tg}\varphi' = \frac{mh'}{mv'}.$$

Bei der eben besprochenen Drehung änderten die Drehungsmomente der beiden wirkenden Kräfte während des Verlaufes der Drehung ihre Lage im Raume nicht, womit gesagt ist, dass sie ihre Lage in der Kugel dabei geändert haben. Denn die Kugel hat sich bei ihrer Drehung um die feste Axe

4 *

$m s$ relativ zu den festen Drehungsmomenten $m h'$ und $m v'$ verdreht. Wir wollen jetzt einen Fall betrachten, wo nur das Drehungsmoment der einen Kraft während der aus zwei Drehkräften resultirenden Drehung seine Lage im Raume nicht ändert, während der andern seine Lage in der Kugel nicht ändert, wohl aber im Raume.

Angenommen, an Stelle der Gesichtslinie befände sich im Auge eine starre Nadel, die man am freien, über die Hornhaut hinausragenden Ende fassen könnte, so würde man mittels dieser Nadel das Auge in der verschiedensten Weise drehen können. Würde man das freie Ende der Nadel lediglich verschieben, so würde sich dabei das Auge um eine zur Nadel und zur Richtung ihrer Verschiebung senkrechte Axe drehen; drehte man die Nadel zwischen den Fingern um sich selbst, ohne sie dabei zu verschieben, so würde das Auge um die Gesichtslinie als Axe gerollt werden. Man könnte aber auch beide Bewegungen gleichzeitig ausführen, indem man die beiden hiezu nöthigen Kräfte gleichzeitig wirken liesse, z. B. das freie Ende der Nadel in verticaler Richtung nach unten schöbe und zugleich die Nadel zwischen den Fingern um sich selbst drehte. Dabei würde also das Auge sich, um es so auszudrücken, gleichzeitig um zwei Axen drehen, nämlich erstens um die zur Gesichtslinie und zu ihrer verticalen Bahn rechtwinklige, also horizontale Axe und zweitens um die Gesichtslinie selbst. Weil hiebei zwei Drehungsmomente zugleich wirksam wären, würde die wirkliche Drehung weder um die Axe des einen noch um die des anderen erfolgen, sondern die Axe derselben würde in jedem Augenblicke bedingt sein durch die Lage des jeweiligen resultirenden Drehungsmomentes. Dieses aber und somit auch die mit ihm zusammenfallende Drehungsaxe würde in jedem Augenblicke der Drehung eine andere Lage im Raume haben. Die eine Kraft nämlich strebt das Auge fortwährend um die im Raume unveränderliche horizontale Axe H zu drehen, die andere will es um die Gesichtslinie G rollen; letztere aber verändert während der Bewegung ihren Ort im Raume. Die Ebene also, welche die auf den Axen G und H gelegenen Drehungsmomente enthält und in welcher auch in jedem Augenblicke das resultirende Drehungsmoment liegen muss, ändert gleichzeitig mit der Gesichtslinie ihre Lage, indem sie sich mit um die Axe H dreht. Ist z. B. $m h$ (Fig. 9) die horizontale Halbaxe, um welche die eine Kraft das Auge in verticaler Richtung nach unten zu drehen strebt, $m g$ die Halb-

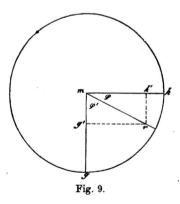

Fig. 9.

axe, um welche die zweite Kraft das Auge um die Gesichtslinie zu rollen strebt, und ist das Moment der ersten Kraft beispielsweise doppelt so gross als das der zweiten: so stellt mr das aus den beiden gegebenen Momenten mh' und mg' resultirende Drehungsmoment dar. Bliebe das Grössenverhältniss der beide Kräfte immer dasselbe, so würde während der ganzen Drehung das resultirende Moment die gleiche relative Lage zu mh und mg beibehalten, mit mh immer den Winkel φ mit mg immer den Winkel φ' einschliessen. Aber die absolute Lage des resultirenden Momentes mr würde in jedem Augenblicke eine andere sein, weil die Gesichtslinie während der Drehung nach unten geht. Da nun die Drehung in jedem Augenblicke um diejenige Halbaxe erfolgt, in welcher eben das resultirende Drehungsmoment liegt, so verändert auch die Axe der Drehung in jedem Augenblicke ihre Lage und zwar beschreibt sie, weil sie mit der Linie mh immer den Winkel φ einschliesst, im absoluten Raume eine Kreiskegelfläche, deren Axe mit mh zusammenfällt, in dem bewegten Auge aber, weil sie mit der Gesichtslinie immer den Winkel φ' einschliesst, eine Kreiskegelfläche, deren Axe mg ist. Diese beiden Kegelflächen wickeln sich während der beschriebenen Drehung sozusagen aneinander ab; die Drehung ist also eine continuirliche um augenblickliche Axen, wie sie oben an den zwei Kegeln versinnlicht wurde. Wäre das Intensitätsverhältniss der beiden gleichzeitig wirkenden Drehkräfte ein anderes, als das eben angenommene, oder änderte sich dasselbe stetig während der Drehung, so würde auch die Bahn der augenblicklichen Drehungsaxe im absoluten Raume sowohl als in der Kugel eine andere werden, und die Kegelflächen, welche man dabei aneinander abgewickelt denken kann, würden andere Gestalt haben. Damit nicht etwa ein Missverständniss entstehe, will ich schon hier daran erinnern, dass es zwar Muskeln giebt, welche das Auge um Halbaxen zu drehen streben, die zur Gesichtslinie rechtwinklig liegen, dass aber kein Muskel da ist, welcher das Auge um die Gesichtslinie zu drehen strebt. Es giebt also in Wirklichkeit am Auge keine zwei Muskeln, welche zwei so gelegene Drehungsmomente erzeugen könnten, wie wir sie hier angenommen haben.

Die erörterten Beispiele zeigen, wie aus mehreren gleichzeitig wirkenden Drehkräften eine Drehung resultirt, welche um ganz andere Axen erfolgt, als diejenigen sind, um welche die einzelnen drehenden Kräfte jede für sich das Auge zu drehen streben. Umgekehrt lehrt das letztere Beispiel, dass man sich eine beliebige Drehung des Auges als aus zwei gleichzeitigen Drehungen zusammengesetzt denken kann, deren eine um Axen erfolgt, welche zur Gesichtslinie und zur jeweiligen Richtung ihrer Bahn rechtwinklig liegen, während die andere um die Gesichtslinie selbst geschieht, wobei es übrigens ganz gleichgültig ist, wie die wirklichen Drehungsmomente und die Axen liegen, um welche die Bewegung eigentlich erfolgt. Eine derartige Zerlegung der Drehung ist dann nicht mehr möglich, wenn schon die wirkliche Drehung selbst um Axen erfolgt, die zur Gesichtslinie rechtwinklig liegen, weil dann die Drehung um die Gesichtslinie gleich Null ist; ebensowenig dann, wenn die wirkliche Drehung um die Gesichtslinie selbst erfolgt. Selbst-

verständlich könnte man jede wirkliche Drehung des Auges auch in gleich-
zeitige Drehungen um beliebige andere Axen zerlegt denken, und nur im
Hinblick auf die späteren Betrachtungen wurde die soeben erörterte Art der
Zerlegung als Beispiel gewählt.

Geradlinige Bewegungen eines Körpers lassen sich bekanntlich nach
denselben Regeln zusammensetzen, wie die Kräfte, welche diese Bewegungen
hervorrufen. Wenn der Punct a (Fig. 10) sich erst nach c und dann von c
nach b bewegt, oder erst nach d und dann von d nach b bewegt, und ich
betrachte die beiden von ihm zurückgelegten Strecken als Seiten eines Parallelogrammes, so giebt mir. die Diagonale $a\,b$ des letzteren die Richtung
und Länge des Weges an, auf welchem der Punct a

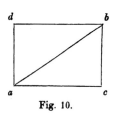

Fig. 10.

direct nach b bewegt werden kann. Ich kann
also jene doppelte Bewegung des Punctes durch diese
einfache ersetzt denken, ohne das Endresultat zu
ändern. Anders verhält es sich mit zwei auf einander folgenden Drehungen. Wollte man hier die wirklichen Drehungen ebenso zusammensetzen wie die
Drehungsmomente, d. h. auf den Halbaxen der beiden Drehungen vom Drehpuncte aus Stücke abtragen,
welche den Grössen (Winkeln) der beiden Drehungen proportional wären,
diese abgetragenen Stücke als Seiten eines Parallelogrammes betrachten und
dessen Diagonale construiren: so würde uns letztere keineswegs die Halbaxe
und Grösse derjenigen einfachen Drehung angeben, durch welche der gedachte Körper in dieselbe Lage käme, welche er nach Ablauf der beiden
Drehungen einnimmt.

Um sich dies klar zu machen, stecke der Anfänger durch einen Knaul
drei Stricknadeln v, h und g rechtwinklig·zu einander, deren Kreuzungspunct den Drehpunct des Auges darstellen möge. Die eine Nadel v stelle er
zunächst vertical; dann liegen die beiden anderen, h und g, horizontal. Die
eine derselben g, bezeichne man irgendwie; sie soll die Gesichtslinie darstellen. Jetzt drehe man den Knaul um die verticale Nadel als Axe um 90^0,
so wird die Gesichtslinie g und die dritte Nadel h um 90^0 verschoben werden,
beide aber werden während und nach der Drehung horizontal bleiben. Dann
drehe man die Kugel abermals und zwar um die rechtwinklig zur Gesichtslinie gelegene horizontale Nadel h wieder um 90^0, so wird diese Nadel horizontal bleiben, v wird aus der verticalen Lage in eine horizontale kommen
und g aus der horizontalen in die verticale.

Jetzt bringe man die Nadeln wieder in die ursprüngliche Lage und mache
dieselben Drehungen in umgekehrter Folge, drehe also zuerst um die horizontale Nadel h um 90^0; dann wird die Gesichtslinie g sich aus der horizontalen Lage in die verticale begeben, die Nadel v aber wird aus der verticalen
in eine horizontale Lage kommen. Nun drehe man den Knaul um letztere
Nadel v um 90^0, so wird sie horizontal bleiben, die Gesichtslinie g wird aus

ihrer verticalen in eine horizontale, die Nadel h aus ihrer horizontalen in die verticale Lage gelangen.

Beide Male haben wir also um die Axen v und h je eine Drehung um 90⁰ ausgeführt, das Endresultat aber war das erste Mal, dass die Gesichtslinie schliesslich vertical stand, das zweite Mal, dass sie schliesslich eine horizontale Lage hatte und entsprechend waren auch die schliesslichen Lagen der Nadeln v und h in beiden Fällen verschieden.

Da also die Kugel in ganz andere Lagen kommt, je nachdem ich die eine oder die andere der beiden Drehungen zuerst ausführe, so ist schon hieraus ersichtlich, dass sich die beiden Drehungen nicht in derselben Weise zusammensetzen lassen wie die Drehungsmomente. Man trage jetzt auf den beiden Axen h und v, je auf der der Richtung der Drehung entsprechenden Hälfte, gleiche Strecken ab, betrachte diese als Seiten eines Quadrates und construire die zwischenliegende Diagonale, so wird man nicht im Stande sein, durch Drehung um die mit dieser Diagonale zusammenfallende Axe, welche mit h und v je 45⁰ einschliesst, die Kugel in eine der beiden Lagen zu bringen, welche wir so eben als Endresultate der beiden Drehungen gefunden haben.

Die je nach der Reihenfolge der beiden Drehungen sich zeigende Verschiedenheit des Endresultates derselben, welche an dem gewählten Beispiele wegen der Umfänglichkeit der Drehungen so grell zu Tage tritt, ist nun auch bei kleineren Drehungen in verhältnissmässig schwächerem Maasse vorhanden, und nur wenn die beiden Drehungen unendlich klein sind, verschwindet sie. Daher kann man nur unendlich kleine Drehungen nach denselben Regeln zusammensetzen, wie die Drehungsmomente, indem man auf den Halbaxen der erfolgten Drehungen Stücke abschneidet, welche den Grössen der Drehungen proportional sind und diese Stücke als Seiten des Parallelogramms betrachtet, dessen Diagonale die Halbaxe und die Grösse derjenigen einfachen unendlich kleinen Drehung angiebt, durch welche die Kugel in dieselbe Lage gebracht werden kann, wie durch die beiden successiven unendlich kleinen Drehungen. Will man mehrere Drehungen von endlicher Grösse durch eine einzige Drehung um eine feste Axe ersetzen, sodass die Endlage der Kugel in beiden Fällen dieselbe ist, so ist die hierzu nöthige Axe leicht zu finden, wenn man die Anfangslage L und die Endlage L' der Kugel kennt. Beide Lagen sind bestimmt, wenn die Stellungen zweier Durchmesser (z. B. g und v) vor und nach den Drehungen gegeben sind. Legt man durch die Halbirungslinie des Winkels, welchen die Anfangslage des einen Durchmessers (g) mit seiner Endlage macht, eine zur Ebene dieses Winkels senkrechte Ebene E, und halbirt in analoger Weise den Winkel, den die Anfangslage des andern Durchmessers (v) mit seiner Endlage macht, durch eine zur Ebene dieses Winkels senkrechte Ebene E', so ist der Durchmesser, in welchem sich diese beiden Ebenen E und E' schneiden, die gesuchte

feste Axe, um welche man die Kugel direct aus der gegebenen Anfangslage
L in die gegebene Endlage L' drehen kann.

§ 14. *Das Gesetz der gleichen Netzhautlage bei gleicher Blicklage.*

Aus den bisher aufgestellten Gesetzen der Augenbewegung ergiebt sich,
dass jeder bestimmten Lage des Blickpunctes im Blickraume ein ganz bestimmter Contractionszustand gewisser Augenmuskelgruppen entspricht,
welcher immer wiederkehrt, so oft der Blick des Doppelauges wieder auf
denselben Punct des Blickraumes zu liegen kommt. So wird z. B., wenn
der Blick auf einem nach rechts und oben, in weiter Ferne gelegenen Puncte
a ruht, eine bestimmte Verkürzung der Heber und Rechtswender nöthig sein,
um den Blick in dieser Lage zu halten, und diese Verkürzung wird immer
wieder in genau demselben Grade eintreten, so oft der Blick bei ungeänderter
Kopfhaltung auf den Punct a nach beliebigen Abschweifungen zurückkehrt;
zugleich werden alle übrigen Augenmuskeln immer wieder dieselben Zustände passiver Spannung zeigen, so lange nicht etwa ihre elastischen Kräfte
irgendwie geändert sind: sämmtliche auf einen Augapfel wirkende Kräfte
werden also wieder dieselben sein, und in denselben Richtungen wirken.
Daraus folgt, dass nicht blos die Gesichtslinie, sondern auch jeder andere
Punct des Augapfels und der uns hier insbesondere interessirenden Netzhäute
immer wieder dieselbe Lage haben wird. Kurz gesagt, die Orientirung
der Augen wird eine eindeutige Function der Blicklage sein.
Erzeugen wir uns also auf einem bestimmten Netzhautmeridiane eines Auges
das dauernde Nachbild eines schmalen, farbigen Papierstreifens, und wenden
wir, mit dem Nachbilde im Auge, den Blick auf ein beliebiges Object, so
wird das Nachbild immer wieder genau dieselben Theile des Objectes decken,
so oft wir den Blick nach beliebigen Abschweifungen wieder auf denselben
Punct des Objectes richten, da jeder Einzelpunct des letzteren sich wieder
auf demselben Netzhautpuncte abbilden wird, vorausgesetzt, dass weder unser
Kopf, noch das Object irgendwie bewegt worden sind. In den folgenden
Paragraphen wird die Richtigkeit dieses Satzes an zahlreichen Versuchen
erläutert werden.
Bei derselben Stellung der Gesichtslinie eines Auges relativ zum Kopfe,
kann der Blickpunct eine verschiedene Lage haben, da die Gesichtslinie des
anderen Auges die des ersten in sehr verschiedenen Puncten schneiden kann.
Ich habe nun oben gezeigt, dass, wenn z. B. die geradaus gerichtete linke
Gesichtslinie feststeht und die rechte sich entlang der linken bewegt, wenn
also der Blickpunct auf der letzteren aus der Ferne näher heranrückt, nicht
nur das bewegte rechte, sondern auch das linke Auge hiebei eine dieser
Näherung entsprechende Aenderung seiner Innervation erfährt. Trotz der
immer gleichbleibenden Stellung der linken Gesichtslinie wird also die Span-

nung der einzelnen Muskeln des linken Auges wesentlich verschieden sein können, was sich auch im Allgemeinen durch eine veränderte Orientirung des Augapfels verräth; es tritt, wie später gezeigt wird, eine kleine unwillkürliche Rollung des Auges um die Gesichtslinie ein, wenn man die letztere festhält, aber den fixirten Punct entlang der Gesichtslinie nähert oder entfernt, wobei die andere Gesichtslinie ihre Lage ändert.

Die Orientirung des Auges ist also nicht lediglich von der Lage seiner Gesichtslinie im Blickraume abhängig, wie man das früher annahm (Donders), sondern zugleich auch von der Lage der Gesichtslinie des anderen Auges.

Unser Wille richtet sich, wie erwähnt, nur auf Aenderung der Lage des Blickpunctes oder Festhaltung desselben an einem bestimmten Orte. Die Lage, welche dabei die Netzhaut annimmt, ist in rein mechanischer Weise von der Anspannung der Muskeln abhängig, welche zum Zwecke der Bewegung oder Festhaltung des Blickpunctes eintritt. Sie ist also nur mittelbar, nicht unmittelbar dem Willen unterworfen. Wie wir indirect durch willkürliches Anhalten des Athems die Herzthätigkeit ändern, obwohl es unmöglich ist, dieselbe durch einen directen Willensimpuls zu beeinflussen, so können wir auch die Netzhautlage durch die Bewegung des Blickpunctes abändern und, wie gesagt, sogar bei feststehender Gesichtslinie eines Auges dasselbe ein wenig um die Gesichtslinie rollen, obwohl wir nicht geübt sind, eine solche Rollung durch einen directen Willensimpuls herbeizuführen. Für das Sehen hätte auch, wie weiter gezeigt werden wird, die willkürliche Rollung des Auges um die Gesichtslinie unter normalen Verhältnissen im Allgemeinen keinen Sinn, wohl aber wäre sie in gewissen pathologischen Fällen und unter künstlich abgeänderten Verhältnissen im Interesse des deutlichen Sehens wünschenswerth; gleichwohl ist sie in beiden Fällen dem Sehenden nicht möglich.

Man schneide z. B. die beiden Hälften eines gewöhnlichen Stereoskopenbildes von einander und lege die Bilder zuerst in gewöhnlicher Weise in das Stereoskop, erzeuge sich das stereoskopische Verschmelzungsbild, fasse einen Punct desselben fest ins Auge, und drehe dann die eine Bildhälfte langsam um den fixirten Punct. Sobald hiebei die Drehung einen gewissen übrigens kleinen Winkel überschritten hat, zerfällt das Verschmelzungsbild, und man sieht zwei Bilder durch einander, deren eines gegen das andere verdreht erscheint. Dabei wird nur der fixirte Punct einfach gesehen, alle übrigen doppelt. Diess würde nicht eintreten, wenn wir im Stande wären, im Interesse des deutlichen Sehens das eine Auge in demselben Maasse um die Gesichtslinie zu rollen, in welchem das von ihm gesehene Bild verdreht wird, oder beide Augen je um den halben Winkel zu rollen, wodurch ebenfalls das Einfach- und Deutlichsehen wieder möglich werden würde.

Es ist überhaupt kein genau untersuchter Fall bekannt, wo Jemand im Stande gewesen wäre, bei unveränderter Lage des Blickpunctes seine Augen um die Gesichtslinie zu rollen; eine gegenseitige Angabe von HELMHOLTZ wird unten zu besprechen sein. Damit soll nicht gesagt sein, dass sich nicht vielleicht doch noch Methoden ausfindig machen liessen, durch welche man sich auf diese Bewegung der Augen so zu sagen unnatürlicherweise einüben könnte. Wie es ferner Menschen giebt, die einmal zufällig die Innervation zu einer Bewegung gefunden haben, die keinem Anderen möglich ist, so wäre es auch denkbar, dass Jemand zufällig die zur Rollung der Augen um die Gesichtslinie nothwendige Innervation fände. Ich habe oben selbst Beispiele angeführt, welche beweisen, dass es nicht blos räumliche Vorstellungen sind, durch welche wir eine Innervation der Augenmuskeln einleiten können; der Einfluss der Affecte auf die Augenbewegung liefert hiefür ebenfalls Beispiele genug. Manche Menschen sind im Stande, ganz absonderliche Kunststücke mit ihren Muskeln zu machen: bekannt ist, dass manche mit den Ohren wackeln können; ich selbst kenne Jemand, der den freien Rand seiner Zunge in Falten legen kann wie eine Halskrause, und was dergleichen Curiosa mehr sind. Es wäre also auch auf diese Weise das Augenrollen denkbar, obwohl bis jetzt nichts Sicheres darüber vorliegt. Für die Lehre von den im Interesse des Sehens ausgeführten Augenbewegungen würde freilich eine auf diesem Wege herbeigeführte Rollung der Augen ohne besondere Bedeutung sein. Liessen sich aber wirklich Fälle von geringer willkürlicher Rollung des Auges im Interesse des deutlichen Sehens nachweisen, so würden dadurch die in den vorigen Paragraphen aufgestellten Gesetze ebensowenig erschüttert werden, als das Gesetz der gleichmässigen Innervation beider Augen durch die Thatsache ungültig gemacht wird, dass schwache einseitige Hebungen oder Senkungen eines Auges unter besonderen Umständen möglich sind.

Uebrigens sei noch erwähnt, dass das Gesetz der gleichen Netzhautlage bei gleicher Blicklage kleine Ausnahmen erleidet, wenn durch anstrengenden Gebrauch gewisser Muskeln sowohl die Elasticität als die Leistungsfähigkeit derselben abgeändert worden ist. Ebenso findet man bisweilen, dass, wenn man aus einer Blicklage in die andere übergeht, im ersten Augenblicke die Lage der Netzhäute der Blicklage nicht genau entspricht, dass aber bald die normale Orientirung wieder eintritt. Diese schon von HELMHOLTZ bemerkten Erscheinungen kann ich durchaus bestätigen.

Nachdem man früher vielfach der Ansicht gewesen war, dass das Auge bei feststehender Gesichtslinie eine Rollung um die letztere ausführen könne, zeigte zuerst DONDERS, dass bei gleicher Stellung der Gesichtslinie auch die Netzhautlage immer dieselbe sei, ein Gesetz, dessen sehr angenäherte Gültigkeit für die Fernstellungen durch zahlreiche Versuche hinreichend bestätigt worden ist, während es nicht mehr gilt, sobald die Gesichtslinien convergiren, wie im Folgenden ausführlich gezeigt werden wird.

Das von DONDERS aufgestellte und für Parallelstellung streng richtige Gesetz führte sofort zu der Folgerung, dass eine willkürliche Rollung des Auges um die Gesichtslinie nicht möglich sei. Diese Folgerung fand überdies eine vielseitige

Bestätigung in den stereoskopischen Versuchen. Wenn man nämlich zwei gegen einander geneigte gerade Linien auf einer zu den parallelen Gesichtslinien senkrechten Ebene so anbringt, dass jedem Auge nur eine derselben sichtbar ist, so ist man bei f e s t e r F i x a t i o n nicht im Stande, die beiden Linien zu einem einfachen Bilde zu verschmelzen, sofern ihr Neigungswinkel einen gewissen Grad übersteigt, und dieser Neigungswinkel ist, wenn die Linien fein sind, für den im festen Fixiren und indirecten Sehen Geübten ein sehr kleiner. Die Linien erscheinen dabei, wenn man ihren Mittelpunct fixirt, als zwei sich im Fixationspuncte unter spitzen Winkeln durchschneidende Linien. Offenbar würde das Einfachsehen der Linien sofort möglich werden, wenn die Augen eine kleine Rollung um die Gesichtslinien ausführen könnten, so dass die Netzhautbilder beider Linien auf identische Meridiane zu liegen kämen. Da nun die sonstigen Augenbewegungen bekanntlich im Dienste des Einfachsehens ausgeführt werden, so wäre es auffällig, dass die Rollung um die Gesichtslinie, falls sie willkürlich herzustellen wäre, in dem besprochenen Falle nicht eintreten sollte. Auch bemerkt man, so lange das Papier und der Kopf unbewegt verharren, keinerlei Aenderung im scheinbaren Neigungswinkel der beiden sich durchschneidenden Linien, woraus folgt, dass die beiden Augen trotz der differenten Lage der Netzhautbilder, keinerlei Anstrengung zum Zwecke des Einfachsehens machen.

Haben die beiden Linien eine nur so weit differirende Lage, dass sie auch bei fester Fixation noch zu einem einfachen Bilde verschmelzen, so könnte man allerdings, wenn man diese Thatsache nicht im Zusammenhange mit den anderweitigen stereoskopischen Erfahrungen beurtheilen wollte, auf die Vermuthung kommen, das Verschmelzen der beiden Linien sei dadurch zu Stande gebracht, dass die ursprünglich auf differenten Netzhautmeridianen gelegenen Linienbilder durch Rollung der Augen auf identische Meridiane übergeführt worden seien. Indess wäre diese Annahme leicht zu widerlegen. Bietet man nämlich jedem Auge statt je einer Linie je zwei parallele Linien, welche dieselben Richtungen haben, wie vorhin die einfachen Linien und verschmilzt man binocular die beiden inneren, b und b'

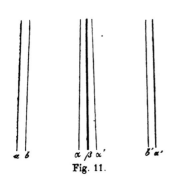

Fig. 11, so sieht man drei Linien α β α', deren mittlere β das Verschmelzungsbild der beiden inneren darstellt, während die rechts davon erscheinende α' nur vom rechten, die links davon erscheinende α nur vom linken Auge gesehen wird. Diese beiden einäugig gesehenen Linien erscheinen nun aber nicht parallel, wie sie müssten, wenn die beiden Netzhautbilder der inneren Linien auf identischen Meridianen gelegen wären, sondern divergent, entsprechend der Differenz der Netzhautlinien, auf denen sie abgebildet sind. Hat man ferner von zwei nur wenig differente Netzhautbilder gebenden Linien ein Verschmelzungsbild erhalten, so zerfällt dasselbe sofort in zwei scheinbar divergente Linien, wenn man den Convergenzwinkel der Gesichtslinien etwas erhöht oder mindert; was auch nicht der Fall sein dürfte,

Fig. 11.

wenn die Augen eine Rollung erlitten hätten, da nach anderweitigen Erfahrungen durchaus nicht anzunehmen ist, dass sie dieselbe so geschwind durch entgegengesetzte Rollung wieder compensiren könnten. Zeichnet man die beiden Linien auf zwei besondere Papiere und schiebt dieselben, nachdem man das Verschmelzungsbild erhalten hat, schnell ein wenig auseinander oder zusammen, so tritt ebenfalls ein Zerfallen der zuvor einfach erscheinenden Linie in zwei divergente ein, was zwingend beweist, dass die Augen keine Rollung erlitten haben; denn sonst müssten die Linien im Momente der Auflösung des Verschmelzungsbildes stets als ein paralleles Linienpaar erscheinen. Diese Thatsachen, die übrigens wohl Jedem bekannt sein dürften, der sich eingehender mit stereoskopischen Versuchen beschäftigt hat, bestätigen hinlänglich das Gesetz von der immer gleichen Lage der Netzhaut bei gleicher Lage des Blickpunctes und verbieten die Annahme einer willkürlichen Rollung des Auges um die Gesichtslinie, und dies um so mehr, als eine solche Rollung auch aus anderen Gründen keine Wahrscheinlichkeit für sich hat.

Neuerdings hat HELMHOLTZ auf Grund neuer Beobachtungen die Behauptung aufgestellt, dass auch die Rollung der Augen um die Gesichtslinie »dem Willen unterworfen ist und vollzogen werden kann, sobald sie nöthig ist, um der einzig möglichen Willensintention, welche für die Augenbewegung gebildet werden kann, nämlich die: einfach und deutlich zu sehen, zu dienen«. Obgleich ich mich durch meine früheren Versuche schon hinreichend überzeugt zu haben glaubte, dass dies nicht richtig sei, so habe ich doch diesen Gegenstand einer nochmaligen experimentellen Prüfung unterzogen, welche zu einer durchgängigen Bestätigung der früheren Ergebnisse geführt hat. Zugleich ergab sich, dass HELMHOLTZ zu seiner Behauptung nur darum gekommen ist, weil er den Gang der Lichtstrahlen in dem von von ihm benutzten optischen Apparate nicht genügend controlirt hatte.

HELMHOLTZ stellte sich die Aufgabe, in einem Auge durch optische Hülfsmittel das ganze Gesichtsfeld um die Gesichtslinie als Axe scheinbar zu verdrehen, während fürs andere Auge die scheinbare Lage des Gesichtsfeldes unverändert blieb, und zu untersuchen, ob das dadurch bedingte allgemeine Doppeltsehen durch eine Rollung der Augen wieder corrigirt werden würde. Er glaubte zu finden, dass dies der Fall sei.

Da es für den Versuch ganz gleichgültig ist, ob man sich die nöthigen Netzhautbilder durch die Aussendinge selbst oder durch eine gute Photographie derselben erzeugt, so hat man gar nicht nöthig den HELMHOLTZ'schen Apparat anzuwenden, sondern kann den Versuch an jedem guten Stereoskopenbilde anstellen, wenn man die beiden Einzelbilder von einander trennt und jedes auf einer kleinen Drehscheibe derart befestigt, dass beide um entsprechende Puncte drehbar sind. Dann kann man offenbar ohne irgend welche weitere optische Hülfsmittel die Gesichtsfelder beider Augen gegen einander um die Gesichtslinien beliebig drehen. Stellt man also die Versuche in dieser Weise an, so überzeugt man sich leicht, dass sich alles genau ebenso verhält, wie ich es oben an dem Versuche mit den zwei verticalen Linien geschildert habe, mit dem einzigen Unterschiede etwa, dass die Verschmelzung der beiden Bilder relativ leichter eintritt, weil Linear- und Luftperspective etc. sie begünstigen. Hat man die beiden entsprechend gegen einander verdrehten Bilder einmal verschmolzen und lässt dann dieselben von einem Gehülfen durch einen raschen Zug ein Wenig von einander oder zu einander schieben, während man z. B. einen gut hervortretenden verticalen Contour des Bildes im Auge behält, so sieht man, dass der Doppelcontour, in welchen der zuvor einfache dabei zerfällt, stets diejenige Divergenz hat, welche man entweder gleich zu Anfang des Versuches an demselben bemerkt hat, oder sich wenigstens durch schwaches Schielen sofort bemerklich machen konnte. Dabei ist es ganz gleichgültig, wie lange man sich mit dem Bilde beschäftigt hat; trotz längerer Dauer des Versuches tritt keine compensirende Rollung der Augen ein. Eine andere Modification des Versuches besteht darin, beim Beginne desselben die beiden Bilder so zu legen, dass sie sich identisch auf den Netzhäuten abbilden, und dann, während

man immer das Verschmelzungsbild betrachtet, langsam eine Drehung des einen
oder beider Bilder um entsprechende Puncte ausführen zu lassen. Selbstverständlich ändert sich dabei der stereoskopische Effect etwas, je nach der Richtung der
Drehung. Wenn die Bilder so weit verdreht sind, dass man eben noch Mühe hat,
sie einfach zu sehen, oder wenn das Zerfallen in zwei sich durchkreuzende Bilder
eben eingetreten ist, so beendet man die Drehung und beschäftigt sich dann möglichst lange mit dem Bilde, um den Augen Gelegenheit zu geben, die Anstrengung,
die ihnen das Verschmelzen solcher differenter Bilder oder das Dasein der vielen
Doppelbilder macht, durch eine kleine Rollung zu beseitigen. Aber es tritt nie
eine Spur einer solchen ein. Ich will noch erwähnen, dass Herr Dr. Becker, ein
bekanntlich in binocularen Sehversuchen geübter Beobachter den Versuch mit demselben negativen Resultate angestellt hat.

Helmholtz hat, wie gesagt, bei seinen Versuchen nicht das so eben besprochene einfache Verfahren, sondern ein complicirteres angewendet, welches jedoch
die Voraussetzungen des Versuches nicht genau erfüllt. Man blicke nach einem
entfernten Objecte durch ein gleichschenkeliges, rechtwinkeliges Prisma, dessen
Kanten senkrecht zur Richtung der Gesichtslinie liegen, während die Hypotenusenfläche ihr parallel geht; man sieht dann, infolge totaler Reflexion der Lichtstrahlen an letzterer Fläche, die hinter dem Prisma gelegenen Dinge verkehrt,
welche Umkehrung je nach der Lage des Prisma's eine verschiedene Richtung hat.
Das Rechts und Links sind vertauscht, wenn die Hypotenusenfläche vertical, das
Oben und Unten, wenn sie horizontal liegt. Nur Puncte von einer gewissen mittleren Lage, nämlich ersteren Falles der Fixationspunct und die vertical über oder
unter demselben erscheinenden Puncte, letzteren Falles der Fixationspunct sammt
den nach rechts und links auf gleicher Höhe erscheinenden Puncten ändern dabei
ihre scheinbare Lage nicht. Dreht man sodann das Prisma um die Gesichtslinie
als Axe, so erleidet der durch dasselbe sichtbare Raum eine scheinbare Drehung
um den fixirten Punct, deren Winkel doppelt so gross ist, als der Winkel der
Drehung des Prisma's; bei einer Neigung der Hypotenusenfläche von 45^0
zum Horizonte erscheint also z. B. ein verticaler Strich horizontal, ein horizontaler vertical. Wenn man hinter oder vor das erste Prisma ein zweites,
ebenfalls rechtwinkelig-gleichschenkeliges so hält, dass die Hypotenusenfläche
und die Kanten beider Prismen parallel liegen, so ist die Umkehrung des Gesichtsfeldes eine doppelte, d. h., es erscheint wieder in natürlicher Lage. Dreht man
dann das eine Prisma um die Richtung der Gesichtslinie als Axe, so muss das Gesichtsfeld offenbar wieder eine scheinbare Drehung erleiden, und zwar wieder um
den doppelten Winkel der wirklichen Drehung des Prima's; nur hat man jetzt den
Vortheil, dass diese Drehung allein hervortritt, nicht wie vorhin bei Anwendung
nur eines Prisma's zugleich eine Umkehrung des Rechts und Links, des Oben und
Unten. Man hat daher in diesem Doppelprisma ein Mittel, dem einen Auge den
ganzen Gesichtsraum um die Gesichtslinie als Axe scheinbar zu verdrehen, und
somit das Analoge zu erreichen, wie wenn man von zwei stereoskopischen Bildern
das eine um die Gesichtslinie dreht. Die Erscheinungen sind dem entsprechend
auch genau dieselben, wie bei den oben besprochenen Versuchen mit Stereoskopen-
bildern. Dreht man das eine Prisma ein wenig, so sieht man nach wie vor einfach,
nur tritt für den geübten Beobachter meist eine kleine Aenderung der Lage der
Aussendinge nach der Tiefendimension ein; z. B. erscheinen verticale Objecte nicht
mehr vertical, sondern etwas nach vorn oder hinten geneigt u. A. m., wie es eben
die Gesetze der binocularen Tiefenwahrnehmung fordern. Diese scheinbaren Lage-
änderungen werden jedoch, sofern es sich um bekannte Sehobjecte handelt, durch
unsere Kenntniss über die wirkliche Lage derselben theilweise wieder corrigirt.

Eine compensirende Rollung des Auges um die Gesichtslinie tritt aber trotz der Drehung des einen Netzhautbildes niemals ein.

Hätte HELMHOLTZ die Prismen in der beschriebenen Weise angeordnet, so würde er kaum zum Schlusse gekommen sein, dass die Augen dabei compensirende Rollbewegungen ausführen. Er verfuhr aber anders; er verdrehte nämlich das eine Prisma gegen das andere, nachdem er beide mit Kathetenflächen an einander gelegt hatte, so dass die Drehung um eine zu diesen beiden Kathetenflächen senkrechte Axe erfolgte, also um eine Axe, welche mit den Hypotenusenflächen und der Gesichtslinie einen Winkel von 45⁰ einschloss, nicht aber ihr parallel ging, wie es die Voraussetzungen des Versuches erfordern. Die so angeordneten Prismen kittete er mit den Kathetenflächen aufeinander. Bei einer solchen Anordnung erfolgt die Scheindrehung des Gesichtsfeldes nicht um die Gesichtslinie, also auch nicht um den fixirten Punct, sondern um einen mehr oder weniger excentrisch gelegenen Punct des Gesichtsfeldes. Die Folge ist, dass die mittleren Theile des letzteren auf einem Kreisbogen nach oben oder unten und zugleich nach rechts oder links verschoben werden. Es entstehen somit gleichseitige oder ungleichseitige, in verschiedener Höhe gelegene Doppelbilder, die zugleich gegen einander gedreht sind; allmählich schwinden diese Doppelbilder wieder, weil das eine Auge nach innen oder aussen und zugleich nach oben oder unten zu schielen anfängt, um die Doppelbilder zur Verschmelzung zu bringen. Sobald durch dieses Schielen die Höhen- und Seitenabweichung der beiden Bilder compensirt ist, sieht man wieder einfach, vorausgesetzt, dass die Verdrehung der beiden Bilder gegen einander nicht so gross ist, dass eine stereoskopische Verschmelzung unmöglich wird.

HELMHOLTZ hielt irrthümlicherweise das Auftreten der Doppelbilder lediglich für eine Folge der Drehung des einen Netzhautbildes, übersah die Lateral- und Höhenverschiebung desselben, und nahm daher auch die nach einiger Zeit eintretende Verschmelzung für die Folge einer compensirenden Rollung der Augen um die Gesichtslinie, während sie nur die Folge eines compensirenden Schielens des einen Auges ist. Was seine übrigen Angaben über die scheinbare Lage der Doppelbilder bei diesem Versuche und über die Lage von Nachbildern betrifft, die er in dem mit dem Prisma bewaffneten Auge erzeugen konnte, so haben sie eben desshalb keine Beweiskraft, weil HELMHOLTZ den Umstand nicht berücksichtigte, dass die Gesichtslinie des bewaffneten Auges abgelenkt, und desshalb schon zum Zwecke der Einstellung der Gesichtslinie abnorm innervirt werden muss, daher auch die Orientirung der Netzhaut eine andere sein kann, als wenn das Auge nicht mit dem Prisma bewaffnet ist.

So wie sie vorliegen, beweisen also diese Versuche nichts für das Vorhandensein einer willkürlichen Rollung des Auges um die Gesichtslinie, und da ich selbst bei der Anordnung des Versuches, wie sie den Voraussetzungen desselben entspricht, eine solche Rollung nicht finden konnte, ebensowenig Herr Dr. BECKER bei den oben besprochenen Versuchen mit stereoskopischen Bildern, welche ganz dieselbe Beweiskraft haben, so darf ich die Hypothese der willkürlichen Augenrollung einstweilen als unbewiesen ansehen. Die Möglichkeit derselben will ich, wie gesagt, durchaus nicht bestreiten.

Für Diejenigen, welche diesen Versuch wiederholen wollen, will ich noch die Anordnung beschreiben, welche ich den Prismen gegeben habe. Die Prismen wurden in kurze Holzcylinder eingelassen, und diese beiden Cylinder in die beiden offenen Enden einer kurzen cylindrischen Messingröhre gesteckt, in welcher sie sich drehen liessen. Die gegenseitige Lage der Prismen war dabei derart, dass derjenige Lichtstrahl, welcher vor seinem Eintritte in den Apparat mit der Axe der Röhre zusammenfiel, bei jeder beliebigen Drehung der Prismen gegen einander auch nach dem Austritte wieder mit dieser Axe zusammenfiel. Fig. 12 zeigt den Verlauf dieses Strahles durch die Prismen, während die Hypotenusenflächen bei-

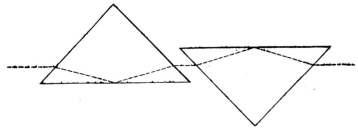

Fig. 12.

der parallel liegen. Die Prismen wurden einander so weit als irgend möglich genähert, so dass nur eben noch eine hinreichende Drehung möglich war. Die Röhre mit den Prismen muss fest aufgestellt und darf nicht mit der Hand gehalten werden, und überdiess muss, wenn man Nachbildversuche machen will, auch noch der Kopf fixirt werden, wenn anders derartige Versuche Beweiskraft haben sollen. Da übrigens die Versuche mit den Prismen nicht mehr beweisen können, als die Versuche mit zwei gegen einander verdrehbaren, binocular verschmelzbaren Bildern, so wird man sich zweckmässiger der letzteren bedienen.

§ 15. Das Gesetz der Orientirung bei parallelen Gesichtslinien.

Wie in Paragraph 13 erörtert wurde, kann die Bewegung der Gesichtslinie mit oder ohne gleichzeitige Drehung des Auges um die Gesichtslinie stattfinden. Damit die letztere von den sonstigen Drehungen des Auges schon durch die Bezeichnung unterschieden sei, will ich ihr den besonderen Namen der Rollung geben. Man hat diese Rollung zeither als Raddrehung bezeichnet; da man aber dieses Wort in der ophthalmologischen Literatur noch öfter in ganz anderem Sinne verwendet findet, so scheint mir im Interesse der Klarheit geboten, es hier zu vermeiden.

Wenn die Gesichtslinie sich ohne gleichzeitige Rollung des Auges bewegen soll, so muss die Drehungsaxe in jedem Augenblicke der Drehung auf der Bahn der Gesichtslinie senkrecht stehen, also auch mit der Gesichtslinie immer einen rechten Winkel einschliessen. Beschreibt dabei die Gesichtslinie im besonderen Falle eine Ebene, so muss also die Drehungsaxe auf dieser Ebene senkrecht stehen, mithin immer dieselbe, d. h. eine feste Axe sein. Bewegt sich dagegen die Gesichtslinie unter gleichzeitiger Rollung des Auges, so wird die jeweilige Drehungsaxe einen beliebigen anderen Winkel mit der Gesichtslinie einschliessen, und wenn dabei die Gesichtslinie eine Ebene beschreibt, so wird die Drehung nicht um eine feste Axe, sondern um augenblickliche Axen erfolgen. Bewegungen der Ge-

sichtslinie, bei welchen zugleich das Auge gerollt wird, d. h. also Augenbewegungen, welche sich in der in Paragraph 13 erörterten Weise aus einer
Bewegung der Gesichtslinie einerseits und einer Rollung des Auges anderseits zusammengesetzt denken lassen, kommen nun in Wirklichkeit vielfach vor.

Es giebt jedoch beim Sehen in die Ferne eine gewisse Stellung der Gesichtslinie (relativ zum Kopfe), die sogenanante Primärstellung, aus
welcher heraus die Gesichtslinie nach jeder beliebigen Richtung hin eine ebene Bahn beschreiben, oder der Blick einer
geraden Linie entlang laufen kann, ohne dass dabei das
Auge irgendwelche Rollung um die Gesichtslinie erfährt,
eine Stellung also, aus welcher das Auge nach allen Richtungen
hin um eine feste, zur Gesichtslinie senkrechte Axe gedreht werden kann. Dieser Satz wurde zuerst von LISTING aufgestellt
und führt nach ihm den Namen des LISTING'schen Gesetzes. Die genannte Primärstellung scheint, wie schon LISTING angab und HELMHOLTZ be-
stätigte, bei Normalsichtigen nicht weit von derjenigen Stellung abzuweichen, bei welcher, eine ungezwungene aufrechte Haltung des Kopfes
vorausgesetzt, beide Gesichtslinien horizontal, parallel geradaus gestellt sind.

Man stelle sich in einem grossen Zimmer an die Mitte der einen Wand,
mit dem Rücken und Hinterhaupt gegen die Wand gelehnt, und fixire den
Punct p der gegenüberstehenden Wand, welcher sich in gleicher Höhe mit
den Augen und gerade vor denselben befindet, so werden beide Augen annähernd in ihrer Primärstellung sein [1]). An der Wand sind vier, von der
Farbe der Wand gut abstechende Schnüre so aufgespannt, dass sie sich sämmtlich im Blickpuncte p durchkreuzen, eine horizontal, eine vertical liegt, und
die beiden anderen um je 45⁰ zu den beiden ersteren geneigt sind. Ein langer
schmaler Streifen von fester Pappe, auf einer Seite mit einem Papiere überzogen, dessen Farbe gut mit der Wandfarbe contrastirt, ist mit seinem Mittelpuncte durch einen Nagel im Puncte p an der Wand derart befestigt, dass er
sich mit einiger Reibung um den Nagel als Axe auf der Wand drehen lässt.
Die Farbe des Pappstreifens sei roth, wenn die Farbe der Wand grünlich ist,
grün, wenn letztere röthlich ist, blau, wenn die Wand gelblich, oder von
einer beliebigen intensiven Farbe, wenn die Wand weiss ist. Der farbige
Streifen wird nun so eingestellt, dass er in die Richtung einer der vier Schnüre,
also gerade unter eine derselben zu liegen kommt. Hierauf fixire man län-

---

1) Genau wird dies meistens schon desshalb nicht der Fall sein, weil der Blickpunct
nicht ferne genug liegt, um die Gesichtslinien als parallel annehmen zu dürfen, oder weil
man nicht gerade die richtige Haltung des Kopfes findet. Ich will aber annehmen, es seien
dabei die Augen zufällig genau in der Primärstellung, indem ich dem folgenden Paragraphen die Beschreibung der genaueren Methode vorbehalte, mittels deren man die Primärstellung finden und das LISTING'sche Gesetz genauer beweisen kann.

gere Zeit den Mittelpunct des Streifens d. h. den Punct p, um sich ein Nachbild des Streifens zu erzeugen, und lasse dann den Blick an derjenigen Schnur hingleiten, auf welcher der farbige Streifen gelegen ist: man wird bemerken, dass das Nachbild des Streifens seiner ganzen Länge nach auf der Schnur zu liegen scheint und dass seine beiden Längsseiten der Schnur parallel gehen. Bringt man jetzt den Streifen durch Drehung in die Richtung einer anderen Schnur, erzeugt abermals das Nachbild, und blickt entlang der Schnur, so erscheint abermals das Nachbild immer auf der letzteren. So kann man den Versuch an jeder von den vier verschieden liegenden Schnüren, oder noch an beliebigen anderen durch den Punct p hindurchgehenden, geraden Linien wiederholen; immer bleibt das Nachbild mit seinen Längsseiten parallel der mit dem Blicke verfolgten Linie, wenn nur zuvor der farbige Pappstreifen genau in dieser Linie lag.

Denkt man sich während der Fixation des Punctes p durch die gerade Linie oder Schnur, auf welcher der das Nachbild erzeugende Streifen liegt, und durch die Gesichtslinie eine Ebene e gelegt, so schneidet diese Ebene die Netzhaut in demjenigen Meridiane m, auf welchem die Schnur s und der farbige Streifen sich abbilden. Bewegt sich sodann die Gesichtslinie entlang der Schnur s, wobei sie immer in der Ebene e bleibt, so wird offenbar auch das Netzhautbild der Schnur immer in der Ebene e und, wenn keine Rollung des Auges um die Gesichtslinie erfolgt, auch auf dem Meridiane m bleiben müssen. Auf letzterem liegt aber auch das Nachbild, welches demnach bei dieser Bewegung immer auf der Schnur s zu liegen und sich nur in der Richtung derselben zu verschieben scheint. Wäre dagegen während der besprochenen Bewegung der Gesichtslinie zugleich eine Rollung des Auges erfolgt, so würde der Meridian m und mit ihm das auf ihm gelegene Nachbild aus der Ebene e herausgedreht worden sein, folglich das Nachbild die Schnur s mehr oder weniger schief auf der Netzhaut durchschneiden, und entsprechend auch auf der Wand zur Schnur s unter einem schiefen Winkel geneigt scheinen.

Wenn der Pappstreifen, während ihn das Auge in der Primärstellung fixirt, senkrecht zu einer der Schnüre liegt, und man lässt dann den Blick entlang dieser Schnur laufen, so erscheint auch das Nachbild nach wie vor immer senkrecht zu dieser Schnur, während es schief zu derselben erscheinen würde, falls während der Bewegung eine Rollung des Auges stattgefunden hätte.

Denkt man sich durch diejenige Linie des Blickraumes, mit welcher die Gesichtslinie in der Primärstellung zusammenfällt, alle möglichen Ebenen, die primären Meridianebenen, gelegt, so stellen diese Ebenen die Gesammtheit derjenigen Bahnen dar, welche die Gesichtslinie beschreiben kann, ohne dass eine Rollung des Auges um die Gesichtslinie eintritt. Wenn man sich ferner durch den Drehpunct des primär gestellten Auges alle möglichen zur Gesichtslinie senkrechten Durchmesser gelegt denkt, so stellen diese die Axen dar, um welche das Auge aus der Primärstellung herausgedreht werden kann. Die Gesammtheit dieser primären Axen bildet eine Ebene, welche zur Gesichtslinie senkrecht liegt, und welche die p r i m ä r e A x e n e b e n e heissen möge.

Nun aber lässt sich leicht zeigen, dass wenn die Gesichtslinie aus einer bestimmten Stellung heraus durch Drehung um feste, zur Gesichtslinie senkrechte Axen in jede andere ihr überhaupt mögliche Stellung gebracht werden kann, nicht Analoges auch von den übrigen Stellungen der Gesichtslinie gelten kann, vorausgesetzt, dass das ganze Auge immer wieder dieselbe Lage haben soll, so oft die Gesichtslinie wieder in dieselbe Stellung kommt. Vielmehr ergiebt schon die theoretische Betrachtung als eine nothwendige Folge des Listing'schen Gesetzes, d a s s w e n n d i e G e s i c h t s l i n i e n i c h t a u s d e r P r i m ä r s t e l l u n g, s o n d e r n a u s e i n e r b e l i e b i g e n a n - d e r e n S t e l l u n g h e r a u s e i n e e b e n e B a h n b e s c h r e i b e n s o l l, d i e D r e h u n g n i c h t u m e i n e z u r G e s i c h t s l i n i e r e c h t w i n - k e l i g e u n d f e s t e A x e, a l s o a u c h n i c h t o h n e g l e i c h z e i t i g e R o l l u n g d e s A u g e s g e s c h e h e n k a n n, a u s s e r i n d e m e i n z i g e n F a l l e, d a s s d i e E b e n e, i n w e l c h e r d i e G e s i c h t s l i n i e s i c h b e w e g t, z u g l e i c h d u r c h d i e P r i m ä r s t e l l u n g d e r s e l b e n h i n - d u r c h g e h t, also eine der eben erwähnten primären Meridianebenen ist.

Es lässt sich das leicht auch experimentell zeigen, wenn man den eben besprochenen Versuch wiederholt, nachdem man den Kopf nach vorn oder hinten gebeugt, nach rechts, links oder sonst wie gedreht hat. Dann haben, wenn man wieder den Punct p fixirt, die Gesichtslinien zwar wieder dieselbe relative Lage zur Beobachtungswand, wie bei gerade gehaltenem Kopfe, aber sie liegen jetzt anders relativ zu letzterem, sind also nicht mehr in ihrer Primärstellung, sondern in einer sogenannten S e c u n d ä r s t e l l u n g, wie jede Stellung heisst, welche nicht die Primärstellung ist. Erzeugt man unter solchen Verhältnissen wieder das Nachbild und lässt den Blick an der Schnur, auf welcher der farbige Streifen liegt, hingleiten, so bemerkt man, dass das Nachbild nicht auf der Schnur liegen bleibt, sondern sich aus derselben herausdreht und dieselbe unter einem schiefen Winkel durchschneidet. In demselben Sinne, in welchem sich hierbei das Nachbild von der Schnur wegdreht, ist auch das Auge während der Bewegung um die Gesichtslinie gerollt worden. Hat man z. B. den Kopf gerade nach vorn geneigt und blickt nun entlang der horizontalen Schnur hin, so dreht sich das anfangs ebenfalls horizontal gelegene Nachbild umsomehr aus der Richtung des Striches heraus, je weiter der Blick nach rechts oder links abweicht. Experimentirt man dagegen bei derselben Kopfhaltung an der verticalen Schnur und mit einem verticalen Nachbilde, so bleibt das Nachbild auf der verticalen Schnur, wenn man den Blick nach oben oder unten entlang derselben hingleiten lässt. Letzterenfalls bewegt sich nämlich die Gesichtslinie in einer Ebene, welche auch die Primärstellung enthält, nämlich in der primären verticalen Meridianebene. Macht man bei der besprochenen Kopfhaltung irgend eine andere als die verticale Schnur zur Blickbahn, so tritt jedesmal eine kleine Abweichung des Nachbildes von der Schnur als Zeichen einer stattfindenden Rollung des Auges zu Tage. Wir haben bisher nur mit einem solchen Nachbilde experimentirt, welches bei der Primärstellung des Auges entlang oder senkrecht zu derjenigen Linie lag, längs welcher nachher der Blick sich bewegte. Es ist von grosser Wichtigkeit sich mit der scheinbaren Lage der Nachbilder auch unter anderen Verhältnissen bekannt zu machen.

Angenommen, ein Auge befinde sich wieder in der Primärstellung, seine Gesichtslinie liege horizontal und sei auf den Punct p der zur Gesichtslinie verticalen Wand gerichtet. Ist durch diesen Punct auf der Wand ein verticaler farbiger Papierstreifen gelegt, so wird derselbe sich auf dem verticalen Netzhautmeridiane v abbilden und auf demselben bei anhaltender Fixation des Punctes p ein Nachbild erzeugen. Die ganze Wand sei durch verticale und horizontale Linien in Quadrate getheilt. Wird jetzt die Gesichtslinie bei unveränderter Kopfhaltung vertical nach oben oder unten, oder horizontal nach rechts oder links verschoben, so wird auch das Nachbild auf der Wand immer vertical er-

scheinen; sobald aber der Blick in schräger Richtung auf- oder absteigt, so erscheint das Nachbild auf der Wand schief. Analoges ist der Fall, wenn der farbige Streifen, dessen Nachbild man sich erzeugt hat, nicht vertical, sondern horizontal durch den Punct p gelegt war. Oder hat man durch den Punct p einen horizontalen und verticalen Strei-

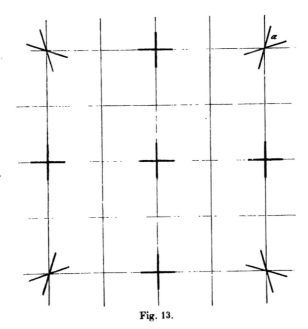

Fig. 13.

fen zugleich, d. h. ein farbiges rechtwinkeliges Kreuz gelegt, so wird das Nachbild des Kreuzes rechtwinkelig, ein Schenkel horizontal der andere vertical erscheinen, so lange der Blick auf eine durch den Punct p gelegte

horizontale oder verticale Linie der Wand gerichtet ist; das Kreuz wird
dagegen schiefwinkelig und seine Schenkel werden weder horizontal noch
vertical erscheinen, wenn der Blickpunct irgend erheblich von jenen beiden
Linien abweicht. Fig. 13 zeigt die Wand mit den horizontalen und verticalen Linien, das schwarze Kreuz in der Mitte bezeichnet das farbige Kreuz,
durch dessen Fixation das Nachbild erzeugt wird, die übrigen Kreuze be-
deuten das Nachbild, wie es bei den verschiedenen Lagen des Blickpunctes
auf der Wand erscheint.

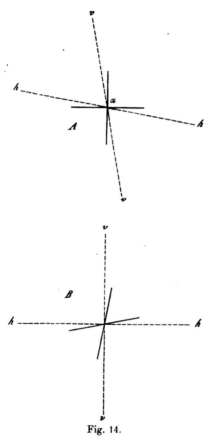

Fig. 14.

Diese Lageänderung der beiden Schenkel des Kreuzes im Nachbilde und die scheinbare Verzerrung seiner Gestalt ist eine Folge
davon, dass die in Wirklichkeit
rechtwinkelig gekreuzten Linien
auf der Wand sich auf der Netzhaut nicht auch rechtwinkelig, sondern mit schiefwinkeliger Durch-
kreuzung abbilden, sobald die Gesichtslinie in besprochener Weise
schief zur Wand gestellt wird. Im
Puncte a (Fig. 13) z. B. durchkreuzen sich auf der Wand eine
horizontale und eine verticale Linie
rechtwinkelig; ist nun die Gesichtslinie auf diesen Punct eingestellt, so projiciren sich die beiden Linien derart auf die Netzhaut,
wie es die Linien hh und vv in
Fig. 14 A darstellen, während das
auf der Netzhaut liegende Nachbild des farbigen Kreuzes selbstverständlich nach wie vor rechtwinkelig bleibt, wie es das schwarze
Kreuz in derselben Figur zeigt. Da
wir nun aber trotz des schiefwin-
keligen Netzhautbildes die sich
kreuzenden Wandlinien aus später
zu erörternden Gründen doch
rechtwinkelig sehen, also die vier Winkel $v a h$ (Fig. 14 A) sämmtlich als
rechte sehen, so müssen wir nun umgekehrt die auf der Netzhaut rechten
Winkel des Nachbildes schief sehen, und das Nachbild erscheint uns demnach wie in Fig. 14 B. Lediglich also die Art wie wir das Netzhautbild in
diesen Fällen auslegen, insbesondere der Umstand, dass wir trotz dem schief-

winkeligen Netzhautbilde der verticalen und horizontalen Wandlinien dieselben doch nach wie vor vertical und horizontal sehen, ist die Ursache der
besprochenen Verzerrung des Nachbildes.

Gesetzt nun, wir hätten durch den primären Punct p auf der Wand nur
einen verticalen farbigen Streifen gelegt, uns ein Nachbild desselben erzeugt
und dann den Blick in gerader Linie schräg nach rechts und oben bis zum
Puncte a (Fig. 13) geführt, so würde das Nachbild während dieser Bewegung
scheinbar seine Lage geändert und sich mit dem oberen Ende nach rechts
gedreht haben. Diess könnte, wie in der That vielfach geschehen ist, zu dem
Irrthume verleiten, das Auge habe während dieser Bewegung eine Rollung
um die Gesichtslinie erlitten; während doch die Ursache der scheinbaren
Drehung des Nachbildes lediglich darin liegt, dass die verticalen Linien der
Wand sich nicht mehr auf dem in der Primärstellung verticalen Meridiane
oder ihm parallel abbilden, sondern ihre Bilder auf der Netzhaut sich während der Bewegung in Folge abgeänderter Projectionsverhältnisse verdrehen.
Hätte während der primären Fixation des Punctes p der farbige Streifen horizontal gelegen, und würde dann die Gesichtslinie geraden Weges von p
nach a übergeführt, so würde das Nachbild des Streifens bei dieser Bewegung
ebenfalls eine scheinbare Drehung erleiden, aber entgegengesetzt als vorhin
das Nachbild des verticalen Streifens, nämlich so, dass das linke Ende des
Nachbildes sich nach unten neigt. Diese Abhängigkeit der Richtung der
scheinbaren Drehung des Nachbildes von seiner Anfangslage beweist schon,
dass nicht eine Rollung des Auges um die Gesichtslinie die Ursache der Erscheinung sein kann. Hätte der farbige Streifen und mithin auch sein Nachbild bei der Primärstellung in der, die Puncte p und a verbindenden Geraden oder senkrecht zu derselben gelegen, so würde das Nachbild bei gerad-
liniger Ueberführung des Blickes von p nach a keinerlei scheinbare Drehung
erlitten haben, wie oben gezeigt wurde.

Man hat also, wenn man aus der scheinbaren Drehung des Nachbildes
Aufschluss über die Orientirung der Netzhaut gewinnen will, zunächst zu
beachten, ob und inwieweit jene scheinbare Drehung durch die veränderte
Gestalt und Lage des Netzhautbildes desjenigen Aussenobjectes bedingt ist,
auf welchem das Nachbild erscheint und mit dessen Linien und Conturen
die Lage des Nachbildes verglichen wird.

Will man mit Hülfe eines Nachbildes bestimmen, ob und wie eine Rollung des Auges stattfindet, während der Blick entlang einer beliebig im
Raume gelegenen geraden Linie sich fortbewegt, so ist es am zweckmässigsten, den zur Erzeugung des Nachbildes benützten Streifen seiner Länge
nach in die Linie selbst zu legen; bewegt man dann den Blick entlang dieser
Linie und bleibt das Nachbild nicht in derselben, sondern dreht es sich aus
derselben heraus, so ist jedesmal eine Rollung des Auges erfolgt, und zwar
in demselben Sinne, in welchem sich das Nachbild zu drehen schien, jedoch
nicht auch um denselben Winkel, weil der Winkel der Scheindrehung des

Nachbildes nicht blos von der Rollung des Auges abhängig ist, sondern auch, wie in einem späteren Abschnitte gezeigt werden wird, je nach der Lage der Fläche, auf welcher das Nachbild erscheint, grösser oder kleiner gesehen werden kann.

Fig. 15 zeigt, welche scheinbaren Lagen ein ursprünglich verticales Nachbild auf einer verticalen Ebene annimmt, vorausgesetzt, dass die Gesichtslinie bei der Primärstellung in dem Puncte p senkrecht auf die Ebene trifft, dass ferner der das Nachbild erzeugende Streifen vertical durch den Punct p geht, der Kopf trotz der Bewegung des Auges unverrückt festgehalten wird und dass ab die Grösse des directen Abstandes zwischen dem Drehpuncte des Auges und der verticalen Ebene ist. Denkt man sich diesen Abstand und die Figur in demselben Verhältnisse vergrössert, so passt die Figur für jede beliebige Entfernung des Auges von der Verticalebene. Da, so oft die Gesichtslinie beim Fernsehen wieder in die-

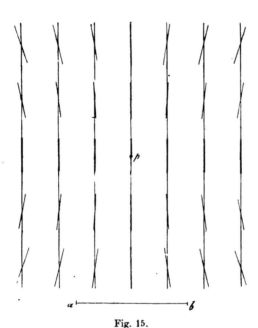

Fig. 15.

selbe Stellung kommt, auch die Netzhaut immer wieder genau dieselbe Lage in der Orbita hat, so wird auch das ursprünglich verticale Nachbild immer wieder dieselbe scheinbare Lage zeigen, sobald der Blick, unveränderte Lage des Kopfes und der Beobachtungsebene vorausgesetzt, wieder auf denselben Punct fällt. Die Fig. 15 giebt also zugleich ein Bild der Drehung, welche das Nachbild erleidet, während der Blick in irgend einer Richtung über die Ebene hingleitet. Diese Drehungen sind jedoch, wie schon gesagt, nur dann der reine Ausdruck der geschehenen Rollung des Auges, wenn die Bahn des Blickes vertical oder horizontal war.

Steigt der Blick von rechts unten nach rechts oben, so dreht sich, wie die Figur lehrt, das Nachbild in demselben Sinne, wie der Zeiger einer von uns betrachteten Uhr. Geht der Blick an derselben Linie herab, so ist die Drehung entgegengesetzt. Steigt der Blick von links unten nach links oben empor, so dreht sich das Nachbild mit dem obern Ende nach links; bei Senkung des Blickes von links oben nach links unten aber nach rechts. In demselben Sinne, wie hier das Nachbild, ist nun auch bei den beschriebenen Bewegungen das Auge um die Gesichtslinie gerollt worden. Die Figur zeigt auch, dass die Drehung des Nachbildes und die entsprechende Rollung des Auges um so stärker ist, je weiter die verticale Linie, welche der Blick durchläuft, von der durch den Punct p gelegten Verticalen absteht. Bei der Bewegung des Blickes entlang der letzteren tritt, wie schon gezeigt wurde, gar keine Drehung ein.

Lassen wir den Blick nicht eine verticale, sondern anders gerichtete geradlinige Bahnen auf der verticalen Ebene durchlaufen, so sehen wir, wie die Figur lehrt, auch Drehungen des Nachbildes eintreten; aber diese sind zum Theile oder ganz die Folge der veränderten Projection und geben uns nicht mehr direct an, ob und in welchem Sinne eine Rollung des Auges erfolgt sei. Will man für solchen Fall wissen, ob und in welchem Sinne eine Rollung des Auges eintritt, so denkt man sich die Fig. 15 um ihren Mittelpunct p soweit gedreht, bis die ursprünglich verticalen Linien der Figur mit derjenigen Linie parallel liegen, entlang welcher der Blick hingleiten soll. Die in der Figur verzeichneten Nachbildlagen geben dann die Richtung der Rollung an. Gesetzt die Linie, welche der Blick durchlaufen soll, ist um 45^0 gegen den Horizont geneigt, so muss man die Figur um 45^0 um ihren Mittelpunct drehen. Ginge dann der Blick entlang der gegebenen Linie z. B. von links unten nach rechts oben, so würde, falls diese Linie unterhalb der Primärstellung der Gesichtslinie vorbeiläuft, die Drehung des Nachbildes und die Rollung des Auges mit dem obern Theile nach rechts erfolgen und um so grösser sein, je weiter die Linie von der durch den Mittelpunct p des Blickfeldes gehenden Linie absteht. Wird die Fig. 15 so weit gedreht, dass die Längsstreifen horizontal liegen, so lehrt sie, welche Drehung ein in der Primärstellung horizontales Nachbild und welche entsprechende Rollung das Auge erleidet, wenn man den Blick entlang einer der horizontalen Linien bewegt u. s. w.

Vorausgesetzt also, dass der Blick auf fernen Dingen bewegt wird, erleidet das Auge bei seinen Bewegungen nur dann keine Rollung um die Gesichtslinie, wenn letztere sich in einer Ebene bewegt, die zugleich die Primärstellung enthält, d. h. in einer primären Meridianebene. Beschreibt die Gesichtslinie irgendwelche andere ebene Bahn, so tritt stets eine Rollung des Auges dabei ein, aber diese Rollungen sind sehr klein, so lange der Blick im engeren Blickraume, d. h. in dem Raume bleibt, den er beim gewöhnlichen Sehen überhaupt nicht verlässt, so klein, dass sie praktisch kaum in Betracht kommen. Indess würden sie auch im engeren Blickraume dann störend werden, wenn es sich um sehr genaue Orientirung über die Richtung von Linien handelt. In solchen Fällen aber pflegen wir uns der zu untersuchenden Linie derart zuzuwenden, dass dieselbe in eine Meridianebene der Primärstellung zu liegen kommt.

Was ich im Obigen als Rollung bezeichnet habe, wird gewöhnlich **Raddrehung**, oder **die auf die Gesichtslinie projicirte Drehung** genannt. Man hat aber auch unter Raddrehungswinkel den Winkel verstanden, um welchen der bei der Primärstellung in der Blickebene gelegene Meridian bei Secundärstellungen von der Blickebene abweicht, und welcher gleich ist dem Winkel, um welchen der bei der Primärstellung verticale Meridian von der zur Blickebene verticalen Lage abweicht. Aus dem LISTING'schen Gesetze, welches jedoch, wie sich zeigen wird, nur für das in die Ferne sehende Auge gültig ist, folgt, dass der primäre verticale Meridian[1]) mit dem oberen Ende nach links von der zur verticalen Lage abweicht, und der primäre horizontale Meridian mit dem linken Ende unter die Blickebene gedreht ist, wenn die Gesichtslinie im rechten oberen oder linken unteren Viertel des Blickraumes liegt, während das entgegengesetzte der Fall ist, wenn sie sich in den beiden anderen Vierteln befindet. Dabei ist der Blickraum als durch eine horizontale und eine verticale Ebene getheilt gedacht, welche durch diejenige horizontale Linie gelegt sind, mit der die Gesichtslinie in der Primärstellung zusammenfällt. HELMHOLTZ hat die Winkel dieser Meridianabweichung für die verschiedenen Stellungen der Gesichtslinie unter der Voraussetzung der strengen Gültigkeit des LISTING'schen Gesetzes berechnet, und in der folgenden Tabelle zusammengestellt. Die Abweichung der Blickebene von der primären Lage ist darin als Erhebung bezeichnet, da man die Senkung als negative Hebung betrachten kann.

Die seitliche Abweichung von der medialen Richtung, welche die Gesichtslinie in der beliebig gelegenen Blickebene zeigt, ist als Seitenwendung bezeichnet.

Die Tabelle gilt für alle vier Viertel des Blickraumes, nur muss man bedenken, dass im rechten oberen und linken unteren die Abweichung des primären Meridianes von der zur Blickebene verticalen Lage entgegengesetzt derjenigen gerichtet ist, welche im linken oberen und rechten unteren Viertel eintritt.

Erhebungswinkel

Seitenwendung	5°	10°	15°	20°	25°	30°	35°	40°
5°	0° 13'	0° 26'	0° 40'	0° 53'	1° 7'	1° 20'	1° 35'	1° 49'
10°	0° 26'	0° 53'	1° 19'	1° 46'	2° 13'	2° 41'	3° 10'	3° 39'
15°	0° 40'	1° 19'	1° 59'	2° 40'	3° 21'	4° 2'	4° 45'	5° 29'
20°	0° 53'	1° 46'	2° 40'	3° 34'	4° 29'	5° 25'	6° 22'	7° 21'
25°	1° 7'	2° 13'	3° 21'	4° 29'	5° 38'	6° 48'	8° 0'	9° 14'
30°	1° 21'	2° 41'	4° 2'	5° 25'	6° 48'	8° 13'	9° 39'	11° 8'
35°	1° 35'	3° 10'	4° 45'	6° 22'	8° 0'	9° 39'	11° 21'	13° 6'
40°	1° 49'	3° 39'	5° 29'	7° 21'	9° 14'	11° 8'	13° 6'	15° 5'

Einige geometrische Folgerungen aus dem LISTING'schen Gesetze. Nimmt man an, dass die Gesichtslinie des Auges aus einer bestimmten (primären) Stellung in jede beliebige andere (secundäre) Stellung durch Drehung des Auges um eine feste, zur Gesichtslinie rechtwinkelige Axe gebracht werden kann, und dass ferner jeder bestimmten Stellung der Gesichtslinie auch eine bestimmte Lage des übrigen Auges unveränderlich zugehört, so ergeben sich einige weitere beachtenswerthe Sätze:

---

1) Wohlzumerken, nicht die verticale Trennungslinie.

1) Sowie bei der Primärstellung alle Axen, um welche das Auge aus dieser Stellung heraus eine Drehung beginnen kann, in einer Ebene liegen, so gilt diess auch von jeder Secundärstellung, nur hat letzterenfalls die Axenebene eine andere Lage zur Gesichtslinie.

2) Die Axenebene ändert bei jeder Bewegung des Auges ihre Lage sowohl im Auge als im Kopfe, d. h. sowohl bezogen auf ein im Auge festes und mit ihm bewegliches, als bezogen auf ein im Kopfe festes Coordinatensystem, und bei keinen zwei Augenstellungen hat die Axenebene dieselbe Lage.

3) Die Axenebene ändert ihre Lage derart, als ob sie um dieselben Axen wie das Auge gedreht würde, und zwar im Auge in entgegengesetzter Richtung (um die entgegengesetzten Halbaxen) als das Auge selbst, im Kopfe in derselben Richtung (um dieselben Halbaxen) wie das Auge, beidenfalls aber nur mit der halben Winkelgeschwindigkeit.

4) Aus jeder Secundärstellung kann das Auge in jede andere Secundärstellung durch Drehung um eine feste Axe übergeführt werden, wobei es wieder Secundärstellungen durchläuft. und die Gesichtslinie im Allgemeinen eine Kegelfläche beschreibt. Nur wenn die feste Axe zugleich eine der primären Axen ist, beschreibt die Gesichtslinie beim Uebergange aus der einen Secundärstellung in die andere eine Ebene, nämlich eine primäre Meridianebene.

5) Wird die Gesichtslinie aus der Secundärstellung geradenwegs, d. h. unter Beschreibung einer Ebene in eine andere Secundärstellung übergeführt, so geschieht diess im Allgemeinen um augenblickliche Axen, welche in einer Kegelfläche liegen. Nur wenn beide Secundärstellungen in einer der primären Meridianebenen liegen, geschieht die Drehung um eine (primäre) feste Axe.

Das Gesetz der Orientirung wurde von Listing[1]) angegeben, ohne dass er zugleich einen Beweis für dasselbe mittheilte. In der einfachsten und elegantesten Form wurde dieser Beweis von Helmholtz[2]) mit Hülfe der Nachbildmethode gegeben, nachdem schon früher Donders[3]) den Gedanken Ruete's, die Orientirung des Auges mit Hülfe von Nachbildern zu bestimmen, angewendet und gefunden hatte, dass ein verticales Nachbild auf einer verticalen Wand bei horizontaler Seitenwendung der Gesichtslinie oder verticaler Hebung oder Senkung vertical blieb, falls er das Auge bei der Aufnahme des Nachbildes horizontal geradaus gestellt hatte, dass es dagegen bei den schrägen Stellungen der Gesichtslinien sich neigte. Ein Gesetz für diese Neigungen hat er nicht aufgestellt. Auch Wundt[4]) benützte die Nachbilder zur Bestimmung der Netzhautlage, ohne jedoch zu einem übersichtlichen Gesetze zu kommen. Die Methode der Untersuchung mit Nachbildern wird im nächsten Paragraphen ausführlich zu besprechen sein, ebenso weiterhin die Methode Meissner's, welcher zuerst die Augenstellungen mit Hülfe von Doppelbildern untersuchte. Fick[5]) bestimmte die Netzhautlage mit Hülfe des blinden Flecks, eine Methode, welche später auch Meissner[6]) anwandte, welche aber an Genauigkeit erheblich hinter den übrigen Methoden zurückbleibt.

---

1) Lehrbuch der Ophthalmologie von Ruete, S. 14.
2) Archiv für Ophthalmologie IX. Bd. II. Abth. p. 153.
3) Holländ. Beiträge zu d. anat. u. physiol. Wissenschaften I.
4) Archiv f. Ophthalmologie VIII. Bd. II. Abth. S. 1.
5) Zeitschrift f. ration. Medicin IV. 801.
6) Archiv f. Ophthalmologie II. 1 – 123.

§ 16. *Bestimmung der Netzhautlage mit Nachbildern.*

Die Bestimmung der Netzhautlagen durch Nachbilder ist an und für sich weniger exact, als die im nächsten Paragraphen zu besprechende Untersuchung mit Hülfe objectiver Bilder; gleichwohl aber ist sie in mehreren Beziehungen unentbehrlich und, besonders in der von HELMHOLTZ angegebenen Form, zur Uebersicht sehr zweckmässig. Ich pflege den von letzterem Forscher zum Beweise des LISTING'schen Gesetzes angegebenen Versuch in folgender Weise anzustellen.

Ein vertical gestellter grosser Holzrahmen, der durch ein inneres Kreuz in vier kleinere Quadrate getheilt ist, trägt in seiner Mitte nach hinten hin eine horizontale Axe, welche in einem an der Wand befestigten Lager ruht und um welche der Rahmen drehbar ist. Nach vorne ist der Rahmen zur linken Hälfte mit blauem, zur rechten mit orangefarbenem, vollständig ebenen Papiere so überspannt, dass die gerade Trennungslinie beider Farben genau durch den Drehpunct des Rahmens geht. In diesem Puncte ist eine lange feine Stahlnadel senkrecht zur Ebene des Papieres eingesteckt, welche also genau in der Verlängerung der Axe liegt, um welche der Rahmen drehbar ist. Parallel zur Trennungslinie der Farben sind feine Linien über das Papier gezogen, ausserdem eine durch den Drehpunct der Tafel gehende quere Linie rechtwinklig zu den übrigen. Der Drehpunct des Rahmens befindet sich in der Höhe meiner Augen.

Stelle ich nun dieser Tafel das zu untersuchende Auge so gegenüber, dass mir die feine horizontale Nadel in totaler Verkürzung d. h. punctförmig erscheint, so weiss ich, dass die Gesichtslinie senkrecht auf die Ebene des Papieres trifft. Fixire ich derart die Nadel einige Zeit unverrückten Blickes, während die Trennungslinie der Farben vertical steht, und wende dann den Blick entlang der horizontalen Linie nach rechts oder links, so erscheint mir die ursprünglich fixirte Grenzlinie der Farben deutlich und scharf im Nachbilde, und ich kann ihre Richtung mit den verticalen Linien vergleichen, welche auf das Papier gezeichnet sind. Bleibt sie diesen verticalen immer parallel, während der Blick nach rechts oder links in genau horizontaler Richtung abschweift, so beweist mir diess, dass das Auge sich bei diesen Bewegungen um eine feste, verticale Axe gedreht und also keine gleichzeitige Rollung um die Gesichtslinie erlitten hat; tritt eine Neigung der im Nachbilde sichtbaren Grenzlinie ein, so giebt mir die Richtung dieser Neigung die Richtung der erfolgten Rollung des Auges an. Drehe ich sodann den Rahmen um seine horizontale Axe, so stellt sich die ursprünglich verticale Grenzlinie der Farben sammt den ihr parallelen Linien schief, und wenn ich nun abermals das Nachbild erzeuge, so kommt es auf einen anderen Netzhautmeridian zu liegen, als vorhin. Lasse ich jetzt das Auge entlang der ursprünglich horizontalen und jetzt ebenfalls schief gelegenen Querlinie nach der einen oder andern Seite hin abschweifen, so erkenne ich abermals an der Lage der im Nachbilde erscheinenden Farben - Grenzlinie ob die Bewegung meines Auges um eine zur Gesichtslinie und zu ihrer Bahn rechtwinklige feste Axe d. h. ohne Rollung, oder um augenblickliche Axen, also mit gleichzeitiger Rollung um die Gesichtslinie erfolgt ist. Auf diese Weise kann ich bei verschiedener Stellung des Rahmens die Gesichtslinie nach jeder beliebigen Richtung hin geradlinige Bahnen beschreiben lassen und mich überzeugen, ob dabei Rollung des Auges eintritt oder nicht.

Um trotz der relativen Nähe der Tafel die Gesichtslinien parallel zu erhalten, stelle ich einen zweiten Rahmen vor dem ersteren und ihm parallel auf, über welchen verticale Fäden derart ausgespannt sind, dass jeder von seinen beiden Nachbarn denselben Abstand hat, wie die beiden mittleren Knotenpuncte beider Augen von einander. Richte ich die parallel gestellten Gesichtslinien auf die hintere Wand der Tafel, so sehe ich diese Fäden einfach, trotzdem dass jeder einzelne mir Doppelbilder giebt. Es bildet sich nämlich das ganze Fadensystem im rechten und im linken Auge auf identischen Netzhautstellen ab, wenngleich je zwei identisch gelegene Fadenbilder nicht von einem und demselben, sondern von zwei verschiedenen Fäden herrühren. Sobald aber die Bilder der einzelnen Fäden in zwei zerfallen, ist es ein Zeichen, dass die Gesichtslinien nicht mehr parallel stehen. Ich kann also auf diese Weise bei jeder beliebigen Stellung und Bewegung der Gesichtslinien den Parallelismus derselben controliren. Allerdings erhalte ich, während z. B. das linke Auge auf den Drehpunct der Tafel eingestellt ist und die Grenzlinie der Farben sich auf verticalen Netzhautmeridianen abbildet, im rechten Auge ebenfalls ein Bild dieser Farbengrenze, welches aber nur störend wird, wenn die Lage des Nachbildes sich der horizontalen nähert.

Um die Untersuchung exact zu machen, ist unbedingt eine feste Fixirung des Kopfes nöthig; der beste Wille den Kopf ruhig zu halten reicht nicht aus, weil der letztere unwillkürlich den Augen bei ihren Bewegungen folgt. Desshalb bietet auch das von HELMHOLTZ angegebene sinnreiche Visirzeichen, welches unten besprochen werden wird, keine hinreichende Garantie, wenngleich es ein treffliches Mittel ist, um zu controliren, dass die Gesichtslinie wieder dieselbe Lage zum Kopfe hat, so oft der Blick wieder auf den Drehpunct der Tafel zurückkehrt. Der von mir benützte Kopfhalter ist folgendermassen eingerichtet (Fig. 16). Ein horizontaler Stab, etwa um die Hälfte länger als der Kopf breit, ist in zwei verticale Stäbe so eingefügt, dass er sich um sich selbst drehen kann. In seiner Mitte trägt er auf der oberen Seite ein Brettchen, welches auf ihm um eine verticale Axe drehbar ist. Dieses Brettchen hat auf der einen Seite einen concaven Ausschnitt, welcher mit einem dicken Belege von Schellack überzogen ist, wie diess HELMHOLTZ (l. c.) für sein Visirzeichen angab. Der Lack wird durch warmes Wasser erweicht, und dann das Brettchen so mit den Zähnen gefasst, dass beide Zahnreihen von oben und unten her sich in den Lack eindrücken. So oft man dann das

Brettchen wieder mit den Zähnen fasst, kommen dieselben genau wieder in die alten Eindrücke zu liegen und es wird desshalb immer wieder das Brettchen genau dieselbe Lage zum Kopfe haben, oder wenn das Brettchen fixirt ist, der Kopf dieselbe Lage zum Brettchen. Die beiden verticalen Stäbe sind unten in ein schweres Stativ eingelassen und können hinauf und herunter geschoben werden. Dieser Apparat wird zunächst der verticalen Tafel so gegenüber gestellt, dass die horizontale Axe des Apparates der Ebene der Tafel parallel geht und die Drehpuncte der Augen, wenn man sich an dem Brettchen mit den Zähnen fixirt hat, ungefähr auf gleicher Höhe mit der Mitte des Rahmens sind. Da nun erstens das Brettchen um eine verticale Axe, ·der das Brettchen tragende Horizontalstab um seine eigene Axe verdrehbar ist, überdiess der letztere mittels der ihn tragenden verticalen Stäbe hinauf und hinunter geschoben werden kann, endlich das ganze Stativ, welches auf einem Tischchen steht, beweglich ist, so kann man erstens den Apparat so

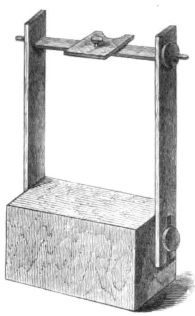

Fig. 16.

einstellen, dass die Gesichtslinie genau senkrecht auf die Tafel trifft, wenn man deren Drehpunct fixirt, und zweitens kann man ohne diese Lage der Gesichtslinie zu ändern, dem Kopfe verschiedene Stellungen geben, wobei die Augenstellung relativ zum Kopfe sich ändert. Hat man auf sogleich zu beschreibende Weise die gewünschte Stellung ausfindig gemacht, so lässt sich durch Schrauben Alles so fixiren, dass sich nichts mehr verdrehen kann. So oft man dann wieder an den Apparat geht, die Zähne wieder in die alten Eindrücke im Schellack einfügt, hat man vollständige Sicherheit, dass der Kopf genau wieder dieselbe Lage zur Tafel hat wie früher.

Man wird nun durch Ausprobiren eine Stellung des Auges finden, bei welcher man den Blick aus dem Mittelpuncte der verticalen Tafel in allen Richtungen geradlinig verschieben kann, ohne dass das Nachbild der Farbengrenzlinie sich auffallend gegen die parallelen Längslinien neigt, immer vorausgesetzt, dass diese, und somit auch die Trennungslinie der Farben senkrecht zu der Richtung liegen, in welcher der Blick verschoben wurde. Die so gefundene Augenstellung ist also die gesuchte Primärstellung. Eine ganz genaue Uebereinstimmung des experimentellen Befundes mit der Forderung des LISTING'schen Gesetzes wird sich wahrscheinlich nie herausstellen, falls der Beobachter die nöthige Uebung in der Erzeugung scharfer Nachbilder hat. Je flüchtiger man untersucht, desto schöner ist die Uebereinstimmung mit dem Gesetze, weil man immer eher geneigt ist, zwei angenähert parallele Linien für parallel zu halten, als für nicht parallel, gerade so wie man einen annähernd rechten Winkel eher für einen rechten, als für einen schiefen, oder einen nicht ganz regelmässigen Kreis eher für einen Kreis als für eine andere Curve hält, falls nicht besondere optische Täuschungen ins Spiel kommen.

Um die Primärstellung möglichst bald zu finden, stelle man zuerst seine Gesichtslinie so ein, dass sie vertical auf die Mitte der Tafel trifft, während die Trennungslinie der Farben vertical steht. Sodann geht man mit dem Blicke entlang der horizontalen Querlinie auf der Tafel nach rechts und links: beginnt bei diesen Bewegungen das Nachbild mit der wirklichen Farbengrenzlinie nach oben zu divergiren, so ist das Auge relativ zum Kopfe zu stark gesenkt, beginnt es zu convergiren, so ist es zu stark gehoben. Indem man ersterenfalls den Kopf mehr nach vorne, letzterenfalls mehr nach hinten neigt, wobei sich das Zahnbrettchen um die horizontale Axe dreht, wird man bald diejenige Stellung finden, bei der das Nachbild bei allen Wendungen des Blickes nach rechts oder links mit den Verticalen am besten parallel bleibt. Hierauf dreht man die Tafel um 90⁰, so dass die Farbengrenzlinie horizontal zu liegen kommt, und lässt den Blick entlang der jetzt verticalen Querlinie auf- und absteigen: beginnt dabei das Nachbild der Grenzlinie mit der wirklichen Grenzlinie nach rechts zu convergiren, so steht die Gesichtslinie relativ zum Kopfe zu weit nach rechts, beginnt es nach links zu convergiren, so steht sie zu weit nach links. Ersterenfalls muss man den Kopf etwas nach rechts, letzterenfalls etwas nach links drehen, wobei sich das Zahnbrett um die verticale Axe dreht. Hat dabei das Zahnbrett nicht zufällig genau die horizontale Lage, so liegt auch diese Drehungsaxe nicht genau vertical, und man muss dann abermals die Tafel um 90⁰ drehen, so dass man nochmals mit dem verticalen Nachbilde arbeiten kann; oder man kann sich auch gleich anfangs das horizontale Nachbild erzeugen, während das Zahnbrett streng horizontal liegt, und dann zur Untersuchung des verticalen Nachbildes übergehen. So oft man den Kopf irgendwie verschoben hat, muss man wieder controliren, ob dem, den Drehpunct der Tafel fixirenden Auge auch die Nadel noch in totaler Verkürzung erscheint. Man wird auf diese Weise bald die Stellung finden, bei der sowohl das verticale Nachbild bei horizontaler Blickbewegung am besten vertical, als das horizontale Nachbild bei verticaler Blickbewegung am genauesten horizontal bleibt. Ist nun das LISTING'sche Gesetz für das untersuchte Auge giltig, so muss man der Tafel noch jede beliebige andere Stellung geben können, ohne dass das dann schrägliegende Nachbild seine scheinbare Richtung auf der Tafel ändert, wenn man in der zur Farbengrenzlinie rechtwinkeligen Richtung den Blick bewegt.

So lange sich die Gesichtslinie im engeren Blickraume bewegte, fand sich das LISTING'sche Gesetz für die bisherigen Beobachter gut bestätigt. Bei peripherischer Lage der Gesichtslinie fanden sich bei allen Beobachtern Abweichungen, besonders dann, wenn die Gesichtslinie schräg nach oben oder unten gerichtet war. Ueberdiess ergab sich für ein und dasselbe Auge nicht immer genau dieselbe Primärstellung, sondern dieselbe lag bald etwas höher bald etwas tiefer, was theils in der Unsicherheit der Methode, theils darin begründet ist, dass, wie schon HELMHOLTZ hervorgehoben hat, dasselbe Auge sich nicht immer gleich verhält.

Wenn es nicht blos darauf ankommt, diejenige Augenstellung zu finden, welche der von dem LISTING'schen Gesetze geforderten Primärstellung am besten entspricht, sondern wenn man sich im Gegentheil überzeugen will, dass das Auge sich nicht streng nach diesem Gesetze bewegt, und von welcher Art die an jedem Auge mehr oder weniger hervortretenden Abweichungen von dem Gesetze sind, so wird man sich mit Vortheil zur Controlirung der Augenstellung eines anderen Kopfhalters bedienen, an welchem man die jeweilige Stellung der Gesichtslinie ablesen kann (Fig. 17).

Fig. 17.

Zwei verticale Metallsäulen sind in einem Stative oder auf einem horizontalen Tische eingefügt, in einer Entfernung von einander, welche um die Hälfte grösser ist, als der Kopf breit. Nahe ihrem oberen Ende hat jede Säule eine horizontale Bohrung, in welcher eine kurze Axe drehbar ist, die nach beiden Seiten über die Säule hinausragt. Die Axe der einen Säule liegt genau in der gedachten Verlängerung der anderen. Das nach innen vorragende Stück jeder horizontalen Axe ist vertical durchbohrt und durch das Loch ein verticaler Messingstab von etwa 12 Centimeter Länge gesteckt, dessen oberes Ende etwas über die Axe hervorragt. Das obere Stück dieses Stabes ist mit Schraubengängen versehen, und durch zwei Schraubenmuttern, deren eine unter-, die andere oberhalb der durchbohrten Axe sitzt, kann der Messingstab hinauf und hinab und in jeder beliebigen Stellung fest geschraubt werden. An das untere Ende jedes dieser beiden verticalen Messingstäbe ist ein gleich dicker horizontal nach vorn gerichteter Stab von etwa acht Centimeter Länge angesetzt, welcher also mit dem verticalen Stabe ein rechtwinkeliges Knie bildet. Das freie Ende des horizontalen

Knieschenkels ist wieder mit Schraubengängen versehen, und durch die horizontale Bohrung eines horizontalen Querbalkens gesteckt, welcher abermals durch zwei Schraubenmuttern an den horizontalen Schenkeln vor- und zurückgeschoben werden kann. Der horizontale Querbalken endlich trägt ein Brettchen mit einem Ausschnitte für die Zähne, welches um eine verticale Axe auf dem Querbalken drehbar, durch eine Schraube zu fixiren und im Uebrigen ganz so eingerichtet ist, wie diess an dem oben beschriebenen Kopfhalter dargestellt wurde. Fasst man dieses mit Schellack belegte Brettchen mit den Zähnen, so kann man durch Hinauf- oder Hinabschrauben der beiden verticalen Messingstäbe das Brettchen sammt dem an ihm fixirten Kopfe hinauf- und hinabschieben; durch Vor- oder Zurückschieben des Querbalkens, welcher das Brettchen trägt, kann man letzteres und mit ihm den Kopf vor- oder zurückschieben, endlich kann man durch Drehung des Brettchens um seine verticale Axe den Kopf nach links oder rechts drehen. Man kann also auf diese Weise dem Kopfe diejenige Stellung geben, bei welcher die Verbindungslinie der beiden Drehpuncte der Augen genau in die mathematische Axe fällt, um welche sich die beiden Metallaxen in den beiden Säulen drehen können. Da nun mit diesen Metallaxen das Zahnbrettchen verbunden ist, und in letzterem wieder der Kopf unverrückbar fixirt ist, so kann man mit Hülfe des Apparates den Kopf um jene Linie drehen, und mittels eines an der Metallaxe befestigten Zeigers an einem Gradbogen diejeweilige Neigung des Kopfes, beziehentlich der Blickebene ablesen. Hält man nämlich z. B. den Kopf zunächst aufrecht, und stellt die Blickebene horizontal, neigt dann den Kopf um 10⁰ nach vorne, so hat sich die Blickebene um 10⁰ gehoben, während die Drehpuncte beider Augen ihren Ort im Auge nicht geändert wurden.

Um zu controliren, dass die Drehpuncte der Augen in der Drehungsaxe des Apparates liegen, bringt man vor dem an dem Brettchen fixirten Kopfe eine verticale Tafel an, auf welcher jedem Auge gegenüber ein Stück Spiegelglas mit weichem Wachs aufgeklebt ist, befestigt sodann auf jedem dieser kleinen Spiegel, ebenfalls mit Wachs, ein zur Spiegelebene senkrechtes Holzstäbchen von etwa einem Zoll Länge, durch dessen freies Ende eine Stecknadel rechtwinklig hindurch gesteckt ist. Die Nadelspitze muss so liegen, dass sie dem horizontal geradaus gestellten Auge gerade gegenüber liegt. Man kann es dann durch Regulirung des in dem weichen Wachse etwas verstellbaren Spiegels und der Nadelspitze dahin bringen, dass die fixirte Nadelspitze genau ihr Spiegelbild deckt. Selbstverständlich muss man eine Entfernung des Spiegels und einen Abstand der Nadel vom Spiegel wählen, bei welchem die Nadel und ihr Spiegelbild gleichzeitig ziemlich scharf gesehen werden können. Dreht man dann den Kopf im Apparate um die horizontale Axe, und verrückt sich dabei der Drehpunct des Auges und mit ihm die Gesichtslinie des fixirenden Auges nur ein klein wenig, so deckt die Nadel nicht mehr ihr Spiegelbild. Man findet aber durch Ausprobiren leicht diejenige Stellung des Zahnbrettchens, bei welcher für die beiden Augen die Verschiebung des Spiegelbildes auf ein Minimum gebracht wird: dann liegt derjenige Punct des Auges in der Axe des Apparates, welcher für unsere Zwecke als der feste Drehpunct des Auges angesehen werden darf.

Der Apparat erscheint complicirt, erspart aber, wenn er einmal eingestellt ist, viel Zeit und Mühe, da man ihn dann zu den mannigfaltigsten Versuchen benützen kann, bei denen es darauf ankommt, die Augenstellung genau zu controliren und die absolute Lage des Drehpunctes zu kennen. Bringt man vor dem Apparate eine verticale Ebene an, welche der Drehungsaxe des Apparates parallel geht, und markirt die beiden Puncte in welchen die horizontal und parallel geradeaus gestellten Gesichtslinien senkrecht auf die Tafel treffen, so kann man aus dem Abstande eines beliebigen, horizontal nach rechts oder links von diesen Puncten gelegenen Fixationspunctes den Winkel der Seitenwendung der bezüglichen Gesichtslinie leicht berechnen, insofern dieser Abstand dividirt durch den Abstand der Beobachtungsebene von dem Drehpuncte des Auges die Tangente des gesuchten Winkels giebt. Da man ausserdem am Apparate die jeweilige Neigung der Blickebene ablesen kann, so kennt man jederzeit genau die Lage der Gesichtslinie relativ zum Kopfe.

Als ich nach der von HELMHOLTZ angegebenen und später zu beschreibenden Methode, bei welcher der Kopf nicht fixirt wird, meine Augen auf das LISTING'sche Gesetz untersuchte, fand ich dasselbe für den engern Blickraum bestätigt. Nachdem ich aber in der eben beschriebenen Weise für eine bessere Fixation des Kopfes gesorgt hatte, gelang es mir, mannigfache Abweichungen von diesem Gesetze zu finden, wie ich es schon früher mit Hülfe einer anderen im folgenden Paragraphen zu beschreibenden Methode gefunden hatte. Keines meiner beiden Augen bewegt sich nämlich genau nach dem LISTING'schen Gesetze. Die verticale Ebene, in welcher ich die Gesichtslinien durch Drehung des Auges um eine annähernd feste, zur Gesichtslinie rechtwinkelige Axe auf und ab bewegen kann, liegt allerdings für meine beiden Augen ziemlich genau parallel der Medianebene; die Ebene aber, in welcher ich das Auge durch Drehung um eine feste Axe innerhalb der Blickebene nach links bewegen kann, liegt in beiden Augen höher als diejenige, in welcher die Gesichtslinie um eine feste Axe nach rechts drehbar ist, und zwar liegt die erstere Ebene im linken Auge um etwa 4° höher als im rechten, die letztere Ebene im linken Auge um etwa 2° höher als im rechten; überdiess liegt im linken Auge die erstere Ebene um 10° höher als die andere, im rechten Auge nur um 8° höher als die andere. Zwischen diesen beiden Ebenen giebt es in beiden Augen eine Mittellage, welche bei nicht ganz genauer Untersuchung als die wirkliche, dem LISTING'schen Gesetze entsprechende Primärlage der Blickebene imponirt. Im linken Auge liegt diese Pseudoprimärstellung der Blickebene ein wenig höher als im rechten; endlich treten bei allen stärkeren Drehungen des Auges, besonders in schräger Richtung, Abweichungen ein, die kein besonderes Interesse bieten.

Die hier gegebenen Zahlen sind Mittelzahlen aus vielen Versuchen, denn man erhält keineswegs immer dasselbe Resultat, sondern es kommen Differenzen der Primärlage bis zu 4 ^{0} vor.

HELMHOLTZ benützt zu seinen Versuchen das Fig. 18 abgebildete Visirzeichen. Ein Brettchen mit einem Ausschnitte für die Zähne wird mit letzteren gefasst, nachdem der Rand des Ausschnittes mit einer Lage weichen Schellacks belegt ist. Am anderen Ende trägt das Brettchen eine kleine Säule und diese einen horizontalen, beiderseits zugespitzten Stab oder steifen Papierstreifen, welcher mit Wachs an der Säule festgeklebt ist. Dieser Streifen ist genau so lang wie der Abstand der Knotenpuncte beider Augen von einander, der dadurch controlirt werden kann, dass man mit dem Brettchen in dem Munde in die Ferne sieht; dann erscheint der, der Verbindungslinie der Augenmittelpuncte parallel gestellte Streifen in gekreuzten Doppelbildern, die sich mit den einander zugekehrten Spitzen berühren, wenn der Streifen die richtige Länge hat, während sie übereinander greifen, wenn der Streifen zu lang, oder einander nicht erreichen, wenn er zu kurz ist.

Fig. 18.

Mit diesem Visirzeichen ausgerüstet trat HELMHOLTZ vor eine der Antlitzfläche parallele Wand, auf der in der Höhe der Augen ein horizontales farbiges Band zur Erzeugung eines Nachbildes ausgespannt war. Es wurden nun bei möglichst grosser Entfernung und aufrechtem Kopfe die Gesichtslinien horizontal geradeaus gestellt, also das Band fixirt, und dann der Papierstreifen des Visirzeichens derart eingestellt, dass je eine Spitze desselben in eine Gesichtslinie zu liegen kam; dann wurde das Nachbild des Bandes erzeugt, und der Blick entlang des Bandes in horizontaler Richtung bewegt; blieb dabei das Nachbild nicht horizontal und deckte es nicht fortwährend das wirkliche Band, so wurde der Papierstreifen so weit höher oder tiefer gestellt, bis die primäre Lage der Blickebene gefunden war. Sodann wurde der Blick vertical nach oben oder unten verschoben; blieb dabei das Nachbild nicht horizontal, was sich an horizontalen Linien des Tapetenmusters controliren liess, so wurde der Streifen so lange nach rechts oder links verschoben, bis das Nachbild bei der verticalen Bewegung horizontal blieb. So oft die Gesichtslinien wieder auf die Mitte der Wand zurückgekehrt waren, um das Nachbild aufzufrischen, konnte mit Hilfe des Visirzeichens controlirt werden, dass die Augen immer wieder dieselbe Lage relativ zum Kopfe hatten; es mussten die beiden Spitzen des Papierstreifens wieder den fixirten Punct decken.

Dieser Versuch setzt voraus, dass, wenn beide Augen in der Primärstellung sind, die Gesichtslinien nicht merklich convergiren. Ueberhaupt sollte er blos zur vorläufigen Uebersicht dienen. Zur genaueren Untersuchung benützte HELMHOLTZ eine um ihren Mittelpunct drehbare, im Fernpuncte seiner etwas kurzsichtigen Augen befindliche verticale Tafel, auf welcher sich ein farbiger Papierstreifen und demselben parallele Linien befanden. Um zu controliren, dass die auf den Drehpunct der Tafel eingestellte Gesichtslinie des zu untersuchenden Auges senkrecht zur Tafel lag, war in der Mitte der Tafel ein kleiner Spiegel angebracht, in dessen Mitte das

Auge seine eigene Pupille sehen musste. Zur Controlirung der Kopfhaltung diente auch hier das Visirzeichen. HELMHOLTZ fand die vollständigste Uebereinstimmung mit dem LISTING'schen Gesetze, und zwar nicht blos bei der ersten, sondern auch bei der zweiten Methode, wo also die Beobachtungstafel dem Auge nahe war[1]).

Das Visirzeichen controlirt, wie man sieht, nur die richtige Stellung der Gesichtslinie zum Kopfe und zur Tafel, nicht aber etwaige Neigungen des Kopfes, es controlirt ferner nur die Primärstellung und verhütet nicht die bei stärkeren Wendungen des Blickes unwillkürlich eintretenden Kopfdrehungen, daher es nothwendig ist, den Kopf zu fixiren.

Was die Fehlergrenzen der Nachbildmethode betrifft, so sind sie ziemlich weite. Sie können nämlich im engeren Blickfelde 1^0, im weiteren $2\frac{1}{2}^0$ erreichen. Ich brachte den Kopf in den oben beschriebenen Kopfhalter, und stellte vor mir in einer Entfernung von etwa einem Fusse eine verticale Drehscheibe auf, die halb mit blauem, halb mit orangefarbenem Papiere überzogen war, so dass die Trennungslinie beider Farben durch den Mittelpunct der Scheibe ging, welcher fixirt wurde. Neben der ersten Drehscheibe befand sich eine zweite, welcher ein beliebiger Abstand von der ersten gegeben werden konnte. Diese zweite Drehscheibe war mit grauem Papiere überzogen, auf welchem sich ein langer, durch den Mittelpunct gehender schwarzer Strich befand. Nachdem ich den Mittelpunct der ersten Scheibe fest fixirt und das Nachbild der Farbengrenzlinie im Auge hatte, fixirte ich die Mitte der zweiten Scheibe und stellte mir die Aufgabe, die schwarze Linie auf derselben und die Farbengrenzlinie des Nachbildes zur Deckung zu bringen. An einem Zeiger konnte die Stellung, die ich dabei der Scheibe gegeben hatte, abgelesen werden. Hierauf wiederholte ich den Versuch mit Zwischenpausen mehrere Male, nachdem ich immer wieder die zweite Scheibe zuvor aus ihrer Lage gebracht hatte. Es zeigte sich, dass ich die letztere nicht immer genau in derselben Weise einstellte, was entweder darin seinen Grund haben konnte, dass das Auge jedesmal eine andere Orientirung angenommen hatte, trotz gleicher Stellung der Gesichtslinie, oder darin, dass sich die Deckung des Nachbildes und der schwarzen Linie nicht sicher beurtheilen liess. Die Verschiedenheit der Einstellung wuchs mit der Zunahme des seitlichen Abstandes der zweiten Scheibe, und der Spielraum der Einstellung der Scheibe erreichte bei den stärksten Seitwärtswendungen des Blickes 5^0, so dass also Fehler bis zu $2^1/_2{}^0$ begangen wurden, wenn man annehmen darf, dass die richtige Einstellung der Scheibe diejenige war, welche gerade in die Mitte des Spielraumes der Einstellung zu liegen kann.

Ferner wurden Controlversuche gemacht, wobei die Stellung der Gesichtslinie gar nicht geändert wurde. Durch den Mittelpunct der mit farbigem Papiere überzogenen Scheibe wurde rechtwinkelig zur Farbengrenzlinie eine feine schwarze Linie gezogen, dann an einer auf der Hinterseite der Scheibe befindliche Scala die Stellung der Scheibe durch einen Gehülfen abgelesen, und durch feste Fixation des Mittelpunctes der Scheibe das Nachbild erzeugt. Hierauf stellte ich mir die Aufgabe, die Scheibe so weit zu verdrehen, bis die Farbengrenze des Nachbildes und die schwarze Linie auf der Scheibe sich decken würden. Es stellte sich heraus, dass ich die Linie meist nicht genau in diejenige Lage gebracht hatte, die zuvor die Farbengrenzlinie gehabt hatte.

Um $1/_4{}^0$ fehlt man sehr leicht, selbst unter den allergünstigsten Verhältnissen, d. h. wenn das Nachbild sehr scharf entwickelt ist, und wenn die bezügliche Augenstellung gar keine Anstrengung macht. Fehler von $1/_2{}^0$ sind, wenn wie gewöhnlich

---

1) Neuerdings hat HELMHOLTZ diese Versuche mit fixirtem Kopfe wiederholt und das LISTING'sche Gesetz auch so bestätigt gefunden (siehe Physiol. Optik S. 519).

das Nachbild keine absolute Schärfe hat, im engeren Blickraume häufig, Fehler bis 1⁰ selten, bei sehr anstrengenden Augenstellungen wachsen die Fehler wie gesagt bis zu $2^{1}/_{2}^{0}$.

Aehnliche Versuche hatte ich schon früher zur Controlirung der HELMHOLTZ'-schen Methode mit nicht fixirtem Kopfe und Visirzeichen gemacht. Ich habe damals nicht viel weitere Fehlergrenzen gefunden als jetzt, wo durch bessere Fixation des Kopfes eine Fehlerquelle gemindert war. HELMHOLTZ hat das Ergebniss dieser Versuche darauf schieben wollen, dass ich anstrengende Convergenzstellungen benutzt hätte. Darauf dürfte es jedoch, da ich die Objecte ungefähr im Fernpuncte meiner etwas kurzsichtigen Augen hatte, nicht zurückzuführen sein. Ueberdiess hat HELMHOLTZ meine Angabe, dass der Spielraum der Fehler 2—5⁰ betrage, dahin missverstanden, als hätte ich behauptet, es würden Fehler von 2—5⁰ gemacht, während ich ausdrücklich diese Zahlen nur für den Spielraum, und die Fehler nur halb so gross angegeben habe. HELMHOLTZ behauptet, es kämen keine Fehler über $1/_{2}^{0}$ vor. Da er jedoch keine Controlversuche gemacht hat, oder wenigstens nichts darüber mittheilt und seine Methode der Untersuchung der Augenbewegung nicht gestattet, durch Häufung der Versuche die Fehler zu eliminiren, so kann ich diese Angaben umsoweniger für allgemein massgebend halten, als ich selbst sehr scharfe und dauerhafte Nachbilder

Fig. 19.

erhalte und im Experimentiren mit denselben ebenfalls eine vieljährige Uebung haben.

Ich füge noch die Abbildung eines von BERTHOLD angegebenen sehr praktischen Visirzeichens (Fig. 19) bei, an welchem man mittels eines Pendels die jeweilige Neigung des Kopfes, beziehendlich, wenn die Blickebene immer horizontal gehalten wird, die Neigung derselben zum Kopfe ablesen kann.

§ 17. Bestimmung der Netzhautlage mit binocularen Bildern.

Die Nachbildmethode hat den Vortheil, dass sie uns bei jeder beliebigen Bewegung der Gesichtslinie über die Lageänderung jeder einzelnen Netzhaut für sich Aufschluss giebt. Da sie jedoch nicht exact genug ist, um gewisse Fragen zu beantworten, welche im Interesse der Theorie des Binocularsehens zu stellen sind, so habe ich, wo das Experimentiren mit Nachbildern nicht ausreichte, meine Untersuchungen nach einer anderen Methode ausgeführt, welche sehr genaue Resultate giebt. Ich habe dieselbe in ihren Grundzügen schon früher beschrieben [1] und zugleich kleine Abweichungen vom LISTING'-schen Gesetze erwähnt, welche ich dabei gefunden. Später haben auch VOLKMANN und HELMHOLTZ [2] sich dieser Methode bedient.

Richtet man seine Augen horizontal geradeaus, sodass die Gesichtslinien parallel liegen und senkrecht auf eine verticale weisse Tafel auftreffen, auf

---

1) Beiträge zur Physiol. III. u. IV. Heft.
2) Physiol. Optik S. 522, wo auch über VOLKMANN's Versuche berichtet wird.

welcher zwei schwarze verticale Fäden derart aufgespannt sind, dass je einer einem Auge gerade gegenüberliegt und durch den Punct geht, in welchem die Gesichtslinie auf die Tafel auftrifft: so sieht man drei Fäden. Jedes Auge erhält nämlich zwei Fadenbilder, von denen je eines durch den Gesichtspunct der Netzhaut geht, während das andere seitwärts auf der Netzhaut liegt. Die beiden durch die Gesichtspuncte gehenden Fadenbilder verschmelzen für die Anschauung zu einem einfachen Faden, welcher in der Mitte zwischen den beiden anderen, unocularen Fadenbildern.erscheint. Beginnt man nun ein klein wenig zu convergiren, so zerfällt das mittlere Fadenbild, um welches es sich bei unserem Versuche allein handelt, in zwei Bilder, welche jedoch nicht parallel erscheinen, sondern deutlich nach oben convergiren. Dreht man aber die beiden wirklichen Fäden ein wenig mit den oberen Enden nach aussen, mit den unteren nach innen, verschmilzt sie abermals und zerspaltet das einfache Bild derselben wieder durch eine leichte Convergenz in zwei Bilder, so erscheinen diese nun parallel, falls man die richtige Neigung der Fäden getroffen hat. Um denselben Winkel, um welchen jetzt die beiden wirklichen Fäden nach oben divergiren, divergiren auch die beiden sogenannten verticalen Trennungslinien (mittlen Längsschnitte, scheinbar verticalen Meridiane) beider Netzhäute nach oben. Darf man nun weiter voraussetzen, dass beide verticalen Trennungslinien hiebei symmetrisch zur Medianebene gelegen sind, so giebt uns die Hälfte des gefundenen Convergenzwinkels die Winkelabweichung jeder der beiden Trennungslinien von der verticalen Lage an. Kennen wir aber die Lage dieser beiden Netzhautmeridiane, so ist damit auch die Lage der beiden Netzhäute für die gewählte Stellung der Gesichtslinie bestimmt.

Die Nachbildmethode ist selbstverständlich nicht im Stande, uns über die Lage der verticalen Trennungslinien aufzuklären, sondern sie kann uns nur Aufschluss geben über die Aenderungen ihrer Lage bei beliebigen Bewegungen der Gesichtslinie. Für die Lehre vom Binocularsehen aber ist die Kenntniss der Lage der Trennungslinien von der höchsten Bedeutung.

Wenn ich bei dem beschriebenen Versuche den Kopf nicht aufrecht halte, sondern ihn nach vorn neige, während die Gesichtslinien immer horizontal und senkrecht zur Tafel bleiben, so wächst die Divergenz der verticalen Trennungslinien, d. h. ich muss den beiden Fäden eine stärkere Divergenz geben, wenn durch eine leichte Convergenz der Augen das mittlere Fadenbild in zwei parallele Bilder gespalten werden soll; umgekehrt mindert sich die Divergenz der verticalen Trennungslinien, wenn ich den Kopf zurückbeuge. Wenn bei diesen Versuchen der Kopf vorgebeugt ist, so ist Blickebene relativ zum Kopfe gehoben, ist letzterer zurückgebeugt, so ist sie relativ gesenkt, wenngleich ihre absolute Lage immer horizontal blieb. Diese Versuche beweisen also, dass bei Hebung der Gesichtslinien in verticaler Richtung aus der sogenannten Primärstellung heraus die bei der letzteren vorhandene Divergenz der verticalen Trennungslinien wächst, bei der

Senkung der Blickebene abnimmt, dass also jedes Auge bei der Hebung sowohl als bei der Senkung eine Rollung um die Gesichtslinie derart erleidet, dass bei Hebung das obere Ende der verticalen Trennungslinie sich von der Medianebene entfernt, bei der Senkung ihr nähert. Das LISTING'sche Gesetz ist also bei der rein verticalen Bewegung aus der Primärstellung heraus für mich nicht genau erfüllt.

Wie für die Untersuchung der symmetrischen Parallelstellungen, so ist die Methode auch zur Bestimmung der Netzhautlagen bei jeder beliebigen seitwärts gerichteten Parallelstellung brauchbar. Während sie uns aber bei symmetrischen Stellungen über die Einzelstellung jedes Auges Aufschluss giebt, gestattet sie bei seitlicher Blicklage nur die Controle darüber, ob und inwieweit sich die Divergenz der beiden verticalen Trennungslinien ändert, bestimmt also nur die relative Lage beider Netzhäute zu einander, nicht die absolute Lage der einzelnen Netzhaut. Diess genügt jedoch zur Controle des LISTING'schen Gesetzes, nachdem dessen wesentliche Richtigkeit festgestellt ist.

Meine Untersuchungsmethode war genauer beschrieben folgende: Auf einem horizontalen, ebenen Tische steht an einem Stativ befestigt eine verticale Tafel, die bis auf den Tisch herabreicht, und deren Vorderseite mit grauem Papiere überzogen ist. In den Tisch sind vor der verticalen Beobachtungstafel die beiden Säulen des oben beschriebenen Kopfhalters eingeschraubt, welcher, wie erwähnt, so eingerichtet ist, dass der mit den Zähnen fixirte Kopf innerhalb des Apparates um eine durch die Drehpuncte beider Augen gehende horizontale Axe drehbar ist. Die Tafel läuft dieser Axe genau parallel und steht zunächst im Fernpuncte meiner parallel gestellten Augen. Auf ihr befinden sich zwei lange, fünfzehn Millimeter breite Messingstreifen so befestigt, dass der linke dem linken, der rechte dem rechten Auge gerade gegenüberliegt. Jeder von beiden ist um denjenigen Punct der Tafel drehbar, welcher mit dem Drehpuncte des gegenüberliegenden Auges auf gleicher Höhe und ihm genau gegenüberliegt. Die Drehpuncte der beiden Messingstreifen haben also dieselbe Distanz wie die Augen, und wenn die Gesichtslinien parallel geradeaus gestellt sind, so trifft jede im Drehpuncte des gegenüberliegenden Streifens senkrecht auf die Tafel. Der eine Streifen reicht nach unten, der andere nach oben bis nahe an den Rand der Tafel und trägt dort einen Nonius, welcher an einem graduirten Kreisbogen gleitet, sodass man die Abweichung des Streifens von der verticalen Lage auf Minuten ablesen kann. Nach der andern Seite reicht jeder Streifen weniger weit, um nicht durch zu grosse Länge die stärkere Verdrehung der Streifen gegeneinander zu hindern. Auf der vorderen Seite sind beide Streifen mit demselben grauen Papiere überzogen wie die Tafel; ihre beiden Drehpuncte sind mit Tinte deutlich markirt. Der eine Streifen ist durch ein weisses Rosshaar genau längs halbirt, der andere trägt zwei schwarze parallel gespannte Rosshaare, welche, das eine um 1 Mm. nach links, das andere um 1 Mm. nach rechts vom Drehpuncte des Streifens abweichen. Wenn die beiden Drehpuncte der Streifen binocular verschmelzen, so erscheint das weisse Haar des einen Streifens zwischen den beiden schwarzen, aber nur dann erscheinen alle drei parallel, wenn die Bilder der schwarzen Rosshaare auf der einen Netzhaut parallel zu demjenigen Netzhautmeridiane liegen, welcher mit dem, das Bild des weissen Rosshaares tragenden Meridiane der anderen Netzhaut correspondirt. Diese Art, die Lage der Netzhaut zu controliren, ist von den mir bekannten bei weitem die schärfste.

Die beiden Puncte (*l* und *r* Fig. 20) des Tisches, welche senkrecht unter dem Drehungspuncte der Augen liegen, sind markirt, und von jedem der-

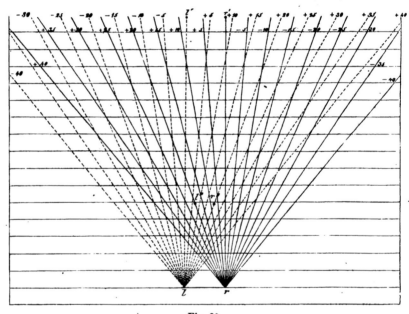

Fig. 20.

selben ist eine gerade Linie (*ll'* und *rr'*) nach der verticalen Tafel hingezogen, welche rechtwinkelig auf die untere Grenzlinie der Tafel trifft. Ausser diesen beiden Linien, welche so zu sagen die Verticalprojection der parallel geradaus gestellten Gesichtslinien auf den Tisch darstellen, strahlen von den Puncten *l* und *r* noch andere Linien radienförmig aus, welche untereinander um je 5⁰ abweichen; die von dem einen Puncte ausgehenden sind roth, die anderen sind schwarz gezeichnet. Diese Linien stellen die Verticalprojection der um entsprechende Winkel innerhalb der horizontalen Blickebene nach rechts oder links gerichteten Gesichtslinien dar. Ausserdem sind zahlreiche

quere Linien parallel der Tafel und der Verbindungslinie der Augendrehpuncte über den Tisch gezogen, welche um je einen Centimeter von einander
abstehen. An diesen Linien kann ich, wenn ich die Tafel dem Gesichte näher
oder ferner bringen will, controliren, dass dieselbe immer der Verbindungslinie der Augendrehpuncte parallel bleibt. Zwei kleine Zeiger am unteren
Rande der Tafel gestatten mir zugleich zu controliren, ob die Tafel die richtige Mittelstellung hat. Die Zeiger müssen dann auf die Linien ll' und rr'
des Tisches treffen. Schiebe ich dann die Tafel entlang einer Querlinie seitwärts, bis z. B. die beiden Zeiger auf die beiden Linien des Tisches treffen,
welche je um 10^0 von den mittleren Linien ll' und rr' nach rechts abweichen,
und stelle die Gesichtslinie wieder auf die Drehpuncte der beiden Messingstreifen ein, so weiss ich, dass jede Gesichtslinie um 10^0 nach rechts von der
Medianebene abweicht. Ich kann also durch Verschiebung der Tafel den
immer parallel bleibenden Gesichtslinien jede beliebige Seitenwendung nach
rechts oder links geben, und zugleich den Grad der Seitenwendung auf dem
Tische ablesen. Neige ich jetzt den Kopf vorwärts, so giebt mir der Zeiger
des Kopfhalters an einem Kreisbogen an (siehe Fig. 17), um wieviel ich die
Blickebene relativ zum Kopfe gehoben oder gesenkt habe. Die Blickebene
selbst bleibt dabei immer horizontal und rechtwinkelig zur Beobachtungstafel, welche ich wieder bei jeder beliebigen Kopfneigung nach rechts oder
links verschieben kann. Aus der Stellung endlich, welche ich den beiden
Messingstreifen geben muss, damit die drei Rosshaare parallel erscheinen,
kann ich ersehen, welche relative Lage die beiden verticalen Trennungslinien
zu einander haben. Ich kann dabei entweder beide Streifen aus der Verticallage ablenken oder auch nur einen; ersterenfalls kann ich aus der Summe der
beiden Ablenkungswinkel, letzterenfalls aus dem einfachen Ablenkungswinkel den Divergenzwinkel der beiden Trennungslinien, d. h. den Winkel
berechnen, um welchen die eine Netzhaut um die Gesichtslinie verdreht
werden müsste, damit beide verticalen Trennungslinien parallel lägen.

Nenne ich x den Winkel, um welchen die Netzhaut gerollt werden
müsste, damit die Fadenbilder in beiden Augen in correspondirende Lagen
kämen, α den Winkel, um welchen ich den einen Messingstreifen ablenken
muss, damit die drei Rosshaare parallel erscheinen, φ den Winkel der Seitenwendung der Gesichtslinie, so finde ich x nach der Formel $tg\, x = \cos \varphi . \, tg\, \alpha$.
Da, wenn die Gesichtslinien gehoben oder gesenkt und seitwärts gewendet sind,
die bei der Primärstellung verticalen Meridiane nach dem LISTING'schen Gesetze
sich der Medianebene zu- oder abneigen, so fällt jetzt auch das Bild der Rosshaare auf Netzhautmeridiane, welche um mehrere Grade von der verticalen
Trennungslinie abweichen können. Ich bestimme also nach jener Formel nicht
eigentlich die Divergenz der verticalen Trennungslinien, sondern die Divergenz eines anderen identischen Meridianpaares. Dieses könnte für solche
Netzhäute, auf welchen die identischen Meridiane nicht in congruenter Weise
angeordnet sind, einen, übrigens nur minimalen Fehler bedingen. In meinen

Augen ist die Abweichung der Anordnung der identischen Meridiane von
der Congruenz so gering, dass sie hier gar nicht in Betracht kommt.
Das Ergebniss der Untersuchung der Parallelstellungen
war, dass der bei der Primärstellung etwa 2^0 betragende
Divergenzwinkel der verticalen Trennungslinien mit Erhebung der Blickebene wuchs, und mit ihrer Senkung abnahm, wie schon oben angegeben wurde; dass er ferner wuchs,
wenn bei unveränderter Lage der Blickebene die Gesichtslinie nach rechts oder links gewendet wurde, und dass
dieser durch die Seitenwendungen bedingte Zuwachs um so
grösser wurde, je stärker die Blickebene gehoben war. Nach
dem LISTING'schen Gesetze hätte die Divergenz immer dieselbe bleiben
müssen. Der grösste Zuwachs betrug innerhalb des engeren Blickraumes
d. h. so weit die Gesichtslinien ohne alle Anstrengung in der bezüglichen
Lage erhalten werden konnten, nur 1^0, bei angestrengter Haltung in Seitenwendung erreichte er 4^0. Da die Zuwüchse beim Blicke nach links etwas andere waren als beim Blicke nach rechts, was in einem ungleichmässigen Verhalten meiner beiden Augen bei ihren Bewegungen begründet ist, so unterlasse ich es, die gefundenen Zahlen anzugeben; sie würden keinen Anspruch
auf allgemeinere Giltigkeit machen können. Aehnliche Abweichungen vom
LISTING'schen Gesetze fand bei Seitwärtswendungen der parallelen Gesichtslinien BERTHOLD [1]), und zwar bei gehobener Blickebene in demselben Sinne,
aber viel grössere als ich, während bei gesenkter Blickebene die Abweichung
entgegengesetzt war, als bei mir, so dass die Divergenz der verticalen Trennungslinien also abnahm. BERTHOLD controlirte jedoch nur die Hebung oder
Senkung der Blickebene, nicht auch die sonstige Stellung des Kopfes, wobei,
wie ich sogleich zeigen werde, kleine Fehler möglich sind.

Wenn ich bei stark erhobener Blickebene die parallel gestellten Gesichtslinien nach rechts wende, so bemerke ich, dass die rechte Gesichtslinie nach unten
abzuweichen beginnt, was sich dadurch verräth, dass die beiden Puncte, welche
ich binocular verschmelzen will, in übereinander gelegenen Doppelbildern erscheinen, das Bild des rechten Auges höher als das des linken. Analog weicht
das linke Auge nach unten ab, wenn ich die gehobene Gesichtslinie nach links
wende. Dieses Zurückbleiben nach unten ist um so stärker, je höher die Blickebene gehoben, und je mehr der Blick seitwärts gewendet wird. Bei dieser Stellung der Gesichtslinien bedingt also schon die nicht parallele Richtung derselben
nach dem LISTING'schen Gesetze eine Aenderung in der Divergenz der verticalen
Trennungslinien, und der beobachtete Divergenzwinkel giebt uns kein Maass für
die Abweichung vom LISTING'schen Gesetze. Wenn man nun den Kopf nicht fixirt
hat, so macht man unwillkürlich eine kleine Drehung des Kopfes derart, dass das
nach unten abgewichene Auge ein wenig gehoben wird, und dass das Doppeltsehen
aufhört, obwohl die Gesichtslinien nach wie vor nicht in einer Ebene liegen. Man
erhält desshalb falsche Divergenzen, wenn man derartige Versuche nur mit einem
Visirzeichen, nicht mit streng fixirtem Kopfe macht.

---

1) Archiv f. Ophthalmologie XI. Bd. III. Abth. S. 107.

Die von mir [1]) bemerkte Divergenz der verticalen Trennungslinien bei symmetrischen Parallelstellungen der Gesichtslinien war früher übersehen worden. Unabhängig von mir hat HELMHOLTZ [2]) dasselbe gefunden. Auch die oben besprochene Abweichung vom LISTING'schen Gesetze bei verticaler Hebung und Senkung der parallelen Gesichtslinien hat HELMHOLTZ neuerdings mit Hilfe derselben Methode bestätigt. Es scheint überhaupt, dass diese Abweichung die Regel bilde, wenngleich der Grad derselben ein sehr verschiedener ist. Bei meinen Augen wächst die Divergenz der verticalen Trennungslinien nahe zu um $1\frac{1}{2}^0$, wenn ich von der tiefst möglichen symmetrischen Parallelstellung zur höchst möglichen übergehe. Bei HELMHOLTZ wuchs sie nur um $\frac{1}{3}^0$, bei BERTHOLD [3]) viel bedeutender.

Ich will jetzt einige Vorrichtungen erwähnen, die sich improvisiren lassen, um das soeben Mitgetheilte zu prüfen. Ein auf einer Seite weisser und ebener Papp- oder Holzschirm wird parallel der Gesichtsfläche senkrecht aufgestellt. Gerade gegenüber dem einen Auge wird ein feines Loch senkrecht durch den Schirm gestossen, und auf der vom Gesichte abgewendeten Seite des Schirmes etwas weiches Wachs über die Oeffnung gedrückt. Sodann sticht man von hinten eine feine, lange und ganz gerade Nadel, z. B. eine Insectennadel durch Wachs und Loch hindurch, legt auf der Vorderseite des Schirmes das Winkelmaass von mehreren Seiten an die Nadel und stellt sie dadurch, indem man zugleich von hinten den Nadelkopf in das weiche Wachs drückt, senkrecht zur vorderen Schirmfläche. Kennt man bereits den gegenseitigen Abstand der beiden mittlen Knotenpuncte seiner parallel gestellten Augen, so bringt man in diesem Horizontalabstande von der ersten Nadel eine zweite gerade gegenüber dem anderen Auge lothrecht zur Schirmebene an. Kennt man diesen Abstand nicht, oder will man den Apparat zugleich für andere Augen brauchbar machen, die einen etwas anderen Abstand von einander haben, so macht man nach ungefährer Schätzung des Abstandes einen kurzen horizontalen Spalt für die zweite Nadel, stellt das Auge derjenigen Seite, auf welcher die erste Nadel befestigt ist, der letzteren so gegenüber, dass man sie bei Schluss des anderen Auges in totaler Verkürzung, d. h. ihre Spitze als Centrum eines kleinen Hofes sieht, und schiebt dann, ohne den Kopf zu verrücken, die zweite bereits senkrecht gestellte Nadel versuchsweise im Spalte hin und her, bis sie dem nun geöffneten Auge ihrer Seite bei Schluss des ersten Auges ebenfalls in totaler Verkürzung erscheint. Dann befestigt man auch die zweite Nadel mit Wachs. Bei einiger Geschicklichkeit wird man nach abwechselnder Prüfung der rechten und linken Nadel schnell zum Ziele kommen.

Ueber die Vorderseite des Schirmes spannt man zwei feine lothrechte, durch ihre Farbe abstechende Fäden, sodass je einer eine Nadel an ihrer Insertionsstelle berührt. Man kann die Fäden oben befestigen und unterhalb des Schirmes mit einer kleinen Last beschweren. Hat man den Kopf so eingestellt, dass jedes Auge für sich, d. h. bei Schluss des anderen, die Nadel seiner Seite in totaler Verkürzung sieht, so fixirt man, ohne den Kopf im Mindesten zu verrücken, zunächst die Mitte zwischen beiden Nadeln, mindert dann allmählich die Convergenz der Augen und achtet auf die sich einander nähernden Doppelbilder der beiden Fäden, während man die anderen beiden sich von einander entfernenden Doppelbilder ausser Acht lässt. Sind die Gesichtslinien dem Parallelismus nahe, so bemerkt man deutlich die Convergenz der Fadenbilder nach oben.

---

1) Beiträge zur Physiol. III. Heft.
2) Verhandlungen des Heidelberger medicinisch naturhistorischen Vereines vom 8. Mai 1863 und Archiv für Ophthalmologie IX. Bd. II. Abtheilung S. 189.
3) Archiv für Ophthalmologie XI. Bd. Abth. III. S. 107.

Jedes Auge erhält natürlich bei solcher Augenstellung zwei Bilder, von welchen das eine direct gesehen wird, während das andere, indirect gesehene seitwärts erscheint und hier nicht in Betracht kommt. Es versteht sich von selbst, dass der Schirm in eine Entfernung gebracht werden muss, in der die Fäden und Nadeln trotz der Parallelstellung der Augen deutlich genug gesehen werden können. Geringe Kurzsichtigkeit eignet sich dabei am besten; Normalsichtige müssen entweder einen grösseren und ferneren Schirm oder Linsen benützen, deren etwaiger störender Einfluss zu berücksichtigen wäre. Dass der Experimentirende trotz der Nähe des Schirmes seine Augen willkürlich parallel zu stellen vermöge, setze ich voraus. Wer Uebung im Stereoskopiren mit freien Augen hat, wird hierin keine Schwierigkeit finden, und im Nothfalle kann man vor jedes Auge eine Röhre bringen.

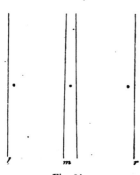

Fig. 21.

Lässt man die beiden Fäden nicht durch die Gesichtslinien sondern etwas nach aussen von denselben vorbeigehen, während man die Puncte der Tafel, in welchen die Gesichtslinien auf die Tafel treffen, scharf markirt, und stellt dann die Gesichtslinien nicht auf die Fäden, sondern auf die Puncte ein, so sieht man einen einfachen Punct zwischen zwei sehr nahen Fäden (m Fig. 21), letztere jedoch ebenfalls zunächst nach oben convergiren, und nur dann parallel, wenn bei passender Divergenz der Fäden die Netzhautbilder parallel zu den verticalen Trennungslinien liegen. Hier lässt sich also die Beobachtung bei genau parallelen Gesichtslinien anstellen, und man hat nicht nöthig das Verschmelzungsbild der Fäden erst durch eine leichte Convergenz zu spalten, was immer eine Ungenauigkeit mit sich bringt. Nur fällt es dem Ungeübten schwer, die Gesichtslinien auf die Puncte einzustellen, vielmehr pflegt er sie auf die Linien einzustellen und sieht dann nur eine Linie aber zwei Puncte. Macht man die Fäden verschiedenfarbig, so mindert sich dieser Uebelstand.

HELMHOLTZ benützte nicht zwei gleichfarbige Fäden auf abstechendem Grunde, sondern färbte die Tafel zur einen Hälfte weiss, zur anderen schwarz, und spannte über erstere Hälfte einen schwarzen, über letztere einen weissen Faden. Für Diejenigen, welchen die willkürliche Parallelstellung der Gesichtslinien leicht fällt, ist diess sehr zu empfehlen, anderen erschwert es die Parallelstellung wegen der Unähnlichkeit der beiden zu verschmelzenden Fäden. Ferner benützte HELMHOLTZ auch statt des einen Fadens einen geradlinig begrenzten rothen Streifen von drei Millimeter Breite und bot dem anderen Auge einen blauen Faden, beide auf schwarzem Grunde; der Faden musste in der Mittellinie des rothen Streifens erscheinen. Auch diess ist für solche empfehlenswerth, welche ihre Augen gut in der Gewalt haben.

Um die Stellung der Fäden leicht reguliren und ihre Divergenz bestimmen zu können, setze man (Fig. 22) auf den oberen Rand der Tafel einen kleinen verschiebbaren Reiter, an welchen der Faden befestigt ist, am unteren Rande der Tafel bringe man ebenfalls kleine Schieber an, die vertical durchbohrt sind, um den unten mit einem Gewichte beschwerten Faden durchzuführen. An zwei um die Blickpuncte l und r der beiden Augen geschlagenen Kreisbögen, welche graduirt sind, liest man die Abweichungen der beiden Fäden von der verticalen Lage ab. Selbstverständlich müssen die Fäden immer geradlinig über die Tafel gespannt sein·und dürfen nicht durch die in l und r noch befindlichen Visirnadeln geknickt werden, sondern dieselben nur eben berühren. Noch eine andere im Wesentlichen schon von VON RECKLINGHAUSEN [1]) be-nützte Methode, die ich früher beschrieben habe [2]), und welche, wie HELMHOLTZ auf Grund brieflicher Nachricht mittheilt, neuerdings auch VOLKMANN angewandt hat, verdient Erwähnung. Bei derselben gehen die Beobachtungslinien nicht durch beide Blickpuncte hindurch, sondern beginnen in diesen und laufen radienartig die eine nach oben, die andere nach unten. Es wird z. B. an der beschriebenen verticalen Tafel in den beiden Puncten, in welchen die Ge-sichtslinien auftreffen, je ein gut von der Farbe der Tafel abstechender Faden mit dem einen Ende befestigt; das freie Ende des einen Fadens wird durch die verticale Durchbohrung eines am unteren Rande der Tafel befindlichen Schiebers gesteckt und mit einem kleinen Gewichte beschwert, das freie Ende des anderen Fadens geht durch die verticale Durchbohrung eines am oberen Rande der Tafel befindlichen Schiebers und hängt beschwert durch ein Gewicht hinter der Tafel herab, wie diess die Fig. 23 zeigt. Will man die Schieber ersparen, so kann man auch die Fäden nur durch Nadeln in den geforderten Lagen fixiren. Zwei Kreisbögen in der Anordnung, wie sie die Figur zeigt, gestatten den ·Winkel abzu-lesen, um welchen jeder Faden von der verticalen Richtung abweicht.

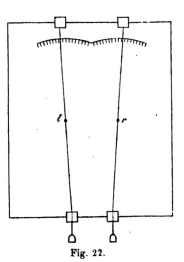

Fig. 22.

Stellt man jetzt die Gesichtslinien in der besprochenen Weise ein, nachdem man noch die Puncte r und l gut markirt hat, so verschmelzen die letzteren zu einem scheinbar einfachen Puncte, und die bei-den Fäden setzen sich zu einem scheinbar einfachen über die ganze Tafel gehenden Faden zusammen, welcher im Mittelpuncte geknickt erscheint, wenn die beiden Fä-den wirklich vertical liegen. Schiebt man aber die beiden Schieber etwas nach links, so erscheint der Faden gerade, falls die

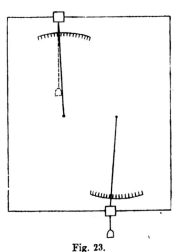

Fig. 23.

Ablenkung der wirklichen Fäden von der verticalen Richtung gerade so gross ist, wie die Abweichung der verticalen Trennungslinie. Selbstverständlich kann man auch den Fäden statt der verticalen eine horizontale oder eine beliebige andere

1) Archiv für Ophthalmologie. V. Bd, II. Abth. p. 143,
2) Beiträge zur Physiologie III Heft.

Richtung geben. Mit horizontalen Fäden arbeitete nach dieser Methode BERTHOLD. Man kann auch, wie VOLKMANN, statt der Fäden Linien benutzen, welche auf kleinen Drehscheiben radienartig angebracht sind; da jedoch der Radius dieser Scheiben nur so gross sein darf, wie die halbe Augendistanz, so eignet sich diese Modification nur für Kurzsichtige, wenn man nicht Convexgläser benützen will. Auch darf die Kreistheilung nicht an der Scheibe angebracht werden, weil sonst die Theilung eine zu feine wird, vielmehr muss man anderweite Vorrichtungen treffen, um die jeweilige Drehung an einer Kreistheilung von grösserem Radius ablesen zu können.

§ 18. Untersuchung der Netzhautlage bei convergirenden Gesichtslinien.

MEISSNER [1]) war der erste, welcher die Lage der Netzhäute bei verschiedenen und zwar symmetrischen Convergenzstellungen untersuchte. Er ging von der Beobachtung aus, dass eine in der Medianebene und zur Blickebene vertical gelegene Linie uns nur bei einer ganz bestimmten Neigung der Blickebene zum Kopfe in parallelen Doppelbildern erscheint, wenn man einen hinter oder vor ihr gelegenen Punct fixirt. Liegt die Blickebene relativ höher, so divergiren die Doppelbilder nach oben, wenn sie gekreuzte sind, liegt die Blickebene relativ tiefer, so convergiren die gekreuzten Doppelbilder nach oben. Neigt man ersterenfalls die Beobachtungslinie mit dem oberen Ende vom Kopfe weg, letzterenfalls dem Kopfe zu, so kann man die Doppelbilder zum Parallelismus bringen. Aus dem schiefen Winkel, unter welchem dabei die Beobachtungslinie die Blickebene durchschneidet und aus dem Convergenzwinkel der Gesichtslinien suchte MEISSNER sodann die Neigung zu berechnen, welche die verticalen Trennungslinien zur Blickebene haben. Die Art in welcher MEISSNER die im Principe brauchbare Methode ausführte, enthielt mehrere Fehlerquellen, welche ich früher [2]) dargelegt habe. Da MEISSNER noch nicht wusste, dass schon bei Parallelstellung der Gesichtslinien die verticalen Trennungslinien nicht parallel liegen, so zog er aus seinen Beobachtungen den Schluss, dass die Gesichtslinien sich dann in der LISTING'schen Primärstellung befänden, wenn sie um 45 ⁰ aus ihrer Horizontalstellung nach unten abgelenkt seien.

. Ich selbst habe die Untersuchung der Convergenzstellung analog wie die der Parallelstellung durchgeführt, habe also nicht die Doppelbilder einer einfachen Linie erzeugt, sondern wieder dem einen Auge eine einfache, dem anderen zwei parallele Linien dargeboten, und dann die Gesichtslinien so eingestellt, und die gegenseitige Neigung der Beobachtungslinien so regulirt, dass mir die eine Linie genau in der Mitte zwischen den beiden anderen, und diesen parallel erschien. Zugleich habe ich immer bei horizontaler Blickebene

---

1) Beiträge zur Physiologie des Sehorganes.
2) Beiträge zur Physiologie. III. Heft.

und verticaler Beobachtungsebene experimentirt. Auf diese Weise sind alle Fehlerquellen der MEISSNER'schen Methode ausgeschlossen. Der im vorigen Paragraphen beschriebene Apparat bedurfte hiezu nur einer kleinen Abänderung. Die beiden Messingstreifen, welche die Beobachtungslinien trugen, wurden einander so weit genähert, dass sie nur noch um die halbe Distanz der beiden Drehpuncte der Augen von einander abstanden. Stellte ich nun die linke Gesichtslinie auf den Drehpunct des rechten, die rechte auf den des linken Messingstreifens ein, so konnte ich wieder ganz analog verfahren, wie bei den Parallelstellungen. Senkrecht unter dem Drehpuncte jedes Streifens trug die Tafel am unteren Rande je eine Marke; diese Marken wurden in der beschriebenen Weise auf die radienartigen Linien des Tisches eingestellt, welche die Seitenabweichung der Gesichtslinie nach Graden angaben. Wenn also z. B. die linke Marke gerade auf den mit + 20 ⁰ bezeichneten Radius des rechts gelegenen Radiensystemes zu liegen kam, die rechte Marke auf den mit + 20 ⁰ bezeichneten Radius des linken Radiensystemes (Fig. 20 l'', r''), so war ich sicher, dass meine beiden Gesichtslinien um 40 ⁰ convergirten, so ferne ich die linke Gesichtslinie auf den Drehpunct des rechten, und die rechte auf den Drehpunct des linken Messingstreifens eingestellt hatte. Die Beobachtungstafel konnte dabei immer parallel der Antlitzfläche bleiben, auf welche Weise die Umrechnung der Winkel vereinfacht wurde. Bei dieser Beobachtungsmethode kreuzten sich also die Gesichtslinien vor der Tafel, und die beobachteten Objecte lagen hinter dem Kreuzungspuncte derseben. Gleichwohl war der Abstand der Tafel vom Kreuzungspuncte der Gesichtslinien klein genug um eine scharfe Wahrnehmung der Linien zu gestatten, um so mehr, als lange Uebung den sonst strengeren Zusammenhang zwischen der Accommodation und Convergenz in meinen Augen gelockert hat. Uebrigens hätte es freigestanden, die beiden Messingstreifen einander noch mehr zu nähern, oder auch bei schwächeren Convergenzgraden die linke Gesichtslinie auf den linken, die rechte auf den rechten Streifen einzustellen, wobei dann der Durchkreuzungspunct der Gesichtslinien hinter der Tafel gelegen wäre. Bei den stärksten Convergenzgraden wurde den beiden Messingstreifen wieder die ursprüngliche Distanz der Augendrehpuncte gegeben, wobei also der Kreuzungspunct der Gesichtslinien nur halb so weit von den Augen entfernt lag als die Tafel. Das scharfe Sehen war mir trotzdem möglich, weil bei diesen stärkeren Convergenzen die Accommodation im Allgemeinen bereits hinter der Convergenz zurückzubleiben anfängt. Es wurde hiebei ausserdem durch den grösseren Abstand der Streifen von einander möglich gemacht, sehr starke Convergenzen der Gesichtslinien herzustellen, ohne dass die Tafel dem Kopfhalter allzunahe kam. Die Methode gestattet überhaupt, den Abstand der Streifen je nach dem Bedürfnisse zu ändern, ohne dass dadurch eine Umrechnung der Beobachtungsdata nöthig wäre, weil man an

den radienartigen Linien des Tisches die Grösse der Ablenkung jeder Gesichtslinie ablesen kann.

Der Einfachheit wegen habe ich bei meinen Versuchen den vom linken
Auge fixirten rechten Messingstreif immer in verticaler Lage gelassen, dem
anderen dagegen die zum scheinbaren Parallelismus der Beobachtungsfäden
nothwendige Ablenkung gegeben. Auf diese Weise konnte ich den Winkel
bestimmen, welchen im rechten Auge derjenige Netzhautmeridian mit der
Blickebene machte, welcher mit dem im linken Auge vertical zur Blickebene
gelegenen Meridiane identisch war. Dieser Winkel gab also an, um wie viel
Grade das rechte Auge hätte um die Gesichtslinie gerollt werden müssen,
um die correspondirende Lage beider Netzhäute herbeizuführen.

Die Ergebnisse dieser Versuche waren, dass das Gesetz, welches
für die Fernstellung giltig ist, für die Nahestellungen nicht
gilt, und dass bei stärkeren Convergenzen der Gesichtslinien die Abweichungen von jenem Gesetze so grosse sind,
dass dasselbe für das Nahesehen alle Anwendbarkeit verliert. Ich habe zwar mehrere Versuchsreihen gemacht, halte es aber nicht
für zweckmässig, die Mittelzahlen zu geben, weil diese nur einen Sinn hätten,
wenn ich mindestens über zwanzig Versuchsreihen verfügen könnte. Die
einzelnen Ergebnisse sind nämlich von Zufälligkeiten mit abhängig, wie ich
sie schon oben bei den Fernstellungen erwähnt habe. Bei einer und derselben Blicklage ändert sich die Orientirung ein Wenig, wenn man denselben
Punct länger fixirt, oder überhaupt gewisse Muskeln ermüdet. Auch ist es
von Bedeutung, in welcher Reihenfolge man die Versuche macht. Indess
man mag verfahren wie man will, jede Versuchsreihe enthält dieselben Gesetze, und diese sprechen sich in so auffälliger Weise aus, und es handelt
sich dabei um so grosse Winkel, dass Beobachtungsdifferenzen von mehreren
Minuten und bei stärkeren Convergenzen selbst von einem halben Grade
nicht im Stande sind, die Gesetzmässigkeit in den Reihen der gefundenen
Zahlen zu verdunkeln. Ich würde die Versuche weiter ausgedehnt haben,
wenn bei denselben nicht noch mehr als schon bei den Fernstellungen die
motorische Ungleichheit meiner beiden Augen hervorgetreten wäre. Von
höchstem Interesse würde es sein, wenn Jemand, dessen beide Augen in
motorischer Beziehung sich ganz symmetrisch verhalten, und der in solchen
Versuchen die nöthige Uebung hat, die hier vorliegenden wichtigen Fragen
experimentell weiter verfolgen wollte. Man glaube jedoch nicht, dass die
kleinen Abweichungen meiner Augen von der Symmetrie die in Folgendem
verzeichneten Ergebnisse derart beeinflussen könnten, dass man dieselben
nicht für den Ausdruck eines allgemein giltigen Gesetzes auffassen dürfe.
Theils nämlich handelt es sich um sehr grosse Zahlen, theils finden sich
in den Beobachtungen anderer Forscher bereits Angaben, welche hinreichend
beweisen, dass es sich hier um ein Gesetz von allgemeiner Giltigkeit handelt.

Wäre das LISTING'sche Gesetz auch für die Nahestellungen gültig, so würden bei primärer Blickebene die Gesichtslinien beliebig convergiren können, und doch die bei der Primärstellung verticalen Netzhautmeridiane auch bei allen diesen Convergenzstellungen vertical bleiben, jede verticale Trennungslinie also nach wie vor um beiläufig 1⁰ von der Verticallage abweichen. Bei gehobener Blickebene würden nach dem L.'schen Gesetze jene ursprünglich verticalen Meridiane sich mit dem oberen Ende nach aussen zur Blickebene neigen, sobald die Gesichtslinien symmetrisch convergiren, und zwar umsomehr, je höher einerseits der Convergenzgrad, und je grösser anderseits die Hebung der Blickebene wäre. Die verticalen Trennungslinien würden dabei, da sie schon bei parallelen Gesichtslinien mit dem oberen Ende nach aussen geneigt sind, sich bei den beschriebenen Augenstellungen entsprechend stärker nach aussen neigen sobald die Gesichtslinien convergiren, und diese Neigung würde wachsen einerseits mit der Convergenz der Gesichtslinien, anderseits mit der Hebung der Blickebene. Umgekehrt würden bei gesenkter Blickebene die verticalen Trennungslinien sich mit dem oberen Ende nach innen wenden, sich also bei schwacher Convergenz zunächst der zur Blickebene verticalen Lage nähern, bei wachsender Convergenz oder Senkung durch diese verticale Lage hindurchgehen, um sodann eine Neigung gegen die Blickebene mit dem oberen Ende nach innen zu zeigen. Vergleichen wir nun die experimentell gefundene Lage der verticalen Trennungslinien mit der nach dem LISTING'schen Gesetze berechneten, so finden wir sehr erhebliche Abweichungen, im Allgemeinen in dem Sinne, dass die Trennungslinien stärker mit dem oberen Ende nach aussen, beziehentlich weniger nach innen geneigt sind, als jenes Gesetz fordern würde, und diese Abweichung vom Gesetze nimmt sehr rasch zu, wenn die Convergenz wächst.

In der folgenden Tabelle habe ich die Ergebnisse einer Versuchsreihe aufgeführt. Man sieht drei durch starke Striche getrennte Columnen, deren jede wieder aus drei Untercolumnen besteht. Jede erste Untercolumne enthält die bei beziehentlich 10⁰, 20⁰, 30⁰ Innenwendung beider Augen, d. h. bei 20⁰, 40⁰, 60⁰ Convergenz gefundenen Winkel, um welche die verticalen Trennungslinien von der zur Blickebene verticalen Lage abwichen; wichen sie mit dem oberen Ende nach aussen ab, so wurde der Winkel als positiv, im entgegengesetzten Falle als negativ verzeichnet. Die angeführten Winkel sind also die von HELMHOLTZ sogenannten Raddrehungswinkel. Sie sind nach der Formel tg x = tg α . cos φ aus den an der Tafel abgelesenen Winkeln berechnet, wobei α den an der Tafel abgelesenen, φ den Ablenkungswinkel der Gesichtslinie nach innen, x den gesuchten Winkel bedeutet.

Jede zweite Untercolumne giebt den Winkel an, um welchen die verticale Trennungslinie vom Lothe der Blickebene abweichen müsste, wenn das Auge diejenige Orientirung hätte, wie sie das LISTING'sche Gesetz für die bezügliche Stellung der Gesichtslinien fordert. Hiebei wurde als Primärstellung meiner Blickebene diejenige Stellung angenommen, welche den

Anforderungen des LISTING'schen Gesetzes am besten entspricht, wie diess im Obigen besprochen worden ist. Ausserdem wurde der Winkel um welchen jede verticale Trennungslinie bei der Primärstellung von der Verticallage abweicht gleich 1 ° gesetzt.

Jede dritte Untercolumne endlich giebt den Winkel an, um welchen die gefundene Lage der Trennungslinie von der nach dem LISTING'schen Gesetze berechneten abweicht. Dieser Winkel wurde positiv bezeichnet, wenn die Abweichung, wie fast durchgängig, derart war, dass die verticale Trennungslinie mit dem oberen Ende nach aussen, negativ, wenn sie nach innen von derjenigen Stellung abwich, welche das LISTING'sche Gesetz fordern würde.

Convergenzwinkel	20°			40°			60°			
Winkel der Innenwendung jeder Gesichtslinie	10°			20°			30°			
Neigung der Blickebene	gefunden	berechnet	Differenz	gefunden	berechnet	Differenz	gefunden	berechnet	Differenz	**Neigung der Blickebene**
+15°	+2°1'	+2°19'	—0°18'							+15°
+10°	+1°46'	+1°53'	—0°7'	+3°34'	+2°46'	+0°48'				+10°
+ 5°	+1°30'	+1°26'	+0°4'	+3°22'	+1°53'	+1°29'	+6°17'	+2°21'	+3°56'	+ 5°
0°	+1°21'	+1°0	+0°25'	+3°25'	+1°0	+2°15'	+1°4;'	+1°0	+3°47'	0°
— 5°	+1°14'	+0°34'	+0°40'	+2°46'	+0°7'	+2°39'	+1°3'	—0°21'	+1°24'	— 5°
—10°	+1°7'	+0°7'	+1°0	+1°50'	—0°46'	+2°36'	+3°2'	—1°41'	+4°43'	—10°
—15°	+0°59'	—0°19'	+1°18'	+1°11'	—1°40'	+2°51'	+1°53'	—3°2'	+4°55'	—15°
—20°	+0°52'	—0°46'	+0°38'	+0°35'	—2°34'	+3°9'	+0°52'	—4°25'	+5°17'	—20°
—25°	+0°42'	—1°13'	+1°55'	+0°10'	—3°29'	+3°39'	—0°9'	—5°48'	+5°39'	—25°
—30°	+0°28'	—1°41'	+2°9'	—0°38'	—4°25'	+3°47'	—1°29'	—7°13'	+5°44'	—30°
—35°	+0°10'	—2°10'	+2°20'	—1°25'	—5°22'	+3°57'	—2°49'	—8°39'	+5°50'	—35°
—40°	0°0	—2°39'	+2°39'	—2°2'	—6°21'	+4°19'	—4°16'	—10°8'	+5°52'	—40°
—45°	—0°23'	—3°8'	+2°45'	—3°15'	—7°22'	—1°7'				—45°
—50°	—0°43'	—3°40'	+2°57'	—1°30'	—8°24'	—3°54'				—50°

Die Tabelle lehrt, dass im Allgemeinen die verticalen Trennungslinien bei den symmetrischen Convergenzstellungen mit dem oberen Ende weiter nach aussen, beziehentlich weniger nach innen geneigt sind, als das LISTING'sche Gesetz fordern würde, und dass diese (positive) Abweichung sehr rasch einerseits mit der Zunahme des Convergenzwinkels, anderseits mit der Senkung der Blickebene wächst. Nur bei gehobener Blickebene finden wir bei kleinen Convergenzwinkeln (20 °) eine kleine Abweichung im entgegengesetzten (negativen) Sinne, d. h. die verticalen Trennungslinien sind dabei weniger weit nach aussen geneigt, als man nach dem LISTING'schen Gesetze erwarten müsste. Wie bedeutende Abweichungen von letzterem Gesetze möglich sind, lehrt die unterste Zahlenreihe. Bei Senkung der Blickebene um 50 ° beträgt die Abweichung vom LISTING'schen Gesetze bei einem Convergenzwinkel von 20 ° für jedes Auge beinahe 3 °, bei einem Convergenzwinkel von 40 ° beinahe 4 °, bei einer Convergenz von 60 ° beinahe 6 °.

Fixire ich daher bei einer Neigung der Blickebene um 50 ⁰ einen nahen Punct *n* unter einer Convergenz von 60⁰, decke dann z. B. das rechte Auge und richte meine Aufmerksamkeit auf einen fernen Punct *f*, der ebenfalls auf der unverrückt gehaltenen Gesichtslinie des linken Auges liegt, so rollt sich das Auge, während es für die Ferne accommodirt, derart um die Gesichtslinie, dass das obere Ende des zuvor zur Blickebene verticalen Meridianes nach innen geht; accommodire ich wieder für das nahe Object *n*, so erleidet das Auge eine Rollung um die Gesichtslinie im entgegengesetzten Sinne, beidenfalls um 5 ⁰.

Diese Rollung bei unverrückter Gesichtslinie lässt sich auch leicht an einem Nachbilde deutlich machen. Bringt man z. B. bei der besprochenen Stellung der linken Gesichtslinie an den Ort des fernen Punctes *f* einen verticalen farbigen Papierstreifen und erzeugt sich ein Nachbild desselben, während vor dem Auge in der Entfernung des Punctes *n* eine verticale Glasscheibe steht, auf der der Ort des Punctes *n* markirt ist, und accommodirt sodann für letzteren Punct, so erscheint das Nachbild nicht vertical auf der Glasscheibe, sondern derart zu einer durch den Punct *n* auf der Glasscheibe gezogenen verticalen Linie geneigt, dass sein oberes Ende nach aussen, d. h. für das linke Auge nach links abweicht. Man könnte überhaupt die Orientirung der Netzhäute bei den Nahestellungen auch nach der Nachbildmethode untersuchen, nur müsste man dabei derart binocular experimentiren, dass das Nachbild nur in dem einen Auge erzeugt würde, während der Fixationspunct beim Nahesehen beiden Augen sichtbar wäre. Ich habe diese Versuche schon einmal begonnen, sie aber damals wieder aufgeben müssen, weil meine Augen infolge vielfachen Experimentirens bereits sehr angegriffen waren. Es ist nämlich bei stärkerer Convergenz der Gesichtslinien schwierig das Nachbild lebhaft zu erhalten, weil jede grössere Muskelanstrengung der Augen das Nachbild erblassen macht. Es sind also zu den Versuchen sehr intensive Nachbilder nothwendig. Gegenwärtig bin ich nicht in der Lage, diese Versuche wieder aufzunehmen, weil meine Augen ohnediess durch anderweite Untersuchungen sehr in Anspruch genommen sind. Nur so viel möge als ein wichtiges Ergebniss angeführt werden, dass wenn ich ein Auge aus der Primärstellung erheblich nach aussen ablenke, und dann bei unverrückter Gesichtslinie stark für die Nähe accommodire, eine auffallende Drehung des anfangs verticalen Nachbildes derart erfolgt, dass das obere Ende desselben sich nach innen neigt, während bei Wendung des Auges nach innen im Einklange mit den eben erwähnten Thatsachen eine entgegengesetzte Drehung des Nachbildes eintritt. Es erleidet also das nach innen abgelenkte Auge bei unverrückter Gesichtslinie eine Rollung um die letztere mit dem obern Theile nach aussen, das nach aussen abgelenkte eine Rollung nach innen, sobald es sich für die Nähe accommodirt, wobei zugleich zwangsweise die andere Gesichtslinie nach innen geht, wie früher besprochen wurde.

Auch die schiefen Convergenzstellungen habe ich in der oben besprochenen Weise binocular untersucht. Dabei erhielt ich, wenn der Fixationspunct nach links von der Medianebene lag, etwas grössere Abweichungen, als wenn er nach rechts lag, eine Folge der etwas ungleichen Motilität meiner beiden Augen. Diese Versuche konnten übrigens wegen der unsymmetrischen Stellung der Gesichtslinien nichts über die absolute Stellung jeder einzelnen Netzhaut aussagen, sondern nur über die Lage der einen im Vergleiche zur anderen unterrichten. Im Allgemeinen änderte sich der Winkel, um welchen die eine Netzhaut relativ zur anderen um die Gesichtslinie verdreht erschien, bei gleichbleibendem Convergenzwinkel nicht sehr erheblich, wenn der Blick seitwärts gewendet wurde, was, wie die eben beschriebenen Nachbildversuche lehren, damit zusammenhängen dürfte, dass die durch die Convergenz bedingte Abweichung vom LISTING'schen Gesetze an einem nach aussen gewandten Auge entgegengesetzt derjenigen sein kann, welche das nach innen gerichtete Auge zeigt. Aus schon angeführten Gründen unterlasse ich es die einzelnen Ergebnisse der Versuche aufzuführen.

Es lehren also diese Versuche, dass das DONDERS'sche Gesetz, nach welchem die Orientirung des Auges lediglich von der Stellung der Gesichtslinie abhängig sein sollte, keine allgemeine Gültigkeit hat, dass vielmehr die Netzhautlage von der Lage des Blickpunctes bestimmt wird, welche bei unveränderter Stellung einer Gesichtslinie verschieden sein kann. Sie lehren ferner, dass das LISTING'sche Gesetz für die Stellungen und Bewegungen der Augen beim Nahesehen nicht gültig ist, endlich lehren sie, dass sich die Innervation zum Zwecke des Nahesehens nicht auf die Adductoren und die Anpassungsmuskeln des Doppelauges beschränkt, sondern sich auch auf andere äussere Augenmuskeln erstreckt. Nach den spärlichen Beobachtungen, welche bis jetzt vorliegen, ist man noch nicht im Stande, diejenigen Muskeln zu bestimmen, deren Thätigkeit sich mit der der Adductoren des Doppelauges associirt.

Von besonderem Interesse wäre es, diese Muskeln zu kennen und insbesondere zu wissen, ob diese Muskeln immer dieselben sind, gleichviel ob die Blickebene gehoben oder gesenkt ist. Lägen überhaupt Thatsachen vor, welche darauf hinwiesen, dass eine allgemeine Anspannung der äusseren Augenmusculatur die Accommodation für die Nähe begünstigen könnte, wie man früher vielfach angenommen hat, so würde man in der gefundenen Aenderung der Orientirung bei der Accommodation für die Nähe einen weiteren Hinweis auf ein solches Verhältniss finden können.

Es liesse sich denken, dass wir uns für jede nahe Blicklage eine besondere vom LISTING'schen Gesetze abweichende Orientirung des Auges im Interesse des deutlichsten Sehens angewöhnt hätten (siehe § 19). Dieser Annahme könnte ich aber deshalb nicht ohne weiteres beistimmen, weil die Abweichung vom LISTING'schen Gesetze auch bei Blicklagen eintritt, die wir beim gewöhnlichen Sehen nie benützen. Man müsste also diese Hypothese dahin beschränken, dass wir uns ein für allemal gewöhnt hätten, eine die Orientirung corrigirende Innervation auszuüben, so bald wir in der Nähe sehen wollen, gleichviel bei welcher Lage der Blickebene. Dass der Effect dieser Innervation in verschiedenen Blicklagen verschieden ausfällt, könnte sehr wohl rein mechanisch durch die veränderte Lage sämmtlicher Muskeln bedingt sein, wie ja auch das unwillkürliche Convergiren der Gesichtslinien bei Senkung der Blickebene eine rein mechanische Ursache hat, was oben bewiesen wurde.

Die geschilderte Orientirung des Doppelauges bei seinen Nahestellungen ist nicht etwa eine individuelle, sondern es lässt sich schon jetzt aus dem allerdings spärlichen Materiale, welches in den Arbeiten Anderer vorliegt, der Schluss ziehen, dass es sich hier um ein ganz allgemein gültiges Verhalten handelt. Zunächst bedarf die schon erwähnte Untersuchung MEISSNER's der Berücksichtigung. Derselbe fand, dass bei einer Senkung der Blickebene aus der Horizontallage um 45⁰ eine in der Medianebene senkrecht zur Blickebene gelegene fixirte Linie bei jeder beliebigen Convergenz sich auf identischen Netzhautmeridianen, d. h. also auf den verticalen Trennungslinien abbildete. Daraus schloss er, dass die um 45⁰ gesenkten und parallel zur Medianebene gestellten Gesichtslinien in der LISTING'schen Primärstellung seien. In der That berechtigen seine Ergebnisse zu dem Schlusse, dass wenn er beide Augen aus ihrer vermeintlichen Primärstellung gleichzeitig um gleiche Winkel bei unveränderter Blickebene nach innen rollte, die Drehung des Auges um eine feste, zur Blickebene und zu den Gesichtslinien rechtwinkelige Axe erfolgte. Nun hatte zwar MEISSNER's Methode mehrere Fehlerquellen, die indessen, wie ich anderswo gezeigt habe, nicht derart waren, dass die Ergebnisse seiner Versuche sich nicht für unseren Zweck verwerthen liessen; es lässt sich vielmehr mit Sicherheit annehmen, dass in MEISSNER's Auge die verticale Trennungslinie bei der besprochenen Lage der Blickebene, wenn auch nicht genau, so doch sehr annähernd vertical zur Blickebene lag. Vergleichen wir mit dieser Thatsache die Ergebnisse meiner Versuche, so zeigt sich, dass meine Augen bei einer Senkung der Blickebene aus der Primärstellung um 25⁰ sich ähnlich verhalten, wie die MEISSNER's bei einer Senkung der Blickebene von 45⁰ aus der Horizontallage; wenn bei dieser Blicklage meine Gesichtslinien zwischen 40⁰ und 60⁰ convergiren, so liegen meine verticalen Trennungslinien ebenfalls nahezu vertical zur Blickebene, während ich bei einem Convergenzwinkel von 20⁰ die Blickebene allerdings noch weiter senken muss, damit die verticalen Trennungslinien in diese Stellung kommen. Man bedenke dabei, dass die von mir gegebenen Zahlen nicht Mittelzahlen, sondern mit allen zufälligen Fehlern einer einfachen Versuchsreihe behaftet sind, und dass wir durchaus nicht wissen, ob diejenige Lage der Blickebene, welche MEISSNER als die horizontale betrachtete, der primären Lage seiner Blickebene entspricht. Da jedoch durchaus nicht anzunehmen ist, dass die Augen MEISSNER's, wie diess auch aus seinen späteren Versuchen hervorgeht, sich beim Fernsehen im Wesentlichen nicht auch nach dem LISTING'schen Gesetze richten, so folgt, dass seine Augen beim Nahesehen analoge Abweichungen von diesem Gesetze zeigen, wie die meinigen. Es spricht sich in der folgenden Tabelle, in welcher ich die nach MEISSNER's Angaben [1]) berechneten Abweichungen der verticalen Trennungslinien verzeichnet habe, dasselbe Gesetz aus, wie in den von mir gefun-

---

1) MEISSNER hat seine Versuchsdata nach einer ungenauen Formel berechnet, die jedoch nur sehr kleine Fehler und zwar immer in gleichem Sinne bedingt; ich habe es für über-

denen Abweichungen. Die Winkel, um welche die verticalen Trennungslinien von der zur Blickebene verticalen Lage mit dem oberen Ende nach aussen abwichen habe ich als positiv verzeichnet.

Diese Tabelle würde für unsere Zwecke natürlich einen grösseren Werth haben, wenn uns zugleich die Primärstellung MEISSNER's bekannt wäre; wahrscheinlich aber wird seine primäre Blickebene nicht erheblich von der in der Tabelle mit 0° bezeichneten Lage abweichen. Wir wissen auch nicht, welche Neigung zur Blickebene die verticalen Trennungslinien bei MEISSNER schon in der Primärstellung zeigen. Trotz alledem geht aus der Tabelle hervor, dass die verticalen Trennungslinien durchgehends bei den Convergenzstellungen mit dem oberen Ende nach aussen von derjenigen Lage abwichen, welche sie nach dem LISTING'schen Gesetze haben müssten. Bei der mit 0° bezeichneten Lage der Blickebene wichen bei etwa 3° Ablenkung der Gesichtslinien, die verticalen Trennungslinien um 0° 45' nach aussen ab, welche Abweichung bis auf 3° wächst, wenn die Innenablenkung der Gesichtslinien bis auf 20° erhöht wird. Ebenso finden wir bei Hebung oder Senkung der Blickebene um je 20° die Abweichung der verticalen Trennungslinien noch wachsen, wenn die Convergenz zunimmt. Nun ist aber in dem, zwischen 20° Hebung und 20° Senkung gelegenen Gebiete jedenfalls die primäre Lage der Blickebene enthalten, daher sich ergiebt, dass MEISSNER's Augen ebenso wie die meinigen eine Rollung mit dem oberen Theile nach aussen erleiden, wenn die Gesichtslinien in der primären Blickebene symmetrisch convergiren. Bei wachsender Senkung der Blickebene tritt eben so wie in meinen Augen die Abweichung vom LISTING'schen Gesetze immer

Conver-genzwinkel	Winkel der Innenwendung jeder Gesichtslinie	Neigung der Blickebene −60°	−50°	−45°	−40°	−30°	−20°	−10°	0°	+10°	+20°	+30°	+40°
5°56'	2°56'								0°	0°	0°	+0°15'	+0°26'
7°38'	3°49'								0°	0°	0°	+0°16'	+0°30'
9°16'	4°38'								0°	0°	0°	+0°50'	+0°36'
11°48'	5°54'								0°	0°	0°	+1°6'	+0°49'
13°10'	6°35'								0°	0°	0°	+1°25'	+1°5'
14°52'	7°26'	−0°22'	0°	0°	+3°12'	+2°46'	+2°22'	+1°43'	+1°20'	+0°51'	+0°18'		
20°2'	10°1'	−0°20'	0°	0°	+1°45'	+1°7'	+0°36'	+0°35'					
22°38'	11°19'	−0°20'	0°	0°	+1°47'	+1°15'	+2°1'	+1°20'	+0°42'	+0°33'			
28°4'	14°2'	−1°30'	0°	0°	+4°	+3°10'	+2°20'	+0°33'					
33°24'	16°42'				+2°15'	+29°?	0°	0°					
35°4'	17°32'				+2°26'	+1°37'	+1°20'	+0°50'	+0°46'	+0°26'	0°	0°	
41°6'	20°33'	−0°41'	0°	0°	+8°15'	+5°4'	+4°	+3°28'	+2°11'	+1°22'	+1°20'		

Neigung der Blickebene
−60° −50° −45° −40° −30° −20° −10° 0° +10° +20° +30° +40°

eben so wie in meinen Augen die Abweichung vom LISTING'schen Gesetze immer

flüssig gehalten, die MEISSNER'schen Zahlen dem entsprechend sämmtlich umzurechnen, sondern sie so, wie er sie giebt, der Tabelle zu Grunde gelegt.

stärker hervor, gleichviel ob man die mit 0^0 bezeichnete oder eine tiefere Lage der Blickebene als die primäre annehmen will. So lange man die Ansichthatte, dass das Auge beim Nahesehen sich nach demselben Gesetze bewege wie beim Fernsehen, waren die Ergebnisse der MEISSNER'schen Versuche geradezu unverständlich, wenn man nicht ganz ausserordentliche individuelle Verschiedenheiten annehmen wollte.

Eine zweite grössere Versuchsreihe bei symmetrischer Stellung verdanken wir VON RECKLINGHAUSEN. Er experimentirte mit einer in der Blickebene parallel der Grundlinie gelegenen Linie, welche sich um ihren Mittelpunct derart knicken liess, dass beide Hälften derselben um gleiche Winkel über die Blickebene erhoben oder unter dieselbe gesenkt werden konnten, während die Spitze des so gebildeten Winkels immer in der Blickebene liegen blieb.. In die Medianebene brachte er einen bis an den Mittelpunct der Linie reichenden Schirm, sodass jedes Auge nur die eine Hälfte der Linie sah, wenn der Mittelpunct derselben binocular fixirt wurde. Aus dem Winkel, um welchen beide Linienhälften gehoben oder gesenkt werden mussten, damit die Linie nicht mehr geknickt sondern gerade erschien, liess sich der Winkel berechnen, um welchen die horizontale Trennungslinie von der Blickebene abwich. In der folgenden Tabelle habe ich die Ergebnisse seiner Versuche verzeichnet und den Abweichungswinkel wieder positiv genannt, wenn das äussere Ende der horizontalen Trennungslinie unter die Blickebene zu liegen kam. Dass RECKLINGHAUSEN statt der verticalen Trennungslinie die horizontale zum Versuche benützte, ist für unsere Zwecke gleichgültig. Aus der Tabelle spricht sich wieder dasselbe Gesetz aus.

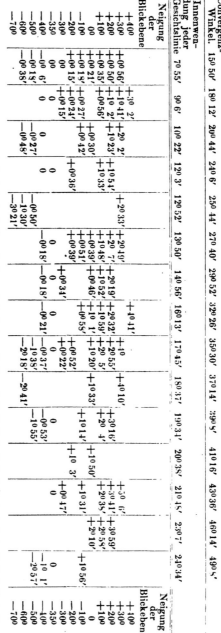

Endlich sind Angaben von HELMHOLTZ zu erwähnen, welche derselbe neuerdings in seiner physiologischen Optik gemacht hat. Er theilt auf Grund brieflicher Eröffnung mit, dass VOLKMANN bei Convergenz auf einen in der horizontalen Blickebene gelegenen, 30 Centimeter entfernten Punct, eine Vermehrung der Divergenz der verticalen Trennungslinien beider Augen um ·2⁰ fand im Vergleiche mit der Differenz, welche die genannten Meridiane nach dem LISTING'schen Gesetze haben sollen. Mit steigender Convergenz wuchs auch für VOLKMANN diese Abweichung. Ebenso beobachtete VOLKMANN kleine Drehungen eines Nachbildes, wenn er die Accommodation stark änderte. Man muss die einzelnen Daten der Versuche und die nähere Beschreibung der Methode abwarten, um diese Angaben beurtheilen zu können. HELMHOLTZ fand nach einer Methode, welche im Wesentlichen der RECKLINGHAUSEN'schen gleich war, bei symmetrischer Convergenz auf einen 21 Centimeter entfernten Punct und primärer Lage der Blickebene eine Abweichung vom LISTING'schen Gesetze um 0⁰17″ in demselben Sinne, wie die übrigen Beobachter. Ebenso sah er bei Nachbildversuchen, dass bei stark seitwärts abweichender Gesichtslinie durch Convergenz eine Abweichung des Nachbildes von 2⁰ bis 2⁰30′ eintrat, und zwar in demselben Sinne, wie ich oben angegeben habe, nämlich bei Wendung des Auges nach innen derart, dass die verticalen Trennungslinien mit dem oberen Ende nach. aussen gingen, bei Wendung des Auges nach aussen im entgegengesetzten Sinne, als ob, wie er sagt·, die Primärstellung für die Convergenzstellungen tiefer zu nehmen wäre, als für Parallelstellungen. Letztere Annahme würde für meine Augen nicht entfernt passen. DASTICH soll, wie HELMHOLTZ angiebt, gar keinen Einfluss der Convergenz gefunden haben ; die Methode der Untersuchung und die benützten Convergenzgrade sind jedoch nicht angegeben. SCHUURMANN fand, wie ich nach HELMHOLTZ mittheile, da mir die Originalarbeit nicht vorliegt, bei Nachbildversuchen keine Rollung durch Convergenz DONDERS', dagegen bei angestrengter Convergenz Rollungen von 1⁰ bis 3⁰.

§ 19. *Von der optischen Bedeutung der Orientirungsgesetze.*

Es versteht sich, dass der motorische Apparat des Sehorganes zum sensorischen Apparate desselben passen muss, wie die Schale zum Ei. Denn mag man nun annehmen, dass beide nach einem weisen Plane eingerichtet sind, oder dass sie sich auf naturnothwendige Weise durch die Thierreihe hindurch mit einander und durcheinander entwickelt haben, in jedem Falle müssen die Leistungen des einen den Bedürfnissen des anderen entsprechen. Daraus folgt dann weiter, dass die Augenmuskeln, so wie sie sind, zweckmässig sind, und dass, so wenig wir uns unsere zwölf Augenmuskeln erst im Laufe des individuellen Lebens angewöhnt haben, auch der Bewegungsmodus des Auges nicht lediglich als das Ergebniss einer von gewissen Bedürfnissen des Gesichtssinnes geleiteten freien Wahl, sondern in seinen wesentlichen Zügen durch das angeborne Muskelsystem vorgezeichnet sein wird.

Es versteht sich ferner, dass bei der grossen Vielseitigkeit der Leistungen des Gesichtssinnes auch die Augenmuskeln vielfachen Zwecken dienstbar sind, und daher durch die Art, wie die Augen sich bewegen, die Gesichtswahrnehmungen nach vielen Beziehungen hin, die wir gewiss noch lange nicht alle übersehen, gefördert oder überhaupt ermöglicht werden. Wenn

man nun aus den vielfältigen Leistungen, welche den Augenmuskeln zuge-
wiesen sind, eine oder die andere, die man mit Recht oder Unrecht für besonders wichtig hält, herausgreifen wollte, um sie als die einzige Ursache
dafür hinzustellen, dass die Augen sich so und nicht anders bewegen, so
würde man wie jene alten Aerzte verfahren, welche die Kräuter nur erschaffen
glaubten, um damit zu curiren.

Dagegen ist es immerhin fördernd darüber nachzudenken, wie wohl das
Auge sich bewegen müsste, damit das oder jenes, was man nach seinen jeweiligen Kenntnissen für ein wichtiges Bedürfniss des Gesichtssinnes ansieht,
möglichst vollkommen erreicht werde. Je vielseitiger man dabei ist, je zahl-
reichere Gesichtspuncte man findet, aus denen betrachtet die wirkliche Bewegungsweise der Augen als eine zweckmässige erscheint, je mehr Principien
man aufstellt, aus welchen sich die Bewegungsweise teleologisch ableiten
lässt, desto fruchtbarer wird eine solche Art der Untersuchung.

Es sind in der That von verschiedenen Forschern in scharfsinniger Weise
verschiedene Principien aufgestellt worden, um aus ihnen das Gesetz der
Orientirung des Auges theoretisch abzuleiten. So glaubte MEISSNER unter
Anderem, die Orientirung beider Augen gehe darauf hinaus, beiden Netzhäuten diejenige gegenseitige Lage zu geben, bei welcher möglichst viele
Aussenpuncte auf sogenannten identischen Stellen abgebildet werden könnten. FICK und nach ihm WUNDT meinten, die Gesichtslinie werde in jede
Stellung derart übergeführt und daselbst festgehalten, dass dabei die Muskeln
die mindestmögliche Anstrengung hätten; später stellte FICK als leitendes
Princip die Forderung auf, dass das Auge sich bei jeder Stellung der Gesichtslinie derart lagere, dass dabei der Sehnerv die geringstmögliche Zerrung
erleide. Alle diese Principien, so wie auch zwei weitere von HELMHOLTZ aufgestellte, werden im Folgenden ihre Würdigung finden. Schon die Zahl derselben weist darauf hin, dass jedes von ihnen an Einseitigkeit leidet. Alle
gehen übrigens mehr oder weniger von der Voraussetzung aus, als stehe es
dem Neugebornen völlig frei, diese oder jene Orientirung zu wählen, und als
flössen die Motive, welche schliesslich diese Wahl bestimmen, aus den bezüglichen Principien. Obgleich nun im folgenden Abschnitte gezeigt werden
wird, dass auch die Orientirung der Augen in ihren Grundzügen schon im
angebornen Mechanismus des Muskelsystemes vorgezeichnet, und der Neugeborne mechanisch genöthigt ist, seine Augen mindestens annähernd nach
dem LISTING'schen Gesetze zu bewegen, so verlieren doch damit jene Principien keineswegs ihren Sinn, denn man kann jetzt das, was man früher als
im Laufe des individuellen Lebens erworben ansah, als einen Erwerb des
Lebens zahlloser Generationen betrachten, und überdiess könnten auch im
individuellen Leben jene Principien die fortwährenden Motive abgeben, aus
welchen eine etwaige kleine Anomalie des Muskelsystemes corrigirt, und der
Modus der Augenbewegung dem individuellen Bedürfnisse angepasst würde.

So wenig ich also den Werth derartiger mehr oder weniger teleologischer

Betrachtungen herabsetzen will, so muss ich doch daran erinnern, wie leicht man dabei die Ursache mit der Wirkung verwechseln kann, besonders auf einem noch so unzureichend erforschten Gebiete, wie das der Functionen des Gesichtssinnes, welches noch immer den Tummelplatz diametral verschiedener Ansichten abgiebt. Ich ziehe es daher vor, statt die Gesetze der Augenbewegung a priori ableiten zu wollen, vielmehr die Consequenzen dieser uns bereits bekannten Gesetze zu ziehen, und aus denselben die Vortheile abzuleiten, welche sie uns beim Gebrauche der Augen bieten.

Es wurde schon früher erörtert, dass das in Wirklichkeit gültige Bewegungsgesetz der Augen eine grosse Einfachheit der Innervation gestattet, und dass die letztere für die leichte Beherrschung der Augen bei ihren Bewegungen vom grössten Vortheile ist; im nächsten Abschnitte wird ferner zu besprechen sein, inwiefern aus rein mechanischen Gründen jenes Bewegungsgesetz der Augen als ein höchst zweckmässiges erscheinen muss: es bleibt mir somit an dieser Stelle nur die Besprechung derjenigen Vortheile übrig, welche das Listing'sche Gesetz insofern bietet, als es die Netzhäute in eine für die räumliche Wahrnehmung besonders günstige Lage bringt.

Diese Vortheile liegen zuvörderst darin, dass die Rollung des Auges um die Gesichtslinie sowohl bei feststehendem als bei wanderndem Blicke fast ganz vermieden ist. Der nächste Zweck unserer willkürlichen Augenbewegung ist doch immer der, das Object unserer Aufmerksamkeit möglichst deutlich zu sehen, anders gesagt, sein Netzhautbild auf die Stelle des schärfsten Sehens zu bringen. Die Erreichung dieses Zweckes wird durch eine Rollung des Auges um die Gesichtslinie nicht gefördert. Wir würden weder deutlicher, noch mehr sehen, wenn wir das Auge um die Gesichtslinie rollten und damit das Bild auf der Netzhaut sich um den Gesichtspunct derselben drehen liessen.

Eine solche Rollung des Auges würde jedoch nicht nur nichts nützen, sondern sogar die richtige Auffassung der räumlichen Verhältnisse der Aussendinge erschweren, denn sie würde den Einklang zwischen den Anschauungen des ruhenden und bewegten Auges zerstören. Fixiren wir eine lange gerade Linie, so bildet sich diese auf einem bestimmten Netzhautmeridiane ab. Von dem Bilde dieser Linie fassen wir besonders den in der Nähe des Gesichtspunctes gelegenen Theil genauer auf. Bewegen wir dann den Blick entlang der Linie, und bleibt dabei das Bild derselben immer auf demselben Netzhautmeridiane, so verschiebt es sich auf der Netzhaut so zu sagen in sich selbst, die einzelnen nach einander scharf aufgefassten Linientheile werden also immer wieder dieselbe Richtung zu haben scheinen. Anders würde es sich verhalten, wenn das Auge während der Bewegung des Blickes entlang der Linie zugleich eine Rollung um die Gesichtslinie erlitte; dann würde das Bild der Linie auf immer andere Netzhautmeridiane fallen, das jeweilig am schärfsten gesehene Stück der Linie würde dem entsprechend eine andere Lage zu haben scheinen, als das nächstfolgende Stück u. s. f.; kurzum die einzelnen Theile der Linie würden stetig ihre scheinbare Richtung ändern, und wir würden eine Linie zu sehen glauben, deren einzelne Theile nicht dieselbe Richtung haben, die also eine Curve darstellen. Oder wenigstens müsste die Linie, falls wir sie wegen ihres in jedem Augenblicke geraden Netzhautbildes doch als eine Gerade auffassen könnten, fortwährend ihre Lage zu ändern scheinen, während der Blick an ihr hingleitet, und diese scheinbare Drehung müsste im entgegengesetzten Sinne erfolgen, als die dabei stattfindende Drehung der Netzhaut um die Gesichtslinie.

Wenn wir zunächst den Punct a fixiren, und wollen sodann den Blick auf einen uns horizontal nach rechts erscheinenden Punct a^1 überführen, so thun wir diess auf dem kürzesten Wege, d. h. wir verschieben den Blick geradlinig nach rechts. Dieser beabsichtigten geradlinigen Verschiebung des Blickes nach rechts entspricht eine geradlinige Verschiebung der Netzhautbilder a und a^1 nach links, falls das Auge keine Rollung erleidet. Diese Verschiebung des Netzhautbildes beziehen wir, da wir sie absichtlich herbeigeführt und ihrer Richtung und Geschwindigkeit nach vorausgesehen haben, nicht auf eine Bewegung der Aussenpuncte, wie wir es thun, wenn eine Verschiebung der Netzhautbilder ohne unseren Willen eintritt. Gesetzt nun aber das Auge erleide, während der Blick von a nach a^1 übergeht, eine Rollung um die Gesichtslinie, so verschieben sich dabei weder a noch a^1 geradlinig auf der Netzhaut, sondern beschreiben krumme Bahnen. Die beabsichtigte geradlinige Verschiebung des Blickes bringt also nicht die erwartete geradlinige Verschiebung der Netzhautbilder, sondern eine krummlinige Verschiebung derselben hervor, die wir, da wir eine solche nicht beabsichtigt haben, auf eine Bewegung der beiden Puncte beziehen würden, soweit nämlich die Verschiebung von der beabsichtigten und erwarteten adweicht.

So sehen wir denn, dass jede irgend erhebliche Rollung des Auges während der Blickbewegung dazu führen würde, dem bewegten Auge die Aussendinge ganz anders erscheinen zu lassen, als dem ruhenden; was dem fest fixirenden Auge geradlinig erscheint, müsste dem bewegten krummlinig, was jenem ruhend, müsste diesem bewegt erscheinen u. s. f. Dieser Uebelstand könnte nur dadurch gehoben werden, dass die Rollung des Auges eine eben so willkürliche wäre, wie die Bewegung der Gesichtslinie, dass wir ebensogut die Drehung des Auges um die Gesichtslinie beherrschen und in ihren Folgen für die Verschiebung der Netzhautbilder voraussehen könnten, wie wir diess bei der Bewegung der Gesichtslinie vermögen. In der That ist der Versuch gemacht worden, diess zu behaupten. Wollten wir aber auch ganz absehen von der theoretischen Unwahrscheinlichkeit einer solchen Einrichtung und ganz vergessen, wie unendlich schwieriger dadurch einerseits die Beherrschung der Augenbewegungen, anderseits die Auffassung des Räumlichen werden müsste, so würden doch zahlreiche Thatsachen die Unrichtigkeit dieser von HELMHOLTZ aufgestellten Hypothese darthun. Diese Thatsachen sind theils schon ausgesprochen in dem oben aufgestellten und im Folgenden noch

weiter zu beweisenden Gesetze der Innervation, theils wird später gezeigt
werden, dass wirklich jede Rollung des Auges während einer Blickbewegung
zu der so eben besprochenen Gesichtstäuschung führt, sobald dieselbe über
ein gewisses sehr kleines Maass hinausgeht.

Wir haben oben gesehen, dass das LISTING'sche Gesetz der Augenbewegung sich dadurch charakterisirt, dass die Rollung um die Gesichtslinie
im engeren Blickraume fast ganz vermieden, und selbst in den peripherischen Theilen des weiteren Blickraumes nur eine geringe ist. Ich werde
später zeigen, dass selbst die letztere durch die associirte Drehung des Kopfes
gerade in denjenigen Beziehungen compensirt wird, wo sie am leichtesten
störend werden könnte. Das LISTING'sche Gesetz hat also für
uns den Vortheil, dass es die räumliche Wahrnehmung des
bewegten Auges in den grösstmöglichen Einklang mit den
Wahrnehmungen des feststehenden Auges bringt, und dass
die Verschiebungen der Netzhautbilder mit den beabsichtigten Blickbewegungen harmoniren; wir könnten daher, wenn
wir teleologisch verfahren wollten, das LISTING'sche Gesetz ganz direct ableiten aus dem Principe der vermiedenen Rollung um die Gesichtslinie[1]).

Ein zweiter Vortheil des LISTING'schen Gesetzes ist beim Fernsehen der,
dass durch dasselbe immer beide Augen in annähernd gleicher Weise zu den
Aussendingen orientirt werden. Jedem Puncte der einen Netzhaut entspricht
bekanntlich ein Punct der anderen derart, dass beide ihre Eindrücke in derselben Richtung im Aussenraume zur Erscheinung bringen und dieselben
vorzugsweise leicht zu einem einfachen Bilde verschmelzen. Wären diese
sogenannten identischen oder Deckpuncte in beiden Netzhäuten in genau
congruenter Weise angeordnet, so würde bei parallelen Gesichtslinien sich
jeder ferne Aussenpunct auf Deckpuncten der Netzhäute abbilden können, so
fern nur die letzteren so gegeneinander gestellt wären, dass die Richtungslinien
je zweier Deckpuncte zu einander parallel lägen. Nun ist zwar, wie später
ausführlich gezeigt werden wird, die Anordnung der Deckstellen in beiden
Augen keine ganz congruente, immerhin aber weicht sie so wenig von der
Congruenz ab, dass der Forderung, nach welcher jeder ferne Aussenpunct
bei parallelen Gesichtslinien sich auf Deckpuncten abbilden soll, wenigstens
sehr angenähert genügt werden kann, falls die Netzhaut immer in passender
Lage gehalten wird. Das Letztere ist nun durch das LISTING'sche Gesetz
ziemlich gut erreicht, weil nach demselben sich beim Fernsehen immer beide
Augen um parallele Axen drehen, so dass auch jede zwei, identischen Stellen
angehörige Richtungslinien beider Augen, wenn sie in der einen Fern-

---

1) Dieses Princip dürfte nicht verwechselt werden mit einem von HELMHOLTZ aufgestellten Principe der Orientirung, welches in einem späteren Abschnitte besprochen werden wird.

stellung annähernd parallel sind, es auch in jeder anderen Stellung bleiben müssen.

Bei nahen Gesichtsobjecten ist es nach dem Gesetze der geometrischen Projection überhaupt nicht möglich, dass alle gleichzeitig sichtbaren Aussenpuncte sich auf Deckpuncten der Doppelnetzhaut abbilden, vielmehr kann das eine Netzhautbild dem anderen im Allgemeinen nicht congruent sein, demnach auch nicht, selbst bei günstigster Lage der Netzhäute zu einander, auf durchgängig identische Stellen fallen. Die Forderung, dass jeder Aussenpunct auf Deckstellen abgebildet werde, oder wie man auch sagen könnte, das Princip des grössten Horopters verliert also beim Nahesehen den grössten Theil seiner Berechtigung. Ueberdiess verhilft uns gerade die Incongruenz der Netzhautbilder naher Objecte und ihre nicht identische Lage zur Tiefenwahrnehmung und zum Körperlichsehen, wie später gezeigt werden wird. Gleichwohl ist auch beim Nahesehen die Art wie die Augen sich bewegen und insbesondere die hiebei stattfindende Abweichung vom Listing'-schen Gesetze von Vortheil für die binoculare Wahrnehmung. Nahe Gegenstände betrachten wir für gewöhnlich bei gesenkter Blickebene. Bei solcher Lage der Blickebene und divergirenden Gesichtslinien würden aber nach dem Listing'schen Gesetze die beiden horizontalen Trennungslinien erheblich gegen die Blickebene geneigt sein. Diess ist nun in Wirklichkeit, wie wir sehen, nicht der Fall; vielmehr sind die Netzhäute auch bei diesen Blicklagen so gestellt, dass die horizontalen Trennungslinien immer annähernd in der Blickebene bleiben. Daraus ergiebt sich z. B. beim Lesen der Vortheil, dass die eben gelesene Zeile sich nahezu identisch in beiden Augen abbildet und nicht doppelte sich durchkreuzende Bilder giebt, wie solche bei der Orientirung nach dem Listing'schen Gesetze eintreten müssten. Ueberhaupt wird durch die Abweichung von diesem Gesetze das Auftreten von Doppelbildern, die eine erhebliche Höhendifferenz haben, verhütet, während solche Doppelbilder, welche hauptsächlich in lateraler Richtung von einander differiren, beim Nahesehen überhaupt nicht vermieden werden können, aber auch das Deutlichsehen viel weniger beeinträchtigen, vielmehr die richtige Localisation der Netzhautbilder nach der Dimension der Tiefe vermitteln helfen.

Man könnte aus dem Vortheile, den die vom Listing'schen Gesetze abweichende Orientirung des convergirenden Doppelauges hat, diese Abweichung teleologisch erklären, was übrigens weiter keinen Werth hätte, da es sich von selbst versteht, dass die Augen sich im Allgemeinen den Interessen des Sehens gemäss bewegen werden.

Drittes Capitel.

Von den Augenmuskeln.

§ 20. *Allgemeines über die Augenmuskeln.*

Obwohl die Untersuchung der Wirkungsweise der einzelnen Augenmuskeln nicht eigentlich in den Plan dieses Werkes, sondern in die Physiologie des Einzelauges gehört, so finde ich doch nöthig, derselben ein besonderes Capitel zu widmen, um darzulegen, dass auch aus dem Mechanismus der Augenmusculatur sich mancherlei Gründe für die Richtigkeit der im Früheren aufgestellten Gesetze der Innervation ableiten lassen.

Man hat sich in der letzten Zeit gewöhnt, behufs einer exacten Behandlung des Problemes der Augenbewegung die Muskeln durch möglichst raumlose elastische Fäden oder elastische Linien ersetzt zu denken, welche einerseits an der Orbita anderseits am Augapfel in der geometrischen Mitte der bekanntlich ziemlich ausgedehnten Insertionslinien befestigt, im Uebrigen aber völlig isolirt wären. Ein solcher Faden, falls er analog den wirklichen Muskeln immer im Zustande einer gewissen Spannung wäre, würde das fortwährende Streben haben sich zu verkürzen, um in den Zustand des Gleichgewichtes seiner elastischen Kräfte zu kommen. Demgemäss würde er immer diejenige Lage annehmen, bei welcher er die unter den obwaltenden Umständen kleinstmögliche Länge hätte. Dies ist aber dann der Fall, wenn er seiner ganzen Länge nach, nicht nur soweit er geradlinig durch die Orbita verläuft, sondern auch soweit er auf dem kugelig gedachten Augapfel aufliegt, in einer Ebene gelegen ist, die zugleich durch den festen Drehpunct der Kugel geht. Diese Ebene wäre dann zugleich die Ebene, in welcher der elastische Faden die Gesichtslinie zu bewegen strebt, und der auf dieser Ebene senkrecht stehende Durchmesser der Kugel wäre die Axe, um welche er zu drehen strebt.

Bei jeder Lageänderung des Augapfels ändert sich auch die Lage der ocularen Insertion der Augenmuskeln im Vergleich zu ihrer orbitalen Insertion. Denkt man sich nun die Muskeln in der besprochenen Weise als elastische Linien mit punctförmiger Insertion, so hat die veränderte Lagerung ihres ocularen Ansatzpunctes im Allgemeinen auch eine veränderte Lage ihrer Zugebene und der Halbaxe ihres Drehbestrebens zur Folge. Nur wenn der Faden während der Lageänderung des Augapfels seine ursprüngliche Zugebene nicht verlassen hat, bleibt auch die Halbaxe seines Drehbestrebens unverändert.

Diese an den gedachten elastischen Fäden angestellte Betrachtung darf man jedoch keineswegs, wie es öfter geschieht, ohne weiteres auf die wirklichen

Muskeln übertragen; denn hier liegen ganz andere Verhältnisse vor. Die Augenmuskeln sind mit sehr breiten Insertionen am Augapfel befestigt: wenn also der Augapfel sich dreht, so ändern die einzelnen Theile der Insertionslinie des Muskels ihre Lage in sehr verschiedener Weise. Wenn beispielsweise das Auge aus der Primärstellung um eine horizontale Axe nach oben gedreht wird, so werden die unteren Fasern des Rectus externus und internus verlängert, die oberen verkürzt; die ersteren werden also stärker gedehnt, ihre Spannung nimmt zu, die der unteren dagegen nimmt ab. Die Folge ist, wie schon Helmholtz[1]) bemerkt hat, dass die aus dem Zuge seiner Einzelfasern resultirende Zugrichtung näher an die unteren stärker gespannten Fasern rückt, und daher nicht mehr in der Mitte des Muskels liegt. So kommt es, dass die Zugebene und die Halbaxe des Drehbestrebens dieser Muskeln trotz Hebung oder Senkung des Auges nicht so erheblich verschoben wird, wie es der Fall wäre, wenn der Muskel nur ein elastischer, punctförmig inserirter Faden wäre. Hierzu kommt noch, dass die Muskeln sich nicht so frei am Augapfel verschieben und in der Augenhöhle bewegen können, wie das bei elastischen Fäden angenommen wurde.

Alle jene Berechnungen der Axen des Drehbestrebens der einzelnen Muskeln bei den verschiedenen Lagen der Augen, welche auf Grund der erwähnten unzutreffenden Annahme gemacht sind, können daher keine der Wirklichkeit entsprechenden Resultate geben, auch wenn wir von allen übrigen bei derlei Rechnungen überhaupt nicht zu berücksichtigenden Fehlerquellen absehen.

Ruete hat, um die oculare und orbitale Insertion der Augenmuskeln zu bestimmen, den aufgeblasenen Augapfel zunächst derart in der Orbita fixirt, dass er sich ungefähr in der oben als Primärstellung bezeichneten Lage befand, und dann die geometrische Mitte jeder einzelnen Insertionslinie oder -fläche als Insertionspunct betrachtet. Seine Methode dürfte annähernd richtige Resultate gegeben haben, und ich will daher seine Angaben dem Folgenden zu Grunde legen und zugleich annehmen, dass das untersuchte Auge sich in der Primärstellung befunden habe. Da, wie ich eben gezeigt habe, die aus sämmtlichen Fasern eines Musculus rectus resultirende Zugrichtung sich bei kleinen Verschiebungen des Augapfels nicht erheblich ändert, so sind die etwaigen Fehler jener Annahme jedenfalls nicht bedeutend.

Denkt man sich durch beide in der angegebenen Weise bestimmten Insertionspuncte und durch den Drehpunct des Auges eine Ebene gelegt, so wird die Halbaxe, um welche der Muskel das Auge zu drehen strebt, auf dieser Ebene, welche die Muskelebene heissen möge, im Drehpuncte senkrecht stehen, falls der Muskel wirklich nur an seinem orbitalen Ende fixirt, und nicht etwa durch anderweitige seitliche Anheftungen in der Augenhöhle gehindert wird, sich in derselben so zu lagern, wie er es vermöge

---

1) Physiol. Optik. S. 471.

seiner Elasticität thun müsste, wenn er frei zwischen der Orbitalwand und
dem Bulbus ausgespannt wäre. RUETE nahm letzteres an, und diese Annahme
dürfte, für die Primärstellung wenigstens, keinen irgend erheblichen Fehler
bedingen. Die Halbaxe, um welche ein Muskel bei der Primärstellung das
Auge zu drehen strebt, möge im Folgenden als primäre Halbaxe dieses
Muskels bezeichnet werden.

Aus RUETE's Messungen geht nur hervor, dass bei der Primärstellung
je zwei sogenannte Antagonisten das Auge annähernd um eine und dieselbe
Axe in entgegengesetzten Richtungen zu drehen streben, dass die gemeinsame primäre Axe des Rectus internus und externus senkrecht steht auf der
durch den Drehpunct des Auges gelegten horizontalen Ebene, während die
gemeinsame Axe des Rectus superior und Rectus inferior und die gemeinsame
primäre Axe der Obliqui in dieser horizontalen Ebene selbst liegen, und

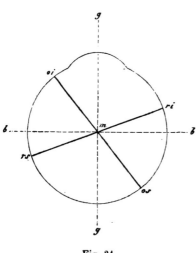

zwar derart, dass die ersteren einen
Winkel von etwa 19 °, die letzteren
einen Winkel von etwa 52 ° mit der
Verbindungslinie der Drehpuncte
beider Augen einschliessen. Fig. 24
versinnlicht die Lage dieser Axen für
das linke Auge; *bb* die Grundlinie, *gg*
die durch den Drehpunct verlaufend
gedachte Gesichtslinie, *m* der Drehpunct, *m—ri* die primäre Halbaxe
des Rectus inferior, *m—rs* die des
Rectus superior, *m—oi* die des
Obliquus inferior, *m—os* die des
Obliquus superior. Die primäre
Halbaxe des Rectus internus hat
man sich in *m* senkrecht auf der
Papierebene stehend, oberhalb des
Papieres, die des Rectus externus
ebenso unterhalb des Papieres zu
denken.

Fig. 24.

Man denke sich bei der Primärstellung durch die gemeinsame Axe der
beiden Schiefen und durch die gemeinsame Axe des obern und untern
Geraden eine horizontale Ebene gelegt, ferner zwei verticale Ebenen durch
die gemeinsame Axe des innern und äussern Geraden derart, dass die eine
zugleich durch die Axe der beiden Schiefen, die andre zugleich durch die
Axe des obern und untern Geraden geht; so wird durch diese drei Ebenen
der Augapfel in acht Fächer oder Sectoren getheilt. Jeder dieser Sectoren
hat drei gerade Kanten, deren jede mit der primären Halbaxe eines der
sechs Muskeln zusammenfällt. Gilt es nun zu bestimmen, welche Muskeln
innervirt werden müssen, um ein Drehbestreben um eine gegebene Halbaxe

zu erzeugen, so hat man offenbar nur zu bedenken, in welchem der acht Sectoren die gegebene Halbaxe liegt: die drei Muskeln, deren Halbaxen die geraden Kanten dieses Sectors bilden, müssen zusammenwirken, um das verlangte Drehbestreben zu erzeugen. Nach dem oben dargelegten Satze vom Parallelepiped der Drehungsmomente lässt sich dann auch das Verhältniss der drei Kräfte finden, mit welchem die drei Muskeln zu dem gegebenen Zwecke am Augapfel angreifen müssen. (FICK [1]). Jeder der acht Sectoren ist ferner von drei ebenen Flächen begrenzt; fällt die gegebene Halbaxe in eine dieser Flächen, so müssen die beiden Muskeln, deren Halbaxen die geraden Seiten dieser Fläche bilden, zur Erzeugung des verlangten Drehbestrebens zusammenwirken, und nach dem Parallelogramm der Drehungsmomente lässt sich das Verhältniss ihrer hierzu nöthigen Kräfte bestimmen. Fällt endlich die gegebene Halbaxe von vornherein mit einer der sechs Muskelhalbaxen zusammen, so ist natürlich der Muskel, dessen alleinige Contraction das geforderte Drehungsmoment erzeugen kann, ohne Weiteres gegeben.

Die Musculatur des Augapfels ist also derart eingerichtet, dass bei der Primärstellung ein Drehungsbestreben um jede beliebige Halbaxe erzeugt werden könnte, wobei im Allgemeinen immer drei, in besonderen Fällen nur zwei oder ein Muskel die thätigen sein würden. Ist der Augapfel aus seiner Primärstellung in irgendwelche andre Lage gebracht worden, so werden auch die Muskelhalbaxen ihre Lage mehr oder weniger geändert haben, weil ihre oculare Insertion sich gegen die orbitale verschoben hat. Immer aber werden wir die sechs Muskelhalbaxen nach wie vor als Kanten von acht Sectoren des Augapfels ansehen können, wenngleich sich die Gestalt der letzteren etwas geändert haben wird. Nach wie vor also wird das gelten, was wir soeben von der Primärstellung ausgesagt haben.

Gesetzt, es könne vorkommen, dass die sechs Augenmuskeln gar nicht innervirt sind, so wird das Auge dabei eine gewisse Gleichgewichtslage annehmen, welche man als die Ruhelage bezeichnen könnte. Welche Lage das sei, wissen wir nicht genau; ja es ist uns nicht einmal bekannt, ob der Fall eines vollständigen Aufhörens jeder Innervation der Augenmuskeln gesunder Weise überhaupt eintreten kann. Mancherlei Erfahrungen machen es sogar nicht unwahrscheinlich, dass sämmtliche Augenmuskeln beim Sehen immer mehr oder weniger innervirt sind, dass sie also einen gewissen von einer stetigen Innervation abhängigen Tonus besitzen, und dass es daher keine Stellung des sehenden Auges gibt, bei welcher sich dasselbe nur unter dem Einflusse der von der Innervation unabhängigen elastischen Spannung der Augenmuskeln befände.

Es sind die Augenmuskeln, wie jeder andere Muskel, mit ihren Enden so angeheftet, dass sie sich immer in einer gewissen Spannung befinden,

---

1) Zeitschrift f. rat. Medicin, IV. 801.

und dem zu Folge, auch wenn sie gar nicht innervirt werden, sich zu verkürzen und das Auge jeder nach seiner Weise zu drehen streben. Das Auge würde also auch bei Abwesenheit aller Innervation in seiner Ruhelage nicht desshalb verharren, weil keinerlei Zug auf dasselbe ausgeübt würde, sondern, weil dabei die Drehungsmomente der sechs Muskeln einander derart entgegenwirkten, dass keine Drehung resultirte. So oft überhaupt das Auge in einer beliebigen Lage feststeht, ist das aus allen sechs Drehungsmomenten der sechs Muskeln resultirende Moment gleich Null; das aus den Drehungsmomenten von beliebigen fünf Muskeln resultirende Moment ist ebenso gross wie das Drehungsmoment des sechsten, aber letzterem diametral entgegengesetzt; das aus beliebigen vier Muskeln resultirende Moment ist gleich aber entgegengesetzt dem aus den beiden übrigen resultirenden Drehungsmomente u. s. f. Würde, während das Auge sich in der hypothetischen Ruhelage befindet, ein Muskel vollständig durchgeschnitten, so würde das aus der Spannung der fünf anderen Muskeln resultirende Drehungsmoment sich sofort geltend machen, und das Auge eine Drehung erleiden, obwohl keinerlei Innervation erfolgt wäre; wird andrerseits, während das Auge in der Ruhelage ist, ein Muskel innervirt und dadurch contrahirt, so wird sein Drehungsmoment wachsen, also das ihm diametral entgegengesetzte aus dem Zuge der fünf übrigen Muskeln resultirende Drehungsmoment an Grösse übertreffen und somit ebenfalls eine Drehung des Augapfels herbeiführen.

Um welche Halbaxe diese Drehung erfolgt, hängt keineswegs allein von der Lage des Drehungsmomentes des thätigen Muskels ab; d. h. die Halbaxe des Drehbestrebens eines Muskels ist nicht nothwendig auch die Halbaxe der wirklichen Drehung, die er herbeiführt. Wie die Richtung, in welcher ein Schiff vorwärts geht, nicht blos von der Richtung der treibenden Kraft abhängt, sondern auch von der Richtung der Widerstände, z. B. des Steuers oder der Strömung, so sind auch die Widerstände, welche einer Drehung des Augapfels entgegenstehen, mitbestimmend auf die Richtung der Drehung, d. h. auf die Lage der Halbaxen, um welche dieselbe erfolgt. Die Widerstände welche bei einer Augendrehung in Betracht kommen, liegen theils in denjenigen Muskeln, welche dabei gedehnt werden, theils in den Theilen, welche sonst noch den Augapfel mit der Orbitalwand verbinden, theils in der unvermeidlichen Reibung. Von den nicht in der Musculatur begründeten Widerständen dürfen wir, so lange wenigstens die Gesichtslinie sich in dem mittleren Theile des Blickraumes nach dem Listing-schen Gesetze bewegt, ohne erheblichen Fehler annehmen, dass sie immer der Richtung der Drehung diametral entgegenwirken, eine Drehung zwar verzögern, nicht aber die Richtung derselben abändern können. Anders verhält es sich mit den Widerständen, welche die gedehnten Muskeln bieten.

Sobald ein Muskel innervirt wird, und dadurch sein Drehungsmoment um ein Gewisses gewachsen ist, beginnt eine Drehung des Augapfels.

Nehmen wir zunächst an, der im Muskel eingetretene Kraftzuwachs reichte eben nur zu einer unendlich kleinen Drehung hin, und denken wir uns einmal, diese Drehung könne wirklich um diejenige Halbaxe erfolgen, auf welcher schon vor dem Beginne der Drehung das Moment des thätigen Muskels lag. Durch die unendlich kleine Drehung würden die Insertionen der Augenmuskeln am Bulbus um ein unendlich Kleines verschoben werden relativ zu ihrer Insertion an der Orbita, wobei einzelne der fünf nicht activen Muskeln um ein unendlich Kleines länger, andere vielleicht kürzer werden würden; die ersteren würden jetzt stärker, die letzteren schwächer gespannt sein; die Drehungsmomente der ersteren würden gewachsen sein, die der letzteren abgenommen haben. Ueberdies könnten die Halbaxen ihres Drehbestrebens durch die Verschiebung der Muskelinsertionen auch ihre Lage um ein unendlich Kleines verändert haben. Das aus den fünf nicht activen Muskeln resultirende Drehungsmoment könnte also während der angenommenen unendlich kleinen Drehung seine Lage um ein unendlich Kleines verändert haben, so dass es dem Drehungsmoment des activen Muskels im Verlaufe der unendlich kleinen Drehung nicht diametral entgegengesetzt geblieben wäre. Während also der active Muskel das Auge um seine Halbaxe zu drehen strebte, strebten die fünf andern Muskeln es nicht um die entgegengesetzte Halbaxe, sondern um eine andere Halbaxe zu drehen. Aus diesem doppelten Drehbestreben, dem des activen Muskels einerseits, und dem aus den Widerständen resultirenden anderseits, ergibt sich nun erst dasjenige Drehbestreben, welchem der Augapfel folgt.

Es darf also nicht einmal, wie vielfach geschehen ist, behauptet werden, ein Muskel könne unter allen Umständen eine Drehung um die Halbaxe seines Drehungsmomentes wenigstens beginnen. Denn das aus den fünf nicht activen Muskeln resultirende Drehungsmoment braucht seine Lage nicht erst nach Beginn, sondern kann sie schon mit Beginn der Drehung ändern. Nur wenn die Widerstände, welche einer Drehung entgegen wirken, so geordnet sind, dass ihr resultirendes Moment dem Momente des thätigen Muskels auch während der Bewegung diametral entgegengesetzt bleibt, kann die Drehung wirklich um die Halbaxe des thätigen Muskels erfolgen, gleichviel, ob die Drehung unendlich klein oder von endlicher Grösse ist.

Die Widerstände, welche das Drehbestreben eines Muskels findet, würden weniger in Betracht kommen, wenn das Moment, welches der active Muskel erzeugt, ein im Vergleich zu den Widerständen sehr grosses wäre. Diess ist aber nicht der Fall, vielmehr übertrifft für gewöhnlich das Drehungsmoment des thätigen Muskels das aus sämmtlichen Widerständen und insbesondere aus den übrigen Muskeln resultirende Moment nur um ein Geringes. Andernfalls würde der Augapfel nicht jene Sicherheit der Bewegung zeigen, die wir an ihm wahrnehmen, sondern er würde ruckweise vorwärts geworfen werden, wie dies bei Krämpfen der Augenmuskeln der

Fall ist. Desshalb ist es ein Fehler, wenn man die Widerstände der bei den Augenbewegungen nicht besonders innervirten Muskeln vernachlässigt und keine Rücksicht auf die Art und Weise nimmt, wie die Augenmuskeln sich gegenseitig steuern. Man spricht oft von der Thätigkeit der einzelnen Augenmuskeln so, als ob die fünf übrigen gar nicht da wären und als ob nicht bei jeder Innervation eines Muskels das aus den fünf übrigen resultirende Moment immer fast eben so gross, wie das Moment des innervirten Muskels und daher auch auf die Lage der Drehungsaxe vom grössten Einfluss wäre.

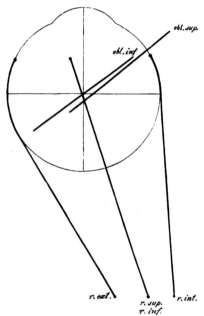

Fig. 25.

In der nachfolgenden Tabelle hat RUETE [1]) die Coordinaten der ocularen und orbitalen Insertionen der Augenmuskeln für die oben angegebene Augenstellung zusammengestellt. Der Anfangspunct der Coordinaten ist der Mittelpunct des Auges, der allerdings vielleicht nicht mit dem Drehpuncte zusammenfiel. Die Axe der x fiel mit dem horizontalen Querdurchmesser zusammen, die Axe der y mit der Sehaxe, die Axe der z mit dem verticalen Durchmesser; die Richtung des positiven x geht nach aussen, des positiven y nach hinten, des positiven z nach oben.

Fig. 25 stellt eine nach den RUETE'schen Messungen ausgeführte Verticalprojection der sechs Muskeln auf die durch den Mittelpunct des Auges gehende Horizontalebene dar.

	Ansätze.			Ursprünge.		
	x	y	z	x	y	z
Rectus superior	+ 2,00 mm	− 5,667	+ 10	− 10,67	+ 32	+ 4
» inferior	+ 2,20 mm	− 5,767	− 10	−·10,8	+ 32	− 4
» externus	+ 10,80 mm	− 5,00	0	− 5,4	+ 32	0
» internus	− 9,90 mm	6,00	0	− 14,67	+ 32	0
Tendo obliqui superioris	+ 2,00 mm	+ 3,00	+ 11	− 14,1	− 10	+ 12
Obliq. inferior	+ 8,00 mm	+ 6,00	0	− 8,1	− 6	− 15

1) Ein neues Ophthalmotrop S. 8.

§ 21. *Von der Einzelwirkung der Augenmuskeln.*

Um die Axe, um welche ein Muskel das Auge zu drehen strebt, würde er es, wie schon gesagt, nur dann auch wirklich drehen können, wenn dieser Drehung keine oder nur solche Widerstände entgegenwirkten, deren resultirende Richtung der des Muskelzuges gerade entgegengesetzt ist. Unter solchen Umständen würden nur der äussere und innere Gerade die Gesichtslinie in geraden Bahnen, alle übrigen Muskeln aber dieselbe in krummen Bahnen bewegen, und zwar der Rectus internus gerade nach innen, der Rectus externus gerade nach aussen, der Rectus superior nach oben und innen, der Rectus inferior nach unten und innen, der Obliquus superior nach unten und aussen, der Obliquus inferior nach oben und aussen.

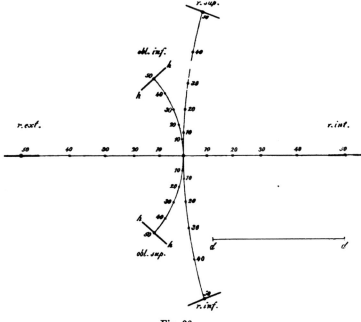

Fig. 26.

In Figur 26 habe ich die Bahnen verzeichnet, welche dabei die Gesichtslinie auf einer Ebene beschreiben würde, zu welcher sie in der Primärstellung senkrecht liegt. Die Lage der Drehungsaxen ist so angenommen, wie sie oben angegeben wurde. Der Abstand zwischen dem Drehpuncte des Auges und der verticalen Ebene ist gleich der Linie *dd* genommen. An das Ende der Bahn habe ich zugleich durch einen stärkeren Strich die schein-

8.*

bare Lage angedeutet, welche bei der bezüglichen Stellung der Gesichtslinie ein ursprünglich horizontal gelegenes Nachbild annehmen würde, ein Nachbild also, welches das primär gestellte Auge von einem horizontalen Streifen aufgenommen hat. Die Länge jeder Bahn entspricht einer Drehung des Auges von 50° um die bezügliche Halbaxe. Die mit Zahlen bezeichneten Marken auf jeder Bahn geben an, um wie viel die Gesichtslinie vorwärts gerückt ist, nachdem der Drehungswinkel um je 10° gewachsen ist. Man sieht, dass bei Drehungen um die primären Halbaxen der schiefen Muskeln die Gesichtslinie am langsamsten vorwärts schreitet, und zugleich lehrt die Lage des Nachbildes am Ende der Bahn, dass dabei die Rollung des Auges um die Gesichtslinie eine sehr bedeutende ist; die krumme Bahn der letzteren ist dabei hyperbolisch. Einen längeren und zwar ebenfalls hyperbolischen Weg legt bei gleichem Drehungswinkel die Gesichtslinie zurück, wenn die Drehung um die primären Halbaxen des oberen oder unteren Geraden erfolgt; zugleich ist dabei die Rollung um die Gesichtslinie geringer. Die längste und zwar geradlinige Bahn ohne eine begleitende Rollung um die Gesichtslinie beschreibt die letztere bei Drehung um die primäre Halbaxe des äusseren oder inneren Geraden.

In der Wirklichkeit sind nun aber die Widerstände, welche jede Drehung des Auges findet, nicht immer genau entgegengesetzt der Zugrichtung der thätigen Muskeln. Untersuchen wir zunächst, wie diese Widerstände sich gestalten, wenn sich nur ein Muskel contrahiren würde, indem wir aus dem oben angeführten Grunde die ausser den Muskeln gelegenen Widerstände als solche ansehen, welche der Richtung des Zuges immer gerade entgegenwirken.

Die Contraction des Internus wird ihren Hauptwiderstand im Externus finden, denn dieser ist es, welcher dabei besonders gedehnt wird; ebenso wird der Internus den Hauptwiderstand bei der Contraction des Externus bedingen; beide Muskeln streben ja das Auge um dieselbe Axe in entgegengesetztem Sinne zu drehen. Der Widerstand des Externus wird also die durch den Internus angestrebte Drehung um die verticale Axe zwar aufhalten, aber nicht aus ihrer Bahn ablenken können, und dasselbe gilt umgekehrt vom Internus gegenüber dem Externus. Bis dahin liegt also kein Grund vor, dass die Drehung nicht in beiden Fällen wirklich um die verticale Axe des Augapfels erfolge. Sehen wir nun zu, wie sich die übrigen vier Muskeln dabei verhalten.

Die Zugrichtungen des Rectus superior und inferior werden sich, wenn die Augen nach aussen oder innen gedreht werden, nicht irgend erheblich ändern, und da auch die Spannung des einen so gross bleibt, wie die des andern, so halten sich beide während der Bewegung nach wie vor das Gleichgewicht, können also auf die Richtung der Bewegung keinen störenden Einfluss gewinnen. Nur daran könnte man denken, dass sie bei erheblicher Drehung des Auges nach innen diese Drehung unterstützen, weil dabei ihre beiden Drehungsmomente nicht mehr diametral entgegengesetzt sein, sondern ein kleines resultirendes Moment geben können. Analog werden die beiden Obliqui vielleicht bei der Drehung nach innen etwas gedehnt, bei der Drehung nach aussen etwas abgespannt. Die Schleife, welche dieses Muskelpaar so zu sagen um den Augapfel bildet, liegt im ersteren Falle etwas hinter, im anderen etwas vor dem grössten Kreise, den sie bei der Primärstellung umspannt. Es würde dies aber für die erwähnte Drehung keine anderen Folgen haben, als dass sie nach innen etwas gehemmt, nach aussen etwas unterstützt würde; einen erheblichen Einfluss auf die Richtung der Drehung werden auch diese Muskeln nicht gewinnen. Das Ergebniss ist also: dass sowohl der Rectus externus als der internus trotz der vorhandenen Widerstände im Stande sind, das Auge aus der Primärstellung annähernd um diejenige Axe wirklich zu drehen, um welche sie dieselbe zu drehen streben.

Ganz anders aber wird es sich mit den übrigen vier Muskeln verhalten; könnte sich einer derselben allein contrahiren, was übrigens in Wirklichkeit normaler Weise nie der Fall ist, so würde er das Auge keineswegs um diejenige Axe drehen können, um welche er es in der Primärstellung zu drehen strebt, und die Gesichtslinie würde ganz andere Bahnen beschreiben, als die in Figur 26 für den Fall einer Drehung ohne Widerstände verzeichneten.

Gesetzt nämlich der Rectus superior begänne allein sich zu contrahiren, so würde er seinen Hauptwiderstand allerdings im antagonistischen Rectus inferior finden, welcher gedehnt werden würde, aber, weil er dem Rectus superior gerade entgegenwirkt, die von letzterem angestrebte Drehung nur verringern, nicht aber aus ihrer Bahn ablenken könnte. Ausser dem Rectus inferior würde noch der Obliquus superior einen wesentlichen Widerstand bieten, denn dessen oculare Insertion müsste sich von der Trochlea entfernen, wenn das Auge um die primäre Halbaxe des Superior nach oben gedreht werden soll, während der Obliquus inferior nicht entsprechend stärker gespannt sondern vielmehr etwas abgespannt werden würde. Das durch die Dehnung erhöhte Drehbestreben des Obliquus superior fände also seitens des Obliquus inferior nicht mehr den nöthigen Widerstand und würde sich desshalb dadurch äussern, dass es das Auge mitdreht, während der Superior es dreht. So würde es kommen, dass die Drehung um ganz andere Axen erfolgte, als um die primäre Halbaxe des Rectus superior; und insbesondere ist offenbar, dass eine starke Rollung des Auges um die Gesichtslinie eintreten und die letztere weniger gehoben werden würde, als es ohne den Widerstand des Obliquus superior der Fall wäre. Ganz genau lässt sich freilich nicht angeben, um welche Axe die Drehung wirklich erfolgen würde; da aber die anderen Widerstände verhältnissmässig viel weniger in Betracht kommen, als die des unteren Geraden und oberen Schiefen, so steht fest, dass bei alleiniger Contraction des Rectus superior die Hebung des Auges von einer so starken Rollung um die Gesichtslinie begleitet sein würde, wie sie in Wirklichkeit normaler Weise nie beobachtet wird. Hieraus geht zugleich hervor, dass die alleinige Contraction dieses Muskels nicht vorkommt.

Eine ganz analoge Betrachtung lässt sich mit dem Rectus inferior anstellen, dessen alleinige Contraction den Hauptwiderstand im Rectus superior und Obliquus inferior finden würde, welcher letztere ebenfalls wieder durch seinen Widerstand eine starke Rollung des Auges veranlassen würde, wie sie erfahrungsgemäss nicht vorkommt, daher auch die alleinige Contraction des Rectus inferior unter normalen Verhältnissen nicht angenommen werden darf. Wir werden später sehen, dass dieselbe in pathologischen Fällen bei Lähmung des Obliquus superior beobachtet wird, welcher Muskel sich normaler Weise immer mit dem Rectus inferior associirt; dann kann man aber auch nachweisen, dass die starken Rollungen, wie sie der Theorie nach zu erwarten sind, wirklich eintreten. Diese Rollungen sind also der Hauptsache nach die Folge des Widerstandes, welchen der Obliquus inferior dem Drehbestreben des Rectus inferior entgegenstellt, nicht aber eine Folge davon, dass der Rectus inferior an sich das Auge so stark zu rollen vermöchte.

Endlich ist der Fall der alleinigen Contraction des Obliquus superior oder inferior zu erörtern. Jeder dieser Muskeln wird seinen Hauptwiderstand in dem andern als seinem Antagonisten finden; daneben würde dem Obliquus superior, welcher die Gesichtslinie unter starker Rollung des Auges nach unten und aussen zu drehen strebt, auch der Rectus superior und der Rectus internus einen nicht zu vernachlässigenden Widerstand entgegensetzen, ebenso dem Obliquus inferior der Rectus inferior und der Rectus internus. Dass aber eine alleinige Contraction dieser Muskeln normaler Weise nie vorkommt, geht ebenfalls schon daraus hervor, dass die relativ kleinen Bewegungen der Gesichtslinie, welche dabei erfolgen würden, von einer so grossen Rollung des Auges begleitet sein müssten, wie sie nicht annähernd beobachtet wird.

Um eine Uebersicht der Widerstände zu geben, welche jeder einzelne Muskel bei alleiniger Contraction in den übrigen Muskeln finden würde, habe ich im Folgenden dem activ gedachten Muskel diejenigen gegenüber gestellt, welche seinem Drehbestreben hauptsächlich entgegenwirken, und zwar in der Reihenfolge, in welcher die Grösse ihres Widerstandes in Betracht kommt:

Dem Rectus internus widersteht der Rectus externus,

,,	,,	externus	,,	,,	,,	internus,
,,	,,	superior	,,	,,	,,	inf., Obliquus sup.,
,,	,,	inferior	,,	,,	,,	sup., Obliquus inf.,
,,	Obliquus superior		,,		,,	Obliquus inf., Rect. sup., Rect. int.
,,	,,	inferior	,,	,,	,,	sup., Rect. inf., Rect. int.

Sobald bei einer dieser Muskelcombinationen ein Obliquus entweder als der active oder als passiv widerstandleistender Muskel betheiligt ist, sobald wird die Bewegung der Gesichtslinie von einer so starken Rollung des Auges um dieselbe begleitet sein, wie sie nach dem LISTING'schen Gesetze nicht vorkommt, daher denn der Rectus externus und internus die einzigen Augenmuskeln sind, welche isolirt in Thätigkeit kommen können.

§ 22. *Mechanische Beweise für das in § 10 aufgestellte Innervationsgesetz.*

Wenn das Auge in seiner Primärstellung ist, greifen unserer Annahme gemäss die sechs Augenmuskeln so am Augapfel an, dass je zwei derselben fast genaue Antagonisten sind. Hieraus folgt zugleich, dass die Kraft, mit welcher bei dieser Augenstellung je einer der Muskeln vermöge seiner Spannung den Augapfel zu drehen strebt, ebenso gross ist, wie die ihm diametral entgegenwirkende Kraft seines Antagonisten, und dass das Drehbestreben jedes Muskels nur durch den Zug seines Antagonisten aufgehoben wird. Das aus dem Zuge zweier antagonistischen Muskeln resultirende Moment ist daher bei der Primärstellung gleich Null; und wenn man die vier andern Muskeln plötzlich und gleichzeitig durchschneiden könnte, würde der Augapfel seine Lage nicht merklich ändern. Dies ist nicht mehr der Fall bei gewissen secundären Stellungen. Ist z. B. der Augapfel aus der Primärstellung heraus stark nach oben gedreht worden, so sind der Rectus externus und der Rectus internus zwar noch annähernd, aber nicht mehr genaue Antagonisten; die Folge ist, dass ihre beiden Drehungsmomente sich nicht vollständig aufheben, sondern dass aus ihnen wahrscheinlich ein sehr kleines Drehungsmoment resultirt, welches einer Drehung des Auges nach oben entspricht und daher das aus dem gemeinsamen Zuge der beiden Heber resultirende Moment unterstützt.

Aus dem genauen oder doch zum mindesten sehr angenäherten Antagonismus je zweier Muskeln bei der Primärstellung folgt ferner, dass, wenn es gilt, das Auge aus der Primärstellung um irgend welche Axe herauszudrehen, die Wahl der hierzu erforderlichen Muskeln nicht freisteht, sondern es allemal nur eine einzige Art der Innervåtion und der entsprechenden Muskelaction gibt, durch welche die fragliche Drehung herbeigeführt werden kann. Ein eigentliches Vicariren verschiedener Muskeln unter einander ist also bei einer Drehung aus der Primärstellung heraus nicht möglich.

Ich will dies besonders betonen, weil die gegentheilige Ansicht wiederholt von Physiologen und Ophthalmologen ausgesprochen worden ist; man hat gesagt, vier Augenmuskeln würden an sich genügen, um ein Drehbestreben um jede beliebige Halbaxe erzeugen zu können. Hierbei würde es für jede bestimmte Halbaxe nur eine einzige Muskelcombination geben, welche das Drehungsbestreben um diese Halbaxe erzeugen könnte. Da nun aber am Augapfel sechs Muskeln angreifen, so seien das mehr Muskeln, als zur Ausführung aller nur denkbaren Bewegungen nothwendig seien, und ein und dasselbe Drehungsmoment könne daher durch verschiedene Muskelcombinationen erzeugt werden. Dem gegenüber ist zu bemerken, dass, wenn vier Muskeln zur Herstellung jedes beliebigen Drehungsmomentes ausreichen sollen, die Halbaxen ihres Drehbestrebens so liegen müssen, dass keine drei derselben in eine Ebene fallen, und dass also auch keine zwei Muskeln reine Antagonisten sein dürfen; beides ist nun aber am Auge in ausgesprochener Weise der Fall, und für die Primärstellung durften wir ohne erheblichen Fehler einen reinen Antagonismus je zweier Muskeln annehmen. Somit lassen sich durch den Augapfel drei Ebenen legen, deren jede vier von den sechs Muskelhalbaxen enthält. Dies gilt allerdings streng nur von der Primärstellung und unter den von uns gemachten Voraussetzungen, aber auch bei andern Augenstellungen und bei etwas abweichenden Voraussetzungen bleiben doch immer je zwei Augenmuskeln wenigstens sehr angenäherte Antagonisten, und es könnte von verschiedener Combination der Muskeln zur Erzeugung eines und desselben Momentes nur unter der Annahme die Rede sein, dass zwei solche Antagonisten gleichzeitig innervirt würden. Aus der gleichzeitigen Anspannung zweier annähernd antagonistischer Muskeln würde aber selbst bei der stärksten Innervation nur ein sehr kleines Moment resultiren, und es darf gar nicht daran gedacht werden, dass diese im höchsten Grade unzweckmässige Art, eine Bewegung herzustellen, normaler Weise vorkomme. Das Problem liegt daher in der That viel einfacher vor uns, als es nach den Angaben derer schien, welche meinten, dass eine und dieselbe Bewegung unter verschiedenartiger Betheiligung der Muskeln durchgeführt werden könne.

Wir kennen durch das Listing'sche Gesetz für jede beliebige Bewegung der Gesichtslinie die Axen, um welche sich dabei das Auge dreht. Es gilt jetzt, für jede dieser Drehungen die dabei mitwirkenden Muskeln zu suchen und somit die Richtigkeit der im Früheren aufgestellten allgemeinen Gesetze der Innervation zu beweisen. Man hat sich vielfach begnügt, für jede Drehung mit bekannter Halbaxe nach den oben aufgestellten Regeln die Muskeln zu bestimmen, welche ein in diese Halbaxe fallendes Drehungsmoment erzeugen können, indem man stillschweigend voraussetzte, dass diese Muskeln auch im Stande wären, die Drehung um die gegebene Halbaxe auszuführen. Wir dürfen uns aber nicht darauf beschränken, sondern müssen auch die Widerstände, welche der fraglichen Drehung entgegenstehen, mit einrechnen. Diese nothwendige Rücksicht auf die Widerstände würde nun freilich die Betrachtung ausserordentlich verwickeln, wenn nicht der günstige Umstand vorläge, dass die sechs Muskeln als drei antagonistische Paare aufgefasst werden dürften, und dass dies am strengsten für die Primärstellung gilt. Ist uns nämlich eine beliebige der Halbaxen gegeben, um welche nach dem Listing'-

schen Gesetze eine Drehung möglich ist, und wir bestimmen die Muskeln, welche ein auf dieser Halbaxe gelegenes Drehungsmoment erzeugen können, so finden wir im Allgemeinen, dass dies allemal gerade die Antagonisten derjenigen Muskeln sind, welche der Drehung um diese Halbaxe den wesentlichen Widerstand entgegensetzen: dass also die Widerstände dieser Muskeln dem von ihren Antagonisten erzeugten Drehbestreben immer mehr oder weniger genau diametral entgegenwirken, und daher die von den activen Muskeln angestrebte Drehung nicht erheblich aus ihrer Bahn ablenken können. Diess gilt, wie gesagt, am genauesten von der Primärstellung, und wir dürfen daher bei der Bestimmung der Muskeln, welche das Auge aus dieser Stellung nach dem Listing'schen Gesetze herausdrehen, zunächst die Widerstände vernachlässigen.

Fragen wir also jetzt nach den Muskeln, welche das Auge aus der Primärstellung herausbewegen, so giebt es für jede bestimmte Richtung der Bewegung stets nur eine Antwort. Alle Axen, um welche es sich hiebei handelt, liegen, wie wir sahen, in der zur Gesichtslinie verticalen Ebene, d. i. die primäre Axenebene. Zur Drehung nach innen aus der Primärstellung heraus kann also nur der Rectus internus, zur Drehung nach aussen der Rectus externus dienen, weil deren Drehungsmomente in der verticalen Axe der primären Axenebene liegen. Zur Drehung nach oben ist die gemeinsame Thätigkeit des Rectus superior und Obliquus inferior; zur Drehung nach unten die gemeinsame Thätigkeit des Rectus inferior und des Obliquus superior nothwendig. Ist Fig. 27 ein Horizontalschnitt des in der Primärstellung gedachten linken Auges, so ist nach dem Listing'-
schen Gesetz $m\,o$ die Halbaxe, um welche das Auge die Drehung nach oben, $m\,u$ die Halbaxe, um welche die Drehung nach unten beginnen muss. Die im Uebrigen in der Figur angegebenen Radien sind die Halbaxen der beiden Obliqui und des oberen und unteren Geraden, deren jede mit dem Namen des entsprechenden Muskels bezeichnet ist. Soll nun eine Drehung nach oben beginnen, so muss ein auf der Halbaxe $m\,o$ gelegenes Drehungsmoment erzeugt werden; dasselbe sei durch $m\,a$ bezeichnet. Dieses Drehungsmoment

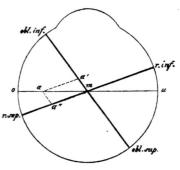

Fig. 27.

kann, wie Figur zeigt, nur durch gleichzeitige Innervation des Rectus superior und Obliquus inferior hergestellt werden und zwar derart, dass der obere Gerade das Drehungsmoment $m\,a''$, der untere Schiefe das Drehungsmoment $m\,a'$ erzeugt, aus welchen beiden Momenten dann das verlangte Drehungsmoment $m\,a$ resultirt. Keine andere Muskelcombination ist im Stande, dieses Drehungsmoment $m\,a$ zu erzeugen.

Analoges gilt nun auch von den Drehungsmomenten, welche nöthig sind, um eine Bewegung in schräger Richtung aus der Primärstellung heraus herbeizuführen. Es sei Figur 28 ein Verticalschnitt des in der Primärstellung gedachten linken Auges, welcher mit der primären Axenebene zusammenfällt. Der mit *r. int.* bezeichnete Radius ist die Halbaxe des Rectus internus, der entgegengesetzte Radius die des Rectus externus. Gesetzt nun, das Auge soll um die Halbaxe *m d*, also nach oben und links, eine Drehung beginnen, so kann das hiezu nöthige Drehungsmoment, welches wir mit *m a* bezeichnen wollen, nur als Resultante zweier in der Ebene der Zeichnung, d. i. der primären Axenebene, gelegener Drehungsmomente gedacht werden.

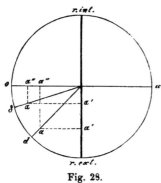

Fig. 28.

Diese beiden Drehungsmomente zu erzeugen ist nur möglich einerseits durch den äusseren Geraden, andererseits durch die combinirte Thätigkeit der beiden Heber, d. i. des oberen Geraden und des unteren Schiefen; und zwar muss das durch die gemeinsame Action der letzteren erzeugte Moment in die primäre Axenebene fallen. Diess ist nur so denkbar, dass es in die Halbaxe *m o* zu liegen kommt. Wenn also aus der gemeinsamen Anspannung der beiden Heber das Drehungsmoment *m a''* resultirt und das Drehungsmoment des Rectus externus gleich *m a'* ist, so wird schliesslich das geforderte Drehungsmoment *m a* resultiren. Analog würde aus den beiden Drehungsmomenten *m α'* und *m α''* das Drehungsmoment *m α* resultiren u. s. w.

Zum Beginn einer Bewegung des Auges aus der Primärstellung nach oben und aussen ist also, gleichviel um welche Halbaxe des betreffenden Quadranten der Axenebene die Drehung erfolgen soll, die gemeinsame Anspannung des Rectus externus, des Rectus superior und des Obliquus inferior nothwendig, und zwar muss das gegenseitige Verhältniss der beiden Zugkräfte des oberen Geraden einerseits und des unteren Schiefen andererseits immer genau dasselbe sein, weil das aus diesen beiden Zugkräften resultirende Moment immer in die Axenebene selbst fallen muss, was nur bei einem einzigen Verhältnisse jener Zugkräfte möglich ist, wie Fig. 27 gezeigt hat. Dasselbe gilt nun von den Zugkräften beider Heber auch dann, wenn die Bewegung nach oben und innen gerichtet ist; und Analoges folgt für die Zugkräfte der beiden Senker, des unteren Geraden und des oberen Schiefen.

Wir kommen also zu dem wichtigen Resultate, dass das gegenseitige Verhältniss der Zugkräfte der beiden Senker immer dasselbe sein muss, wenn es gilt, unter ihrer Mitwirkung das Auge aus der Primärstellung heraus eine Drehung beginnen zu lassen, das heisst mit anderen Worten: die beiden Muskeln müssen

immer in demselben Verhältniss innervirt werden, und es bedarf nicht je
nach der Richtung der Bewegung jedesmal einer besonderen Abmessung der
Innervationskraft für jeden einzelnen Muskel. Oben hatte ich den Satz aufgestellt, dass der obere Gerade und der untere Schiefe dem sie innervirenden
Willen gegenüber sich wie ein einfacher Muskel verhalten, und dass dasselbe
vom Rectus inferior und Obliquus superior gilt. Das soeben Gesagte liefert
den Beweis für die Richtigkeit jenes Satzes, zunächst allerdings nur für die
aus der Primärstellung heraus beginnende Bewegung. Diess ist jedoch nicht
so gemeint, als ob ich mit Bestimmtheit entscheiden wollte, dass die beiden
Heber oder die beiden Senker auch unter sich gleich stark innervirt werden
müssten, obwohl man diess im Hinblick auf den sehr verschiedenen Quer-
schnitt beider Muskeln wahrscheinlich finden muss, sondern es soll damit
nur gesagt sein, dass die Art und Weise, wie beide Muskeln gemeinsam in
Anspruch genommen werden, immer dieselbe ist, gleichviel, bei welcher Bewegung sie mithelfen.

Wir haben also jetzt das behufs einer Drehung um eine bestimmte Halbaxe nöthige Drehungsmoment der betreffenden Muskeln so bestimmt, wie
man es thun würde, wenn die angestrebte Drehung gar keine oder nur diametral entgegengesetzte Widerstände fände. Betrachten wir diese Widerstände genauer, so finden wir, dass der Drehung horizontal nach innen wesentlich nur der Rectus externus, also der reine Antagonist des dabei innervirten Rectus internus entgegenwirkt; dass bei der Drehung horizontal nach
aussen dem thätigen Externus nur der Internus wesentlich widerstrebt; bei
der Drehung vertical nach oben oder unten finden wir ersterenfalls den unteren
Geraden und oberen Schiefen, letzterenfalls den oberen Geraden und unteren
Schiefen als die Muskeln, welche den wesentlichen Widerstand bieten, also wie-
derum Muskeln, welche die Antagonisten der thätigen sind; bei den schrägen Bewegungen endlich sind allemal die drei widerstrebenden Muskeln ebenfalls die
Antagonisten der drei activen. Das aus den Widerständen der gedehnten Muskeln
resultirende Drehungsmoment darf daher immer als ein dem Drehbestreben der
activen Muskeln ungefähr entgegengesetztes aufgefasst werden, welches also die
angestrebte Bewegung zwar hemmen, aber nicht aus ihrer Bahn ablenken kann.

Wenn sich aber die Gesichtslinie aus der Primärstellung entfernt, so
hören je zwei Muskeln, die bei jener Stellung genaue Antagonisten waren,
allerdings auf es noch zu sein; aber ihre Abweichung vom Antagonismus
ist auch jetzt noch immerhin eine kleine. Wären die Muskeln elastische, nur
an beiden Endpuncten befestigte, sonst aber völlig frei gelegene Fäden, so
liessen sich diese Abweichungen nach dem LISTING'schen Gesetze genau berechnen. Da aber bei den Muskeln viel complicirtere Verhältnisse obwalten,
sie mit sehr breiten Sehnen am Augapfel sitzen und an demselben weder
ganz frei hingleiten, noch in der Augenhöhle sich völlig unbehindert bewegen
können, so ist es unmöglich, die Halbaxen des Drehbestrebens der einzelnen
Muskeln für die Secundärstellungen, kurz gesagt, die secundären Halbaxen

der Muskeln durch Rechnung zu finden; immerhin aber lassen sich aus der Anordnung der Muskeln auch bei den Secundärstellungen bedeutungsvolle Schlüsse ziehen.

Das LISTING'sche Gesetz charakterisirt sich, wie wir sahen, dadurch, dass dasselbe die Rollung des Auges um die Gesichtslinie bei den Bewegungen der letzteren möglichst klein macht, und dass dem entsprechend die jeweiligen Axen, um welche das Auge gedreht wird, nie erheblich von der zur Gesichtslinie rechtwinkligen Lage, d. i. von der primären Axenebene abweichen. Die Betrachtung der Insertionsweise der Augenmuskeln am Bulbus lehrte uns ferner, dass auch die Halbaxen des Drehbestrebens der einzelnen Muskeln bei den verschiedenen Stellungen des Auges sich nicht sehr erheblich von ihrer primären Lage entfernen können. Hieraus folgt, dass, wenn es gilt, das Auge aus einer Secundärstellung in einer der Richtungen herauszudrehen, in welcher wir soeben das Auge sich aus der Primärstellung herausbewegen liessen, für dieselbe Richtung auch die Muskeln wieder in analoger Weise in Thätigkeit versetzt werden müssen: dass z. B. zur Bewegung vertical nach oben die Zugkräfte der Heber auch jetzt wieder in ungefähr demselben gegenseitigen Verhältnisse werden stehen müssen. Es lässt sich auf diesem Wege freilich nicht beweisen, dass diese Analogie eine ganz stricte sein müsse; aber dass sie es angenähert sein muss, ist offenbar. Diess steht abermals mit unserer Annahme im Einklang, dass auch bei den Secundärstellungen die beiden Heber sowohl als die beiden Senker immer in demselben Verhältniss, gleichsam wie ein einfacher Muskel, innervirt werden, und dass überdiess bei gleicher Richtung der Bewegung auch die Innervation dieselbe ist, gleichviel ob die Bewegung aus der Primärstellung oder aus einer Secundärstellung erfolgt.

Betrachten wir jetzt die Lage der Heber und Senker bei den verschiedenen Secundärstellungen noch genauer, so finden wir, dass, wenn sich die Gesichtslinie mehr nach innen stellt, sie sich der Ebene nähert, welche man sich durch die beiden Obliqui gelegt denken kann, während sie sich von der Ebene, in welcher annähernd der Rectus superior und inferior liegen, entfernt; dass dagegen das Umgekehrte der Fall ist, wenn sich die Gesichtslinie mehr nach aussen stellt. Die Wirkung jeder der vier hier in Betracht kommenden Muskeln können wir uns zerlegt denken in eine die Gesichtslinie hebende oder senkende, und in eine zweite, welche das Auge um die Gesichtslinie als Axe rollt. Je mehr sich nun die Gesichtslinie der Ebene der beiden schiefen Muskeln nähert, desto mehr wird die hebende oder senkende Wirkung eines Obliquus wachsen; das Gegentheil wird mit den beiden anderen Muskeln, dem Rectus superior und Rectus inferior der Fall sein, deren hebende oder senkende Wirkung abnehmen wird. Wenn die Gesichtslinie sich nach aussen wendet, so werden sich alle Muskeln umgekehrt verhalten. Daraus folgt, dass, wie schon WUNDT [1]) betont hat, die aus der gemeinsamen Thätigkeit des Rectus superior und Obliquus inferior resultirende Hebung bei gleichbleibender Action beider Muskeln immer annähernd dieselbe bleiben wird, gleichviel, ob das Auge in der Primärstellung, nach innen oder nach aussen gerichtet ist, weil, wenn bei einer Secundärstellung nach innen oder nach aussen die die Hebung des Auges bewirkende Componente der Zugkraft des einen Muskels kleiner wird, die entsprechende Componente der Zugkraft des anderen Muskels wächst und umgekehrt. Ganz das Analoge muss auch von den beiden Senkern gelten.

Hieraus ergiebt sich die interessante Folgerung, dass die beiden Hebemuskeln bei gleichbleibender Stärke der beiderseitigen Innervation das Auge immer annähernd gleich hoch heben werden, gleichviel ob sie es aus der Primärstellung oder einer horizontalen nach innen oder aussen gerichteten Stellung herausheben, und dass ferner, wenn das Auge durch die Innervation der beiden Heber aus der Primärstellung um ein Gewisses in verticaler Richtung gehoben worden ist, die Gesichtslinie immer in annähernd derselben Höhe bleiben wird, wenn durch eine hinzutretende Innervation des Internus oder Externus eine Bewegung nach innen oder aussen erfolgt, sofern nur die erwähnte Innervation der Heber während der Bewegung in unveränderter Stärke fortbesteht. Analoges gilt von den Senkern. Dieses steht nun aber vollständig in Einklang mit unserer Annahme, dass eine und dieselbe Innervation des Internus oder Externus genügt, das Auge horizontal nach innen oder aussen zu drehen, gleichviel ob diese Drehung aus der Primärstellung oder aus einer nach oben oder unten gerichteten Stellung heraus erfolgt, wenn nur die zuvor schon bestehende Innervation der Heber oder Senker fortdauert.

Ist die Gesichtslinie horizontal nach innen gestellt, liegt sie also der Ebene der beiden Obliqui näher, so wird nicht blos, wie wir sahen, die auf Hebung oder Senkung gerichtete Componente der Zugkraft eines Schiefen bei relativ zur Primärstellung gleicher Innervationsstärke zugenommen, sondern auch die auf Rollung des Auges um die Gesichtslinie gerichtete Componente dieser Zugkraft abgenommen haben, während umgekehrt die auf Rollung gerichtete Componente der Zugkraft des Rectus superior oder inferior zugenommen hat. Wenn jetzt die beiden Heber in demselben Verhältnisse angreifen, wie sie es zum Zwecke der Hebung des Auges aus der Primärstellung thun, so werden jetzt die beiden auf Raddrehung gerichteten Componenten der Zugkräfte der beiden Muskeln sich nicht mehr gegenseitig aufheben können, sondern die rollende Wirkung des Rectus superior wird die entgegengesetzte des Obliquus inferior überwiegen, und die Folge wird eine mit der Hebung des Auges zugleich erfolgende derartige Rollung des Auges

---

1) Archiv für Ophthalmologie VIII. Bd. II. Abth. S. 1.

um die Gesichtslinie sein, dass das obere Ende des vorher verticalen Meridians der Netzhaut sich etwas nach innen dreht. Analoges lässt sich für die Bewegung nach unten aus einer nach innen gerichteten Secundärstellung und für die Bewegung nach oben und unten für eine nach aussen gerichtete Secundärstellung zeigen. In allen Fällen wird also die Rollung des Auges um ·die Gesichtslinie derart zu erwarten sein, wie sie nach dem LISTING'schen Gesetze wirklich erfolgt: also eine abermalige Uebereinstimmung mit unserer Annahme einer immer gleichen Innervationsweise trotz verschiedener Augenstellungen.

Es tritt also hiebei eine wichtige Folge der Einrichtung hervor, dass die Hebung oder Senkung des Auges nicht durch einen einfachen, sondern durch einen Doppelmuskel erfolgt. Hätte das Auge nur einen einfachen Heber und Senker, wie es nur einen einfachen Adductor und Abductor hat, und verliefen die ersteren beiden parallel der Medianebene nach hinten, nicht wie der wirkliche Rectus superior oder inferior nach hinten und innen, so würde ein solcher Heber oder Senker das Auge zwar auch aus der Primärstellung heraus in verticaler Richtung heben und senken können, aber nicht aus einer nach innen oder aussen gerichteten Secundärstellung, vielmehr würde ein solcher Heber das zuvor horizontal nach innen gestellte Auge nicht rein nach oben, sondern schräg nach oben und etwas nach innen, der Senker dasselbe schräg nach innen und unten drehen, und zugleich würde die Hebung oder Senkung bei gleich starker Innervation des Hebers oder Senkers kleiner und kleiner werden, je weiter das Auge beim Beginne der Hebung oder Senkung schon nach innen oder aussen abgelenkt war. Durch die Zerspaltung des Hebers und Senkers in je zwei abgesonderte Zweige, einen Geraden und einen Schiefen, ist erreicht, dass eine und dieselbe Innervation dieser Muskeln auch immer annähernd gleich gerichtete und gleich grosse Hebung oder Senkung herbeiführt, gleichviel ob das Auge aus der Primärstellung· oder aus einer ,nach innen oder nach aussen gerichteten Secundärstellung herausgehoben wird.

Stellt man sich also die Frage, in welcher Weise wohl die sechs Augenmuskeln in Thätigkeit gesetzt werden müssen, damit das Auge nach dem LISTING'schen Gesetze bewegt werde, so kommt man zu dem Resultat, dass sie jedenfalls sehr angenähert so innervirt werden müssen, wie es die im Obigen aufgestellten Gesetze der Innervation fordern. Man kann ebensowohl den umgekehrten Weg einschlagen und unter der Voraussetzung der Richtigkeit jener Innervationsgesetze an die Betrachtung der Augenmusculatur gehen. Dann ergiebt sich als eine rein mechanische Consequenz dieser Voraussetzung, dass das·Auge sich mindestens sehr annähernd so bewegen muss, wie es sich wirklich bewegt, nämlich nach dem LISTING'schen Gesetze. Hierin liegt nun jedenfalls eine sehr wesentliche Stütze für jene Voraussetzung. Mit mathematischer Exactheit lässt sich wegen der Complicirtheit der Verhältnisse allerdings weder auf dem ersteren noch letzteren Wege der gewünschte Beweis führen; dagegen muss man aber bedenken, dass auch das Listing'sche Gesetz nicht mit mathematischer Genauigkeit durchgeführt ist, dass aber gerade in den mittleren Theilen des Blickraumes der parallel gestellten Augen, für welchen unsere Betrachtung die strengere Giltigkeit hat, auch das Listing'sche Gesetz am genauesten eingehalten ist; und zweitens muss man sich erinnern, dass die von mir aufgestellten Gesetze der Innervation noch zahlreiche anderweitige wesentliche Stützen haben, die theils schon erörtert wurden, theils noch zu erörtern sein werden.

§ 23. *Vom mechanischen Zusammenhange zwischen der Einstellung und der Orientirung des Auges.*

Man hat bisweilen nur den geraden Muskeln die Function zugeschrieben, dem Auge die nothwendige Richtung zu geben, während man es für die ausschliessliche Aufgabe der Obliqui hielt, die Orientirung des Auges zu besorgen, d. h. die Netzhaut um die Gesichtslinie als Axe in diejenige Lage zu drehen, welche für die jeweilige Richtung der Gesichtslinie im Interesse des Sehens nothwendig sei. Eine ähnliche Auffassung findet sich neuerdings, wenn auch versteckter Weise, bei Helmholtz, welcher der Meinung ist, dass das Kind, wenn es sehen lernt, die Orientirung der Netzhäute willkürlich wähle und sich schliesslich diejenige angewöhne, welche nach einem von Helmholtz aufgestellten Principe der Orientirung die beste sei. Da die Obliqui die Orientirung des Auges im Wesentlichsten beeinflussen, so liegt der Ansicht die wenn auch nicht klar ausgesprochene Voraussetzung zu Grunde, dass die zum Zwecke der Einstellung der Gesichtslinie herbeigeführte Augenlage noch mittels der besonderen Innervation eines Obliquus eine im Interesse der Orientirung nothwendige Correctur erfahre. Allmählich müsste sich dann für jede einzelne Blicklage eine gewohnheitsgemässe Association zwischen der Einstellungs- und der Orientirungsinnervation ausbilden. Ueberdies nimmt Helmholtz, wie schon erwähnt wurde, eine ursprüngliche Unabhängigkeit der Motilität des einen Auges von der des andern an, aus welcher folgen würde, dass, abgesehen von der Erlernung der richtigen Einstellung und Orientirung jedes einzelnen Auges, auch noch die Association zwischen je zwei gleichzeitig nothwendigen unter sich aber beliebig verschiedenen Innervationen beider Augen zur Gewohnheit werde. Derartige Hypothesen erweisen sich jedoch als überflüssig, wenn man die Wirkungsweise der einzelnen Augenmuskeln genauer in Betracht zieht.

Setzen wir einmal den Fall, es käme bei der Bewegung der Augen einzig und allein darauf an, der Gesichtslinie und damit dem Gesichtspuncte der Netzhaut die richtige Stellung zum Objecte zu geben, und es sei für das Sehen ganz gleichgültig, wie dabei das Auge orientirt ist, d. h. welche son-

stige Lage die Netzhaut habe, und fragen wir uns, wie wohl die Muskeln in
Anspruch genommen werden müssten, um lediglich die Einstellung der Gesichtslinie in der zweckmässigsten Weise zu besorgen.

Gesetzt es solle das in der Primärstellung befindliche Auge auf einen
horizontal nach rechts oder links gelegenen Punct übergeführt werden, so
steht zur Ausführung dieser Bewegung überhaupt nur der Externus oder
Internus zur Verfügung. Wenn aber die Gesichtslinie durch einen dieser
Muskeln aus der Primärstellung seitwärts geführt wird, so kann dabei die
Drehung nur um eine zur Gesichtslinie annähernd rechtwinklige Axe erfolgen,
weil einerseits die Halbaxen der eben erwähnten Muskeln so gelegen sind,
anderseits die Widerstände, welche der Drehung entgegenstehen, wie oben
erörtert wurde, der Drehung diametral entgegenwirken und daher keine
wesentliche Ablenkung derselben aus der angestrebten Bahn bedingen können.
Die Folge ist also, dass das Auge bei der Drehung nach innen oder aussen
dem Listing'schen Gesetze folgen muss, auch wenn der Sehende die Orientirung des Auges während dieser Drehung gar nicht controlirt; vielmehr
ergiebt sich die nach dem Listing'schen Gesetze geforderte Orientirung
ganz von selbst, wenn die erwähnte Bewegung der Gesichtslinie ausgeführt
wird.

Sehen wir nun, wie der nur auf zweckmässige Bewegung der Gesichtslinie Bedachte das Auge heben und senken wird. Es stehen ihm zur Hebung
aus der Primärstellung nur zwei Muskeln zur Disposition. Erstens könnte
er den untern Schiefen allein inniviren; dabei würde die Gesichtslinie trotz
relativ grossem Aufwande an Muskelkraft nur wenig vorwärts kommen, weil,
abgesehen von den Widerständen, schon durch die starke Rollung des Auges
der grösste Theil der Kraft aufgezehrt werden würde. Zugleich würde die
Gesichtslinie nicht gerade nach oben gehen, sondern nach aussen von der
beabsichtigten Bahn abweichen. Der Blickende müsste also jetzt den innern
Geraden mit inniviren, um diese Abweichung zu corrigiren. Bei alledem
würde er mit relativ grosser Anstrengung nur eine so geringe Hebung der Gesichtslinie erreichen, dass er diese Methode der Hebung bald aufgeben würde,
um so mehr als durch die starke Rollung des Auges um die Gesichtslinie
nothwendig eine Torsion des Sehnerven und andere Zerrungen entstehen
müssten.

Zweitens liesse sich behufs der Hebung des Auges der obere Gerade
verwenden. Mit der alleinigen Anspannung dieses Muskels würde man
besser reüssiren, aber auch so keine gerade Hebung des Auges erzielen.
Vielmehr würde die Gesichtslinie nach innen abweichen und ein erheblicher
Theil der aufgewendeten Kraft würde abermals durch die vom Widerstande
des Obliquus superior bedingte Rollung des Auges um die Gesichtslinie für
den Zweck der Bewegung der letzteren verloren gehen. Um die Abweichung
der Gesichtslinie nach innen zu corrigiren, würde man den Rectus externus
etwas inniviren müssen und es somit allerdings dahin bringen können, dass die

Gesichtslinie senkrecht gehoben würde, wenngleich die höheren Grade der Hebung eine relativ grosse Anstrengung des thätigen Muskels erfordern und wegen der starken Rollung des Auges auch andere Beschwerden machen würden. Dagegen wird der Blickende, wenn er die Innervation des Rectus superior mit der des Obliquus inferior combinirt, ein geradliniges Aufsteigen der Gesichtslinie bewirken und, ohne einen der beiden Muskeln zu überlasten, das Auge am ergiebigsten heben können. Was liegt also näher, als anzunehmen, dass der Sehende sehr bald darauf kommen werde, die erwähnte Muskelcombination zur Hebung des Auges zu benutzen, falls er sie nicht schon instinctiv, d. h. auf Grund angeborner Innervationsbahnen findet? Wenn aber das Auge durch die vereinte Wirkung des oberen Geraden und unteren Schiefen gehoben wird, so wird es dabei abermals dem LISTING'schen Gesetze folgen. Denn die beste Art der Hebung ist immer die, bei welcher die Drehungsaxe rechtwinklig zur Gesichtslinie liegt, weil dabei das ganze Drehungsmoment auf die Bewegung der Gesichtslinie verwandt wird, nichts durch Rollung des Auges um die Gesichtslinie verloren geht. Die Widerstände welche der Hebung mittels der erwähnten Muskeln wesentlich entgegenstehen, liegen wie wir sahen in den beiden Antagonisten der letzteren, können also die von den innervirten Muskeln angestrebte Drehung nicht wesentlich aus ihrer Bahn ablenken. Das Auge wird sich daher auch hierbei nach dem LISTING'schen Gesetze verhalten, wenngleich der Sehende nur auf die zweckmässige Hebung des Blickes bedacht ist und die Orientirung gar nicht weiter berücksichtigt.

Ganz dieselbe Betrachtung, die wir für die Hebung der Gesichtslinie angestellt haben, lässt sich auf die Senkung derselben übertragen, und endlich lässt sich auch von den schrägen Bewegungen der Gesichtslinie aus der Primärstellung heraus Analoges sagen. Ueberall finden wir, dass der Sehende, wenn er die Gesichtslinie auf die einfachste und leichteste Weise bewegen will, gar keine Wahl hat, sondern auf ganz bestimmte Muskeln und Muskelcombinationen streng angewiesen ist, da jeder Versuch, die Bewegung durch andre Muskeln auszuführen, auffällige Unbequemlichkeiten und Beschwerden mit sich bringen müsste.

Wohin also auch der Sehende seine Gesichtslinie aus der Primärstellung überführt, er wird, auch wenn er nichts weiter bezweckt als lediglich die Bewegung des Blickpunctes, doch immer diejenige Innervation wählen, welche das oben aufgestellte Gesetz der Innervation fordert, und aus welcher dann als eine rein mechanische Folge sich immer annähernd diejenige Orientirung ergiebt, wie sie das LISTING'sche Gesetz verlangt. Wozu also die Annahme, dass wir uns auf die Orientirung besonders einstudiren und mühselig zu jeder Einstellung noch eine besondere Orientirung heraussuchen, um uns dann auf diese hundertfältigen Combinationen einzuüben? Wir können, wenn wir möglichst leicht und bequem unser nächstes Ziel, d. i. die Ueberführung des Blickes von einem Puncte zum andern erreichen wollen,

gar nicht anders verfahren, als wir wirklich thun, und die Orientirug nach
dem LISTING'schen Gesetze sammt den zahlreichen Vortheilen, die sie für
das Sehen hat, ist so zu sagen eine rein mechanische Zugabe, die wir ohne
besonders darauf gerichtete Bemühungen empfangen. Das Muskelsystem
der Augen ist nun einmal von vornherein zweckmässig eingerichtet wie der
Organismus überhaupt; denn wäre derselbe nicht ausgerüstet fürs Leben und
für die Ueberwindung der Schwierigkeiten, die seine Existenz allenthalben
findet, so könnte er eben nicht bestehen. Wie das Kind, wenn es gelernt
hat, durch Innervation des Biceps den Arm im Elnbogen zu beugen, eine
zweckmässige Supination der Hand unwillkürlich aus rein mechanischen
Gründen zugleich mit ausführt, so giebt ihm die Natur auch die zweckmässige
Orientirung des Auges, wenn es nur die richtige Einstellung desselben auf
das Object willkürlich besorgt.

Ich habe in meinen früheren Publicationen über das Binocularsehen mir
hier und da einen Hinweis darauf erlaubt, dass gewisse Functionen des Gesichtssinnes in angebornen Einrichtungen ihre Begründung finden. Darauf
hin hat man meine Ansichten dahin carrikirt, als liesse ich das Kind wie
einen schon fertig durchgebildeten Gesichtsvirtuosen ans Licht der Welt gelangen, und als würden dem Neugebornen die Bilder der Aussendinge, in
Form und Farbe vollständig fertig, aus den Augen auf die Bühne des Bewusstseins geschoben, wie die Versatzstücke aus den Coulissen eines Theaters.
So muss ich denn fürchten, dass auch meine eben entwickelte Ansicht, nach
welcher das LISTING'sche Gesetz sich schon im angebornen Mechanismus der
Musculatur vorgezeichnet findet, eine analoge schiefe Auffassung erfahre, und
man mir nachsagen werde, ich liesse das lebendige Muskelsystem des Auges
seitens des Sehenden so handhaben, wie man den todten Mechanismus eines
Automaten durch einige Schnüre in Bewegung setzt. Um dieser Eventualität
einigermassen vorzubeugen, will ich noch einiges hinzufügen.

Das ganze motorische System unsers Leibes ist offenbar sowohl in seinem
nervösen als im musculösen Theile in hohem Grade bildungsfähig. Der
Trieb zur Bewegung findet zwar viele präformirte Bahnen vor, in welche sich
der Strom der Innervation besonders leicht ergiesst, und zahlreiche zweckmässige Associationen verschiedener Bewegungen liegen schon vorgebildet
im Organismus des Neugebornen; aber der Wille des Lernenden vermag der
Innervation auch die minder leicht zugänglichen Wege anzuweisen und neue
Bahnen für dieselbe aufzuschliessen; er vermag gegebene Associationen mehr
oder minder zu lösen und neue Bande zwischen verschiedenen Bewegungen
zu knüpfen. Das motorische System der Augen wird hiervon sicher keine
Ausnahme machen, und es steht daher nichts der Annahme entgegen, dass
es uns möglich sei, auch die Orientirung unsers Auges bei seinen Bewegungen
einigermassen zu beeinflussen und den in seinen Grundzügen durch die ganze
Anordnung der Musculatur vorgezeichneten Modus der Augenbewegung
nach dieser oder jener Seite hin dem individuellen Bedürfniss entsprechend

weiter auszuarbeiten. Aber es wird das selbst für den Neugebornen nothwendig seine engen Grenzen haben, wie viel mehr für den Erwachsenen, bei welchem überdies die Fälle von Paresen eines oder des anders Muskels uns den schlagendsten Beweis dafür geben, in wie enge Grenzen derartige Correcturen eingeschränkt sind.

Wären die Obliqui wie bei einigen Thieren so gelagert, dass ihre Halbaxen in die Gesichtslinie selbst fielen, so würde eine umfänglichere Beeinflussung der Orientirung seitens dieser Muskeln viel eher denkbar sein. Wie aber die schiefen Muskeln wirklich am Augapfel angreifen, verschiebt sich bei ihrer Contraction zugleich die Gesichtslinie nicht unerheblich, und jede durch diese Muskeln herbeigeführte Aenderung der Orientirung bringt zugleich eine Aenderung der Richtung des Auges mit sich, welche wieder durch anderweite Innervationen der Recti compensirt werden muss. Trotzdem ist, zunächst in Betracht der Fernstellungen, denkbar, dass wir durch kleine Steigerungen der Innervation der oberen oder unteren Schiefen eine Minderung oder Mehrung der Divergenz der verticalen Trennungslinien willkürlich herbeiführen können, nur müsste dann auch bedacht werden, dass diese Aenderung der Innervation nicht für jede einzelne Blickrichtung eine besondere, sondern für alle Blickrichtungen dieselbe sein und zugleich eine Aenderung der Primärstellung mit sich bringen würde. Wir können uns ferner denken, dass die mit zunehmender Convergenz der Gesichtslinien wachsende Divergenz der verticalen Trennungslinien durch eine gleichmässige Innervation der beiden untern Schiefen bedingt sei, welche der Sehende im Interesse des deutlicheren Sehens sich angewöhnt habe, weil, wie wir gesehen haben, ein wesentlicher optischer Vortheil damit erreicht wird. Aber auch hier dürfen wir nicht vergessen, dass diese Innervation der Obliqui nicht für jede einzelne Nahstellung besonders gewählt werden könnte, sondern dass sie sich der Innervation der Adductorengruppe associiren, mit dem Convergenzwinkel wachsen und abnehmen und bei gleichbleibender Innervation der Interni auch ihrerseits gleich stark bleiben müsste, wozu denn auch die oben angestellte Untersuchung der Lage der Trennungslinien beim Nahesehen stimmen würde.

Dies Alles darf angenommen werden, ohne dass wir in Widersprüche mit den Thatsachen kommen. Aber weiter gehen und behaupten, der Neugeborne müsse für jede einzelne Augenstellung noch eine bestimmte Orientirung besonders erlernen: dies stünde in Widerspruch mit allen Ergebnissen der im Früheren angestellten Untersuchungen, und doch müssten es diejenigen annehmen, welche die oben aufgestellten Gesetze der Innervation nicht gelten lassen wollten.

Die Beobachtung der Augenbewegungen des Neugebornen legt sogar die Vermuthung nahe, dass nicht blos die angeführte Association zwischen den gleichnamigen Muskeln beider Augen, sondern sogar die Association zwischen je einem geraden und einem schiefen Muskel eines und desselben

9 *

Auges vielleicht schon angeborener Weise gegeben sind. Mir ist es wenigstens aufgefallen, dass die Augen des Neugeborenen, wenn sie sich heben
oder senken, nicht zugleich in auffälliger Weise ihren Convergenzwinkel so
ändern, wie es der Fall sein müsste, wenn die Hebung oder Senkung der Augen
durch isolirte Innervation der bezüglichen geraden oder schiefen Muskeln
herbeigeführt würde. Obwohl ich hierauf kein besonderes Gewicht legen
will, so durfte es doch erwähnt werden, um wenigstens festzustellen, dass die
Augenbewegungen des Neugeborenen nichts darbieten, was irgendwie zur
Stütze jener Hypothesen angeführt werden könnte, welche die angeborenen
Associationen der Augenmuskeln nicht gelten lassen wollen; dass vielmehr
alles für diese Associationen, nichts aber dagegen spricht.

Viertes Capitel.

Von der Anpassung des Doppelauges.

§ 24. *Von der gleichmässigen Innervation beider Augen.*

Dieselbe Gleichmässigkeit der Innervation beider Augen, welche sich in
Betreff der äusseren Augenmuskeln zeigt, finden wir auch bei den Binnenmuskeln der Augen wieder, welche die Anpassung für die jeweilige Entfernung des betrachteten Objectes und für die ins Auge dringende Lichtmenge
besorgen. Eine und dieselbe, sei es durch Reflex, sei es durch den Willen
ausgelöste Innervation versetzt diese Muskeln in b e i d e n Augen in gleichzeitige und gleichstarke Thätigkeit, und wir finden bei diesen Anpassungs-
bewegungen sogar eine noch innigere Association beider Augen, als wir sie
bei den Bewegungen zum Zwecke der Einstellung kennen gelernt haben.

Die Augen des Normalsichtigen sind im Allgemeinen immer für denjenigen Punct accommodirt, auf welchen die Gesichtslinien eingestellt sind. Da
für gewöhnlich der fixirte Punct von beiden Augen annähernd gleich weit
entfernt ist, und da ferner ein und derselbe Refractionszustand des Auges bekanntlich dem fixirten Object einen gewissen Spielraum gestattet, innerhalb
dessen es ferner oder näher rücken kann, ohne merkliche Zerstreuungskreise
zu geben (CZERMAK's Accommodationslinie), so genügt eine und dieselbe
Accommodation für b e i d e Augen. Nur wenn der fixirte Punct sehr nahe
und zugleich seitwärts liegt, trifft diess nicht mehr zu. Gesetzt die Gesichtslinien hätten diejenige Lage, wie sie in Fig. 29 dargestellt ist, so würde das
fixirte Object *o* dem rechten Auge erheblich näher liegen als dem linken;
das rechte Auge würde also eine stärkere Accommodation nöthig haben als
das linke. Gleichwohl findet eine solche Ungleichmässigkeit der Accommodation nicht statt, weil wir nicht im Stande sind, ein Auge für sich oder eines

stärker als das andere zu accommodiren, vielmehr jede Anpassungsinnervation sich stets auf beide Augen gleichmässig erstreckt.

Fixire ich daher eine in der eben (Fig. 29) beschriebenen Lage befindliche Nadel und zerspalte sodann durch leichtes Schielen ihr einfaches Bild in zwei einander sehr naheliegende Bilder, so erscheint mir nur das eine Bild, und zwar das des rechten Auges scharf, das des linken in Zerstreuungskreisen. Umgekehrt erscheint mir das Bild des linken Auges scharf, wenn das

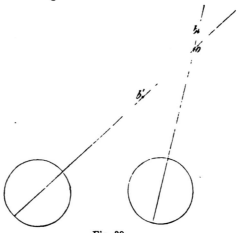

Fig. 29.

Object nach links, also dem linken Auge näher liegt. Da mir also dieser Versuch auf beiden Seiten gelingt, so folgt, dass das Ergebniss desselben nicht darauf zurückgeführt werden kann, dass mein linkes Auge etwas kurzsichtiger ist als das rechte. Wer myopisch ist und wer stark convergiren kann, wird ein besonders schlagendes Resultat erhalten, weil man eine um so grössere Differenz des Objectabstandes von beiden Augen erzielen kann, je näher man das Object dem Auge bringt.

Wenn man bei der beschriebenen Augenstellung, statt nur eine Nadel in den Kreuzungspunct der Gesichtslinien zu bringen, in jeder Gesichtslinie eine von zwei ganz gleichen Nadeln (b und b', Fig. 29) in passender Entfernung anbringt, so dass die eine genau so weit vom linken Auge absteht, als die andere vom rechten, wie die Figur zeigt, und sich dann das anfangs erhaltene einfache Verschmelzungsbild der beiden Nadeln wieder durch eine kleine Veränderung des Convergenzwinkels in zwei Bilder zerspaltet, so sieht man jetzt beide Nadeln ohne Zerstreuungskreise, zum Zeichen, dass beide Augen gleich stark accommodirt sind. Wer seine Augen nicht sehr in der Gewalt hat, thut gut, bei diesen Versuchen die Zerspaltung des einfachen Bildes durch ein schwaches Prisma zu bewirken, welches er mit der Basis nach oben oder unten vor ein Auge hält. Nur muss man dann statt feiner Nadeln andere Objecte, z. B. feine in undurchsichtiges Papier gestochene Löcher benutzen, weil die übereinander gelegenen Doppelbilder der Nadel sich theilweise decken würden.

Sieht man nur mit einem Auge, während das andere verdeckt ist, und accommodirt das sehende für die Nähe, so accommodirt sich auch das verdeckte ganz in derselben Weise, was der geübte Beobachter sofort erkennen wird, wenn er die Decke vom andern Auge plötzlich entfernt.

Mit der Accommodation für die Nähe verengt sich bekanntlich gleichzeitig die Pupille. Auch diese Verengerung, beziehendlich die Erweiterung erfolgt stets in beiden Augen gleichzeitig und gleich stark. Sticht man in ein starkes Blatt ein feines Loch und bringt dasselbe sehr nahe vors Auge, so sieht man bekanntlich das Loch als eine kleine leuchtende Scheibe, deren Grösse (*ceteris paribus*) von der Weite der Pupille abhängt und mit derselben ab- und zunimmt. Fixirt man seinen Kopf, bringt dicht vor jedem Auge einen kleinen feststehenden Schirm·mit einem feinen Loche an und stellt dann seine Gesichtslinien so ein, dass jede durch das Loch des Schirmes der betreffenden Seite hindurchgeht; so verschmelzen die Bilder der beiden Löcher zu einem einzigen. Sticht man nun durch den einen Schirm dicht oberhalb, durch den anderen dicht unterhalb des ersten Loches ein zweites feines Loch, so erhält man bei binocularer Verschmelzung der beiden ersten Löcher drei Bilder als drei kleine übereinander liegende lichte Scheiben, von welchen die mittlere die binocular gesehene ist, während die obere und die untere nur von je einem Auge gesehen werden. Man kann es nun leicht so einrichten, dass die obere und die untere Scheibe genau gleich gross erscheinen. Aendert man hierauf, ohne die Gesichtslinien zu verrücken, die Accommodation, so sieht man die obere und die untere Scheibe sich gleichzeitig und gleichstark abwechselnd verkleinern und vergrössern. Hierzu gehört freilich, dass man die nöthige Uebung darin habe, die Accommodation bei gleichbleibender Augenstellung hinreichend zu ändern. Je nach der Stellung, die man den beiden kleinen Schirmen giebt, kann man den Versuch bei jeder beliebigen Augenstellung machen und sich überzeugen, dass unter allen Umständen beide Pupillen gleichzeitig und in gleichem Maasse grösser oder kleiner werden.

Wie die willkürlichen Bewegungen der Iris bei der Accommodation verhalten sich auch die unwillkürlichen, durch welche sich das Auge der jeweiligen Beleuchtung anpasst. Gleichviel ob der Lichtreiz nur eine oder beide Netzhäute trifft, der Reflex auf die Iris äussert sich stets in beiden Augen in gleicher Weise, beide Pupillen werden gleichzeitig und um gleich viel kleiner oder grösser. Um diess zu erweisen, kann man ganz analog dem vorigen Versuche verfahren. Man richtet die beiden Schirme so ein, dass sie die Augen möglichst vetdunkeln. Die vier feinen Löcher werden ganz in derselben Weise wie vorhin angebracht. In den einen Schirm macht man auswärts von den beiden feinen Löchern ein grösseres Fenster, welches durch einen Deckel beliebig geschlossen und wieder geöffnet werden kann. Hat man nun seine Gesichtslinien in der oben beschriebenen Weise auf die Löcher in den Schirmen eingestellt und öffnet plötzlich das Fenster des einen Schirmes, so dass eine hinreichende Lichtmenge auf die peripherische Netzhaut des bezüglichen Auges fällt; so sieht man die obere und untere von den drei

lichten Scheiben sich gleichzeitig und gleich viel verkleinern: Beweis, dass
der auf die eine Netzhaut ausgeübte Lichtreiz eine reflectorische Innervation
b e i d e r Blendungen veranlasst, welche sich beiderseits zu gleicher Zeit und
gleich stark äussert.

Es ist von grossem Interesse, dass diesen unwillkürlichen Innervationen
gegenüber sich die Augen ganz ähnlich verhalten wie gegenüber den willkürlichen, nämlich wie zwei Theile eines durch einfache Innervation be-
herrschten Ganzen.

Dass, wenn man ein Auge durch Licht reizt, die Pupillen beider Augen sich
gleichzeitig verengen, zeigte schon DONDERS im Gegensatze zu LISTING, nach welchem die consensuelle Contraction im nicht gereizten Auge etwas später eintreten
sollte als die directe im gereizten. »Setzt man vor das Auge ein Convexglas und
sieht nach einem entfernten Lichtpuncte, so sieht man eine leuchtende Scheibe,
deren Form und Grösse von der Form und Grösse der Pupille abhängen. Setzt
man nun vor jedes Auge ein Convexglas, das eine etwas höher als das andere, so
sieht man beide Pupillen übereinander und kann sie bequem vergleichen«. [1]

§ 25. *Vom Zusammenhange der Accommodation mit der Convergenz.*

Da die Augen des Normalsichtigen immer für die jeweilige Entfernung
des Blickpunctes accommodirt sind, so nahm man früher, besonders unter
der Autorität JOH. MÜLLER's, einen festen Zusammenhang zwischen Accommodation und Convergenz der Gesichtslinien an. Später zeigten E. H. WEBER[2],
VOLKMANN[3], DONDERS[4] u. A., dass man bei gleichbleibender Convergenz
seine Accommodation etwas abändern kann, und neuerdings hat HELMHOLTZ[5]
den Zusammenhang zwischen beiden entschieden als einen nur angewöhnten
bezeichnet.

Die Innervation der Accommodationsmuskeln associirt sich beim Er-
wachseuen ohne Zweifel zwangsweise der Innervation der Adductorengruppe
des Doppelauges. Nur dann also, wenn zum Zwecke der Näherung des
Blickpunctes b e i d e Interni gleichzeitig innervirt werden, erfolgt auch die
Innervation zur Accommodation der Augen, während mit der Innervation
der Seitwärtswender sich keinerlei Accommodationsänderung desjenigen Auges
verknüpft, dessen Internus dabei innervirt ist.

Wenn die Augen z. B. auf einen rechts gelegenen nahen Punct convergiren, so ist nur der linke Internus verkürzt, der rechte sogar verlängert;
gleichwohl sind beide Augen für die Nähe accommodirt und, wie in § 2 ge-

---

[1] DONDERS, Die Anomalien der Refract. und Accommod. S. 484.
[2] Programmata collecta. Summa doctrinae de motu iridis 182.
[3] Neue Beiträge zur Physiologie des Gesichtssinnes 1836. p. 148.
[4] Holländ. Beiträge 1846. I. p. 379.
[5] Physiolog. Optik. p. 471.

zeigt wurde, beide Adductoren des Doppelauges innervirt, wenn auch nicht beide verkürzt. Erst im Hinblick auf das Gesetz der immer gleichen Innervation des Doppelauges hat es eine Berechtigung, von einer Synergie zwischen den inneren Geraden und den Accommodationsmuskeln zu sprechen, während die bisherige Auffassung dieses Zusammenhanges zwar zutreffend war, solange die Augen symmetrisch convergirten, nicht aber wenn der Fixationspunct unsymmetrisch nach rechts oder links lag. Hierzu stimmt nun auch, dass in allen Fällen beide Augen gleich stark accommodirt werden, selbst dann, wenn diess, wie oben gezeigt wurde, der Lage des Objectes nicht entspricht. Das Doppelauge wird als ein Ganzes fürs Nahesehen eingerichtet, beide Interni, beide Ciliarmuskeln, beide Blendungen werden gleichzeitig und gleichmässig innervirt, keineswegs aber wird jedes Auge für sich der Lage des Objectes angepasst. Es besteht also kein Zusammenhang zwischen der Contraction des innern Geraden eines Auges und seiner Accommodation, wohl aber zwischen der Innervation der Adductorengruppe und der Innervation der Accommodationsmuskeln des Doppelauges.

Wie die meisten Bewegungsassociationen, so ist auch die erwähnte zwar innerhalb gewisser Grenzen, nie aber vollständig lösbar. Der Spielraum, innerhalb dessen bei ungeänderter Convergenz der Gesichtslinien die Accommodation geändert werden kann, d. i. die relative Accommodationsbreite (DONDERS), zeigt grosse individuelle Verschiedenheiten. Der Ungeübte ist nur mit Hülfe künstlicher Vorrichtungen, die sogleich zu besprechen sein werden, im Stande, seine Accommodation einigermaassen von der Convergenz zu lösen; der Geübte vermag dies, wie schon E. H. WEBER (l. c.) zeigte, ohne jeden Apparat. Fixirt er einen fernen Punct, so kann er die Augen für grössere Nähe anpassen und den dabei eintretenden starken Drang zur Mehrung der Convergenz überwinden, die etwa auftretenden gekreuzten Doppelbilder wieder beseitigen und nun also den fixirten Punct im Zerstreuungskreise sehen. Ebenso kann er bei Fixation eines nahen Punctes durch Herabsetzung der Accommodation Zerstreuungskreise hervorrufen.

Dieses Vermögen, die Association zwischen Einrichtung und Einstellung einigermaassen zu lösen, ist von der grössten Bedeutung, wenn im Laufe des Lebens entweder der Refractionszustand oder die Gestalt des Augapfels sich ändert, wenn das Accommodationsvermögen nachlässt oder der äussere Bewegungsapparat des Auges kleine Störungen erleidet. Denn gesetzt, ein Normalsichtiger beginnt myopisch zu werden, so wird er jetzt bei derselben Convergenz der Gesichtslinien eine geringere Innervation zum Zwecke der richtigen Accommodation des Auges aufzuwenden haben als früher, und er würde nicht mehr deutlich sehen können, wenn ihm die hierzu nöthige Lösung der ihm früher geläufigen Association der Anpassungs- und Einstellungsinnervation nicht einigermaassen möglich wäre. Analog wird sich Jemand verhalten, der hypermetropisch wird. Antwortet ferner, bei sonst ungeänderten

Verhältnissen, der Accommodationsapparat aus irgendwelchem Grunde auf dieselbe Innervationsstärke nicht mehr mit demselben Accommodationsgrade wie früher, sondern mit einem geringeren; so wird der Sehende eine stärkere Innervation aufwenden müssen als sonst, um die der Convergenz der Gesichtslinien entsprechende Accommodation zu erreichen. Reagiren endlich ein oder beide Adductoren oder Abductoren des Doppelauges aus irgendwelchem Grunde auf dieselbe Innervation nicht mehr mit derselben Energie wie früher, so wird der Sehende jetzt eine stärkere Innervation dieser Muskeln nöthig haben, um eine bestimmte Augenstellung zu erzielen, aber die Innervation zur Anpassung wird er nicht entsprechend mehren oder mindern dürfen, weil sie sonst der Augenstellung nicht mehr entspräche.

Je stärker die Ansprüche sind, welche durch eine dieser Anomalieen an die Lösung des Zusammenhanges der beiden erwähnten Innervationen gemacht werden, und je weniger Zeit dem Kranken gegeben ist, sich allmählich auf dieselben einzuüben, um so anstrengender wird das deutliche Sehen werden: es werden sich jene Zustände entwickeln, welche unter dem Namen der Asthenopie bekannt sind, und wenn die Forderungen über das immerhin sehr begrenzte Vermögen der Lösung hinausgeht, wird der Kranke gezwungen sein, entweder das deutliche oder das binoculare Sehen aufzugeben, er wird entweder schlecht sehen oder schielen müssen.

§ 26. *Von der künstlichen Lösung des Zusammenhanges der Accommodation mit der Convergenz.*

Hält Jemand ein schwaches Prisma mit der verticalen Basis nach a u s - s e n vor das eine Auge, so sieht er im ersten Momente gekreuzte Doppelbilder, alsbald aber wieder einfach, weil er die Doppelbilder durch Erhöhung der Augenconvergenz wieder beseitigt. Benutzt er zu demselben Versuche ein starkes Prisma, so sieht er, wenn er nicht in der Beobachtung peripherisch gelegener Doppelbilder geübt ist, nicht doppelt, wohl aber Verschiedenes undeutlich durcheinander, weil er mit jedem Auge einen andern Theil des Gesichtsraumes sieht, und er ist nicht im Stande, das deutliche Sehen wieder herzustellen, falls er nicht zufällig die hierzu nöthige Augenstellung findet. Der in solchen Versuchen geübte Beobachter bemerkt jedoch sofort für jedes Bild das zugehörige Doppelbild, falls dasselbe überhaupt erkennbar ist, und stellt leicht durch starke Convergenz das Einfachsehen wieder her. Ich selbst vermag auf diese Weise jedes Prisma zu überwinden, welches nicht eine stärkere Einwärtswendung des Auges fordert, als die Befestigung des Augapfels gestattet.

Hält man dem Ungeübten ein schwaches Prisma mit der verticalen Basis nach i n n e n vor, so sieht er doppelt, ist aber nicht oder sehr schwer im Stande, die Doppelbilder zu vereinigen, falls er einen sehr fernen Gegenstand betrachtet, weil er die zum Einfachsehen nöthige, ihm aber ganz ungewohnte

Divergenz der Gesichtslinien nicht hervorzubringen vermag. Je näher der betrachtete Gegenstand liegt, ein desto stärkeres Prisma kann er überwinden. Hält man ihm aber ein starkes Prisma in der beschriebenen Weise vor das eine Auge, so sieht er wieder verschiedene Theile des Gesichtsraumes undeutlich durcheinander. Der Geübte aber sieht durch ein so gestelltes Prisma, auch wenn es stark ist, noch doppelt und vermag jedes Prisma zu überwinden, welches nur eine Minderung der Convergenz verlangt; ja es gelingt bekanntlich nach einiger Uebung sogar Prismen zu besiegen, welche eine mässige Divergenz der Gesichtslinien fordern.

Legt man, statt nur eines Prismas vor ein Auge, vor jedes Auge ein Prisma von halb so grossem Winkel zuerst mit der Basis nach oben oder unten und dreht dann langsam beide Prismen in entgegengesetzter Richtung, bis beide Basen vertical nach aussen oder innen liegen, so gelingt es dem Ungeübten leichter, durch die Prismen einfach zu sehen, als wenn man beide Prismen gleich von vornherein mit der Basis vertical stellt oder nur ein Prisma von der doppelten Stärke mit verticaler Basis vor ein Auge stellt, weil ersternfalls die Doppelbilder nur allmählich auseinander rücken und so immer von Neuem den Drang zum Einfachsehen anregen. Man muss aber beide Prismen sorgfältig mit gleicher Geschwindigkeit drehen, weil sonst übereinander gelegene Doppelbilder entstehen, die der Ungeübte fast gar nicht vereinigen kann.

Bei allen diesen Versuchen entspricht die Convergenz der Gesichtslinien nicht der Entfernung des betrachteten Objectes, vorausgesetzt, dass dasselbe mit beiden Augen einfach gesehen wird, sondern die Gesichtslinie des bewaffneten Auges geht nach aussen an dem betrachteten Objecte vorbei, wenn die Basis des Prismas nach innen liegt, nach innen, wenn letzteres umgekehrt gelegen ist. Es fragt sich nun, wie sich dabei die Accommodation verhält und ob sie der Mehrung oder Minderung der Convergenz parallel geht.

Im Allgemeinen ist dies, wie ich zeigen werde, entschieden der Fall, wenngleich, wie schon Donders angiebt, der natürliche und unwillkürliche Drang zur gewohnten Accommodation innerhalb gewisser Grenzen überwunden werden kann. Ich habe mein Accommodationsvermögen durch viele nach verschiedenen Methoden angestellte Uebungen relativ sehr unabhängig von der Convergenz der Gesichtslinien gemacht, muss aber gegenüber den entgegenstehenden Ansichten darauf bestehen, dass mir das durch Prismen bewirkte Schielen stets einen natürlichen Anlass zur Aenderung der Accommodation giebt, der, wenn er über einen gewissen Grad hinausgeht, nicht zu überwinden ist.

Blicke ich in die weite Ferne, halte vor das eine Auge ein Prisma mit der Basis nach aussen und lasse dann die Doppelbilder langsam, sozusagen von selbst zusammengehen, so sehe ich, wenn der Winkel des Prismas eine gewisse Grösse überschreitet, stets das betrachtete Object im ersten Momente undeutlicher als zuvor, und zwar um so mehr, je schneller die Doppelbilder zusammengehen, am meisten aber dann, wenn ich sie willkürlich sehr rasch

zur Vereinigung bringe, so dass ich keines von beiden Bildern während der
Bewegung beobachten konnte. Diese Undeutlichkeit verliert sich dann, soweit sie nicht aus rein physikalischen Gründen durch das Prisma bedingt
ist, bald wieder, sofern das Prisma nicht über eine gewisse Stärke
hinausgeht, welchenfalls die Undeutlichkeit eine dauernde
ist. Dass diese nicht mehr zu überwindende Undeutlichkeit nicht eine blosse
Folge des durch die astigmatische Wirkung des Prismas gestörten Netzhautbildes im bewaffneten Auge ist, sondern eine Folge der unpassenden Accommodation für die Nähe, geht schon daraus zweifellos hervor, dass wenn ich
das bewaffnete Auge rasch verdecke, das nun allein mit dem unbewaffneten
Auge gesehene Object auch noch undeutlich erscheint, sehr bald aber schärfer
und schärfer wird, während es eine Scheinbewegung nach innen macht;
dass ferner nach rascher Bedeckung des unbewaffneten Auges das durch das
Prisma betrachtete Object ebenfalls allmählich schärfer wird, während es
eine Scheinbewegung nach innen erleidet, bis endlich noch eine kleine
Undeutlichkeit zurückbleibt, die durch die achromatische und astigmatische
Wirkung des Prismas bedingt ist. Beide Augen haben sich also infolge
des einseitigen Schielens nach innen für die Nähe accommodirt, und der
Zwang zu dieser Anpassung ist so gross, dass ich ihn trotz aller Uebung nicht
überwinden kann.

Ganz analog verhält sich Alles, wenn ich ein sehr nahes Object fixire und
dann vor das eine Auge ein Prisma mit der Basis nach innen halte. Der Drang
zur Minderung der Accommodation charakterisirt sich ganz in derselben Weise,
wird aber innerhalb gewisser Grenzen schliesslich überwunden. Ist dagegen
das Prisma noch stärker, so besteht eine dauernde Anpassung für zu grosse
Ferne trotz aller Anstrengung fort, und beide Augen sind dauernd für eine
grössere Entfernung accommodirt, als der Lage des fixirten Objectes entspricht.

Das Prisma leitet also in beiden Augen eine Anpassung
ein, wie sie der durch dasselbe bedingten Mehrung oder Minderung der Convergenz entspricht, welche falsche Anpassung
allerdings bis zu einem gewissen Maasse willkürlich durch
einen entgegengesetzten Impuls compensirt, darüber hinaus
aber nicht mehr aufgehoben werden kann.

Zu den Accommodationsänderungen bei diesen Versuchen gesellt sich
eine entsprechende Aenderung der Pupillenweite und zwar ebenfalls in beiden Augen, wie man sich an einer zweiten Person überzeugen kann. Doch
ist diese Beobachtung nur an denjenigen leicht zu machen, welche einige
Uebung in physiologisch-optischen Versuchen haben, weil Ungeübte ihre
Augen im Drange des Deutlichsehens oft so ungeschickt hin- und herwerfen,
dass man die Aenderungen der Pupille nicht verfolgen kann, während sie geschehen, sondern sie durch zweimalige vergleichende Messung constatiren
muss, was umständlicher ist.

Die gleichzeitige Aenderung der Accommodation und Pupillenweite in

beiden Augen steht in Einklang mit der gleichzeitigen Innervation beider
Interni oder Externi, wie sie nach den früheren Erfahrungen auch bei diesen
Versuchen anzunehmen ist. Die Abweichung des einen Auges
kommt nicht etwa dadurch zu Stande, dass der Internus
oder Externus desselben einseitig innervirt wird, vielmehr ist
der Vorgang ganz analog demjenigen, wie er in § 4 geschildert wurde, wo
es sich darum handelte, bei unveränderter Stellung des einen Auges zwei auf
der Gesichtslinie desselben in verschiedenen Entfernungen gelegene Puncte
abwechselnd binocular zu fixiren.

Betrachten wir einen fernen Punct mit beiden Augen und bringen dann
vor das linke Auge ein Prisma mit der verticalen Basis nach aussen, so entsteht infolge der gekreuzten Doppelbilder ein Drang oder die willkürliche
Intention zur Convergenz. Die dem entsprechende Innervation erfolgt
gleichzeitig auf beide Augen, beide beginnen nach innen zu gehen.
Da aber das rechte Auge jetzt allein das eigentlich fixirende ist, indem nur von
ihm das Object noch direct gesehen wird, und da die infolge der erwähnten
Innervation eintretende Abweichung dieses Auges nach innen das Bild des
betrachteten Objectes von der Netzhautmitte ableiten würde, so erfolgt sofort
eine zweite Innervation zur Wendung des Doppelauges nach rechts, um die
Ablenkung des fixirenden Auges nach links zu verhüten und das Object im
directen Sehen zu erhalten. Diese beiden Innervationen bestehen nun
gleichzeitig mit periodischem Ueberwiegen der einen über die andre so lange
fort, bis das linke Auge hinreichend nach innen gedreht und das binoculare
Einfachsehen wieder hergestellt ist. Der Internus des linken Auges wird
also mit doppelter Stärke innervirt, einerseits infolge der auf Convergenz
gerichteten Innervation der Adductorengruppe, anderseits infolge der auf
Seitwärtswendung des Doppelauges gerichteten Innervation. Das rechte
Auge steht ebenfalls unter dieser doppelten Innervation; durch die eine
wird es nach innen, durch die andre nach aussen getrieben, und der Wider-
streit beider Innervationen sowie das periodische Ueberwiegen der einen über
die andere verräth sich besonders beim Ungeübten durch ein Hin- und Her-
schwanken des unbewaffneten Auges.

Die Innervation zur Rechtswendung würde an sich, wenn die andre
Innervation nicht da wäre, beide Augen um die Hälfte desjenigen Winkels
nach rechts drehen, um welchen sich das linke Auge unter der doppelten
Innervation wirklich nach rechts dreht: entsprechend jener Innervation zur
Wendung des binocularen Blickes nach rechts tritt nun auch eine scheinbare
Bewegung des fixirten Objectes ein, welche später ausführlich zu besprechen
sein wird.

Ein anderes Hülfsmittel, die Accommodation von der Convergenz
einigermassen zu lösen, sind bekanntlich Brillen. Der Normalsichtige vermag durch eine sehr schwache Concavbrille auch in die Ferne deutlich zu
sehen, anfangs nur mit Anstrengung, nach und nach leichter; ebenso durch

eine sehr schwache Convexbrille in die Nähe. Sobald aber die Gläser zu stark sind, treten Beschwerden auf, und schliesslich veranlasst der heftige Drang zu richtiger Accommodation ein Abweichen des einen Auges nach innen, wenn Concavgläser, nach aussen, wenn Convexgläser angewandt wurden, weil sich mit der Anpassungsinnervation die Innervation der äussern Augenmuskeln zwangsweise associirt. Das eine Auge weicht dann soweit ab, bis der Convergenzwinkel der Gesichtslinien dem zum Deutlichsehen nöthigen Accommodationsgrade entspricht. Man fixirt dann das Object allerdings nur mit einem Auge und wird durch den Wettstreit der Sehfelder etwas belästigt, sieht aber immerhin besser als zuvor.

Endlich lässt sich ohne Prismen oder Linsen eine der Convergenz nicht entsprechende Accommodation mit Hülfe stereoskopischer Bilder erreichen. Je nach der Entfernung vom Auge und je nach dem gegenseitigen Abstande, in welchem man die beiden von einander getrennten Hälften eines stereoskopischen Doppelbildes aufstellt und sie mit gekreuzten oder ungekreuzten Gesichtslinien verschmilzt, kann man eine Disharmonie zwischen der Augenstellung und der Entfernung der Bilder von den Augen herbeiführen, so dass um deutlich zu sehen eine der Convergenz nicht entsprechende Accommodation nöthig ist. Man kann auf diese Weise ebensowohl bei gleichbleibender Convergenz die Accommodation, als bei gleichbleibender Accommodation die Convergenz etwas ändern, überzeugt sich aber auch hier, dass dies nur innerhalb sehr enger Grenzen möglich ist.

Bei der Bestimmung der relativen Accommodationsbreite, wie sie DONDERS und MAC GILLAVRY [1]) gemacht haben, ist bisher ein nicht unwesentlicher Umstand übersehen worden, der schon oben berührt wurde. Bei Senkung der Blickebene convergiren die Augen unwillkürlich. Da dieses Streben zur Convergenz rein mechanisch begründet ist und nicht durch Innervation der Interni herbeigeführt wird, so ist es nicht von einer entsprechenden Steigerung der Accommodationsspannung begleitet. So kommt es, dass bei Myopen, wie z. B. bei mir, der binoculare Fernpunct bei relativ zum Kopf gesenkter Blickebene weiter hinausliegt, als bei horizontaler oder gar ge-. hobener Blickebene. Denn bei gesenkter Blickebene bedürfen die innern Geraden behufs derselben Convergenz der Gesichtslinien eine geringere Innervation als bei gehobener, beziehendlich müssen sogar die Externi innervirt werden. Die der Innervation der Adductorengruppe associirte Innervation der Accommodationsmuskel fällt daher geringer aus oder fehlt ganz. Infolge dessen ist Lage und Umfang der binocularen Accommodationsbreite verschieden, je nachdem sie bei dieser oder jener Kopfhaltung, dieser oder jener Lage der Blickebene bestimmt wird.

---

1) MAC GILLAVRY, Onderzoekingen over de hoegrootheid der Accommodatie 1858 und DONDERS, Die Anomalien der Refraction und Accommodation. 1866.

§ 27. *Ueber die Ursache des Zusammenhanges der Accommodation mit der Convergenz.*

Ich komme zu einer Frage, welche, abgesehen von ihrem physiologischen Interesse besonders für die Pathologie von der höchsten Bedeutung ist, ob nämlich die Association zwischen der Innervation der Binnenmuskeln und derjenigen gewisser äussern Muskeln des Doppelauges eine angeborne oder nur durch lange Gewohnheit eingewurzelte sei. Die Wichtigkeit der Entscheidung leuchtet ein, wenn man sich erinnert, dass Myopie und Hypermetropie schon im ersten Kindesalter vorkommen. Das hypermetropische Kind muss, um deutlich zu sehen, schon bei parallelen Gesichtslinien accommodiren und bei convergirenden Gesichtslinien viel stärker accommodiren, als der Emmetrops nöthig hat, und das myopische Kind darf umgekehrt beim Nahesehen seine Accommodation nicht mit der Convergenz in derselben Weise wachsen lassen, wie dies der Normalsichtige thut. Gesetzt nun, die fragliche Association ist nicht angeboren, so wird weder der Hypermetrops noch der Myops eine Schwierigkeit beim Sehen finden, sofern nur die Gesichtsobjecte innerhalb seiner unocularen Accommodationsbreite liegen. Der Hypermetrops wird selbst bei relativ geringer Convergenz der Gesichtslinien ohne Schwierigkeit die höheren Grade der Accommodationsspannung aufbringen, der Myops vollends wird, trotz starker Convergenz der Gesichtslinien keine Beschwerde darin finden, seine Accommodationsmuskeln wenig oder gar nicht anzuspannen.

Ganz anders wird es sich verhalten, wenn die fragliche Association angeboren ist. Der Myops sowohl als der Hypermetrops werden gegen dieselbe ankämpfen müssen, und wenn es ihnen auch bei der grossen Schmiegsamkeit des noch jugendlichen Organismus gelingt, bis zu einem gewissen Grade jene Association zu lösen, so wird dies doch nur langsam und schwierig möglich sein, und während dieser Zeit wird nothwendig für den Hypermetropen grosse Neigung zum Einwärtsschielen, für den Myopen zum Auswärtsschielen vorhandensein. Der Erstere wird, um deutlich zu sehen, immer stark accommodiren müssen; mit der hierzu nöthigen Innervation wird sich die Innervation der Adductorengruppe, also ein Drang zur Convergenz einstellen, und so wird die Versuchung nahe liegen, das binoculare Sehen aufzugeben um wenigstens das betrachtete Object mit dem einen Auge deutlich zu sehen. Das andre Auge wird also abweichen, und um so eher, wenn eines jener begünstigenden Momente hinzukommt, wie sie Donders erörtert hat. Der Myops anderseits wird, da er überhaupt nur von nahen Objecten scharfe Bilder bekommen kann, stark convergiren müssen; mit der Innervation der Interni wird sich die der Accommodationsmuskeln zwangsweise verbinden, sein Auge wird dadurch noch nahsichtiger werden, und wenn ihn der Kampf gegen diesen Zwang zu sehr belästigt, wird er die Innervation der Interni aufgeben. Das eine Auge wird dann zwar nach aussen schielen, aber er wird wenigstens mit dem fixirenden Auge scharf sehen. Diesen Ausweg wird auch er um so eher ergreifen, wenn anderweite begünstigende Umstände als z. B. mechanische Schwierigkeit der Convergenz, geringere Sehschärfe des einen Auges hinzukommen.

DONDERS hat bekanntlich darauf aufmerksam gemacht, wie häufig Strabismus internus bei Hypermetropen, Strabismus externus bei Myopen vorkommt. Er hat die Thatsache, dass die genannten Refractionsanomalieen, besonders wenn sie angeboren sind, so oft zum Schielen führen, zum Theil aus dem Zusammenhange zwischen der Accommodation und der Convergenz der Gesichtslinien zu erklären gesucht. Diese Erklärung wäre, soviel ich sehe, unzulässig, wenn nicht jener Zusammenhang ein angeborner wäre, sie wäre aber ebensowenig zulässig, wenn nicht ein angeborner Zwang zu immer gleicher Innervation beider Augen bestände. Denn wie wäre es denkbar, z. B. bei der Accommodation für die Nähe einen gleichzeitigen Zwang zur Steigerung der Convergenz der Gesichtslinien anzunehmen, falls es dem Kinde freistände, das eine Auge unabhängig vom andern nach aussen oder innen zu wenden? Wenn also die DONDERS'sche Erklärung richtig ist, so ist sie zugleich ein schlagender Beweis nicht nur für die Richtigkeit des oben aufgestellten Gesetzes der immer gleichen Innervation beider Augen, sondern auch dafür, dass dieses Gesetz in angebornen Einrichtungen begründet ist.

Nun dürften aber darüber, dass DONDERS mit Recht die fragliche Association als eine wesentliche Ursache des Schielens bei Refractionsfehlern aufgefasst hat, die meisten Ophthalmologen einig sein. Schon die einzige Thatsache, dass der beginnende Strabismus internus hypermetropischer Kinder durch passende Convexgläser geheilt werden kann, ist ein hinreichender Beweis. Es liegen jedoch noch anderweite Thatsachen vor, welche zur Annahme eines angebornen Zusammenhanges zwischen der Anpassungsinnervation und der Innervation der Adductoren auffordern.

DONDERS und MAC GILLAVRY haben die binoculare Accommodationsbreite verschiedener Myopen und Hypermetropen bestimmt. Von den Hypermetropen gilt ganz allgemein, dass ihr absoluter Nahepunct dem Auge näher liegt als ihr binocularer, d. h. dass sie, obwohl es zum Deutlichsehen nöthig wäre, doch ihr volles Accommodationsvermögen beim binocularen Sehen nie aufwenden, weil sie nämlich dies nur könnten, wenn sie zugleich den Augen eine im Vergleich zur Lage des Fixationspunctes zu grosse Convergenz gäben, wie sie es auch wirklich beim einäugigen Sehen thun. Sie sind also nicht im Stande, die Association zwischen Accommodation und Convergenz vollständig zu lösen. Um ein besonders auffälliges Beispiel anzuführen, so sei erwähnt, dass DONDERS (l. c. S. 202) eine relative Hypermetropie beschreibt, bei welcher die Patientin, ein 17jähriges Mädchen, nie für die Entfernung des fixirten Objectes accommodiren konnte, wenn sie binocular sah, obwohl der Nahepunct ihrer Einzelaugen nur 10 Zoll vom Gesicht entfernt lag, sie also, wenn sie die Accommodation von der Convergenz hätte lösen können, bis auf etwa 1 Fuss heran Alles scharf zu sehen vermocht hätte.

Umgekehrt fand sich bei Myopen, dass ihr absoluter Fernpunct weiter vom Auge entfernt war, als ihr binocularer, dass sie also beim binocularen Sehen nahsichtiger waren als sie es gewesen wären, wenn sie trotz der Convergenz der Gesichtslinien den Drang zur Accommodation vollständig hätten unterdrücken können.   Dies sind schlagende Beweise für die Unlöslichkeit der erwähnten Association und, da es sich meist um angeborne Refractionsfehler handelt, auch dafür, dass diese Association angeboren, nicht angewöhnt ist.

HELMHOLTZ hat dieses ganze Gebiet von Thatsachen nicht berücksichtigt, als er die Behauptung aufstellte, die Accommodation verknüpfe sich nur infolge der Gewöhnung mit der Convergenz.   Sein Beweis für diese Ansicht beschränkt sich auf Anführung der Thatsache, dass der Zusammenhang beider Thätigkeiten sich künstlich einigermassen lösen lasse.   Ich habe schon oben gezeigt, dass dies nichts beweist, weil es von vielen andern Mitbewegungen, die zweifellos angeboren sind, auch gilt.

§ 28. *Pathologisches.*

Die Thatsachen, dass beide Augen immer gleichmässig innervirt werden, dass ferner mit der Innervation der Adductoren eine Erhöhung, mit der Innervation der Abductoren eine Minderung der Accommodationsspannung eintritt, und dass umgekehrt zu jeder willkürlichen Aenderung der Accommodation sich eine Aenderung der Innervation der äussern oder innern Geraden gesellt, sind für die Lehre von den Motilitätsstörungen von der höchsten Bedeutung. Schon im vorigen Paragraphen wurde erörtert, wie dieser Zusammenhang zwischen Anpassungs- und Einstellungsinnervationen bei Myopie und Hypermetropie zum Schielen führen kann.   Hier möge noch in der Kürze auf die Bedeutung jener Association in Fällen von Paralysen und Paresen einzelner Augenmuskeln hingewiesen werden, weil die Ophthalmologen ihre Aufmerksamkeit noch nicht auf diesen Punct gerichtet haben.   Setzen wir den Fall einer Parese des linken Externus.   Entwickelt sich die Parese langsam und hat der kranke Muskel seine Elasticität noch nicht wesentlich geändert, so wird beim Fernsehen in der linken Hälfte des Blickraumes eine Neigung zum Auftreten ungekreuzter Doppelbilder entstehen.   Der Kranke wird, um dieselben wieder zur Verschmelzung zu bringen, beide Externi innerviren und wird anfangs mit erhöhter Anstrengung noch einfach sehen.   Ist er zugleich Hypermetrops und muss er schon bei parallelen Gesichtslinien Accommodationsanstrengungen machen, so wird jene Innervation der Externi von einer Minderung des Refractionszustandes begleitet sein, und er wird deshalb nicht nur von dem Auftreten der Doppelbilder sondern auch von den Zerstreuungskreisen belästigt werden, welche eintreten, sobald er die Doppelbilder wieder entfernt. Er wird also, da er sehr bald nicht mehr im Stande sein wird, neben der Innervation der Externi zugleich die zum scharfen Sehen nothwendige Accommodation aufzubringen, entweder das scharfe Sehen oder das binoculare Sehen aufgeben müssen.

Ist aber der Kranke myopisch, so wird ihm ebenso wie dem Emmetropen die Innervation der Externi, falls die Parese noch sehr schwach ist, zur Beseitigung der Doppelbilder verhelfen, ohne dass er deshalb die fernen Objecte schlechter sieht als vorher.

Sehen wir nun zu, wie sich die Verhältnisse beim Nahesehen in der linken Hälfte des Blickraumes gestalten werden. Ist der Kranke Emmetrops, so wird er beim symmetrischen Nahesehen zunächst keine wesentliche Störung finden; blickt er aber nach links und innervirt zu diesem Zwecke die Linkswender, so wird sein linker Externus relativ zum rechten Internus in seiner Wirkung zurückbleiben, und es wird deshalb eine geringere Innervation der Adductoren als sonst zur Einstellung der Gesichtslinie auf den nahen Punct hinreichen. Diese im Vergleich zur Augenstellung zu schwache Innervation wird ein entsprechendes Zurückbleiben der Accommodationsspannung mit sich bringen, und es wird deshalb der Kranke Anstrengungen machen müssen, um eine Accommodation aufzubringen, die über das Maass derjenigen hinausgeht, welche normalerweise dem vorhandenen Innervationsgrade der Interni entspricht. Bis zu einem gewissen Grade wird er dies vermögen; er wird sich verhalten als ob er eine Concavbrille aufgesetzt oder ein schwaches Prisma vor das eine Auge gebracht hätte. Ist aber die, der vorhandenen Innervation der Interni entsprechende binoculare Accommodationsbreite erschöpft, so wird er entweder das Scharfsehen oder das binoculare Einfachsehen aufgeben müssen.

Ist der Kranke hypermetropisch, so wird er dieser schlimmen Alternative noch viel eher gegenüberstehen; ist er dagegen myopisch, so wird ihm die geringe Parese seines Externus gestatten, die Objecte in grösserer Entfernung deutlich zu sehen, als zuvor, und sein binocularer Fernpunct wird bis in die Entfernung des absoluten hinausrücken.

· Der Hypermetrops wird also bei einer beginnenden Insufficienz des einen Externus schon auffällige Beschwerden fühlen, wenn der Emmetrops noch wenig leidet und der Myops sogar unter Umständen in einer bessern Lage ist wie vorher. Eine schwache Convexbrille wird dem Normalsichtigen, eine stärkere selbstverständlich dem Hypermetropen seine Beschwerden wesentlich lindern. Nimmt die Parese zu, so wird das Leiden beim Hypermetropen am auffälligsten, beim Emmetropen weniger und beim Myopen am wenigsten hervortreten, und das Gebiet des Doppelsehens wird entsprechend ein sehr verschiedenes sein, trotzdem dass der Grad der Parese in allen drei Fällen genau derselbe sein kann. Was die Excursionsfähigkeit des kranken Auges betrifft, so wird sie nach aussen hin um so mehr beschränkt sein, je näher das Object ist, und je stärker daher der Kranke accommodiren muss. Die grösste Beschränkung wird sich daher auch beim Hypermetropen zeigen. Denn da der Externus, wenn das Auge für die Nähe accommodirt ist, in dem zugleich mit innervirten Internus einen grössern Widerstand findet, als bei entspanntem Accommodationsmuskel, so wird er das Auge um so weniger zu wenden vermögen. Man wird daher bei einem Hypermetropen auch aus diesem Grunde den Grad der Lähmung überschätzen können.

Ist dagegen ein Internus paretisch, so verhält sich im Allgemeinen Alles umgekehrt; der Hypermetrops ist dabei in der günstigsten Lage und sein Leiden minder auffällig, während der Myops dabei am schlimmsten betroffen und das Gebiet des Doppeltsehens bei ihm am grössten ist.

Man hat sich zeither immer vorgestellt, dass beim unsymmetrischen Nahesehn der Internus des einen Auges gar nicht oder schwächer innervirt sei als der andere, und nicht beachtet, dass das Auge dabei unter einer doppelten Innervation steht. Vielmehr hat man sich damit geholfen, auch in pathologischen Fällen eine ungleichmässige Innervation zweier associirter Seitwärtswender anzunehmen. Wohl ist denkbar, dass eine Lösung der innigen Association zweier solcher Muskeln vielleicht innerhalb gewisser Grenzen möglich ist; dass sie aber nicht irgend erheblich sein kann, dafür glaube ich im Obigen hinreichende Beweise beigebracht zu haben.

Was die so verschiedene Grösse des Gebietes der Diplopie in Fällen betrifft, wo man doch keinen Grund hätte, einen entsprechend verschiedenen Grad der Lähmung anzunehmen, so hat man zur Erklärung Hypothesen aufgestellt, über deren Berechtigung ich nicht urtheilen will. Doch ist mir in hohem Grade wahrscheinlich, dass diese Hypothesen in vielen Fällen nicht zu Hülfe genommen worden wären, wenn man auf die eben erörterten Verhältnisse geachtet und den Refractionszustand der Augen mit berücksichtigt hätte.

Es versteht sich von selbst, dass das, was ich hier an einem einzigen Beispiele erörtert habe, mutatis mutandis auf alle Zustände Anwendung finden kann, bei denen das Gleichgewicht zwischen Internus und Externus aus irgendwelchem Grunde gestört ist, sowie auch dann, wenn es gilt, derlei Störungen durch eine Operation oder sonstwie zu heben. Sowohl die Diagnose und Prognose als die Therapie vieler Motilitätsstörungen werden wie ich meine eine grössere Exactheit erreichen, wenn man in Zukunft den Refractionszustand mit in die Beurtheilung aufnimmt. Die Anwendung von Concavoder Convexgläsern wird sich dabei in vielen Fällen von Motilitätsstörung als heilsam erweisen, wo man dieselben zeither nicht angezeigt fand.

———————— u.